Ingrid Schmitz (Hg.)
Suche Trödel, finde Leiche!

Ingrid Schmitz (Hg.)

Suche Trödel, finde Leiche!

Kurzkrimis vom Dachboden,
vom Sperrmüll und vom Flohmarkt

Originalausgabe
© 2016 KBV Verlags- und Mediengesellschaft mbH, Hillesheim
www.kbv-verlag.de
E-Mail: info@kbv-verlag.de
Telefon: 0 65 93 - 998 96-0
Fax: 0 65 93 - 998 96-20
Umschlaggestaltung: Ralf Kramp
unter Verwendung von:
© Giuseppe Porzani, juniart, Simone Schuldis – www.fotolia.de
Druck: CPI books, Ebner & Spiegel GmbH, Ulm
Printed in Germany
ISBN 978-3-95441-295-2

Inhalt

Chaos im Keller

KLAUS STICKELBROECK

Ich bin ja Ende Juni geboren. Sternzeichen Krebs, erste Dekade. Einen Aszendenten hab ich auch. Welchen genau, das weiß ich jetzt nicht, aber Sternzeichen Krebs.

Krebse? Dankbare Menschen. *Ganz* dankbare Menschen! Sensibel, hilfsbereit, häuslich, sparsam, aber nicht geizig. Ein zartes Wesen und meist sehr, sehr gut aussehend.

Trifft auf mich alles zu.

Und ein Sammler ist er, der Krebs. Grundsätzlich. Jetzt vom Sternzeichen her. Bin ich auch. Also … weniger sammeln, sondern mehr: behalten. Im Sinne von: horten, aufbewahren. Nicht wegschmeißen.

Meine Mutter sagte immer: Klaus, Hebbe kömmt van Halde. Haben kommt von Halten!

Da ist was dran. Definitiv.

Ich bin der Meinung, dass man sich ganz gründlich überlegen muss, ob man was wegwirft. Entsorgen ist ja auch vom ursprünglichen Wortsinn her schon ein sehr unangenehmes, unschönes Wort. Vielleicht kann man die Sache ja noch mal gebrauchen. Und dann freut man sich.

Wie jetzt neulich, als der Sohn vom Nachbarn ein paar Häuser weiter die Straße runter an der Tür geklingelt hat und fragte, ob ich eine Eisenkugel zum Kugelstoßen habe. 7,257 Kilogramm. Weil er doch an den Olympischen Spielen 2024 teilnehmen möchte und üben muss.

Ja, hab ich gesagt, hab ich. Im Keller. Hol ich dir.

Ich meine, das sind doch Momente, in denen man mit seiner kompetenten Hilfsbereitschaft echt glänzen kann.

Ich bin also gleich runter in den Keller, in mein *Lager*. So nenne ich den großen Kellerraum hintendurch. Und habe die Kugel dann auch *fast sofort* gefunden. Ich wusste nur nicht mehr ganz genau, ob ich sie unter E wie Eisen, K wie Kugel oder unter *Sportgeräte Allgemein* abgelegt hatte. Gut, ich habe sie auch nach zwei Stunden akribischer Suche nicht ausfindig gemacht, aber ich *hätte* sie finden *können*. Das ist ja auch schon mal was.

Meine Frau ist die Sabine. Das ist meine dritte Frau. Und die ist anders. Jetzt vom Sternzeichen her. Kein Krebs. Sie ist vom Sternzeichen … das Gegenteil.

Jedenfalls saß ich an jenem Nachmittag tiefenentspannt in meinem gemütlichen Ohrensessel im Wohnzimmer, mollige Schlappen mit warmem Schafsfell an den Füßen und erfreute mich abwechselnd am Blick in den gepflegten, niederrheinischen Garten und auf die gerahmten Familienfotos an der Wand.

Als Sabine plötzlich nach mir rief.

»Klaus!«

Ich zuckte zusammen. Sabines Stimme hat manchmal so etwas unharmonisch Bohrendes, fast Keifendes.

»Klahaus!«

Ich sprang auf. Und hatte *sofort* so ein ungutes Gefühl, weil Sabines Stimme von unten aus dem Keller kam. Den Kellerbereich, den mied sie nämlich meistens. Wegen der steilen Holztreppe. Und den Spinnen. Und wegen der Mäusefallen, die ich überall aufgestellt hatte.

»Klahaus!«

Ich hastete die Stufen runter bis ins *Lager* und da stand sie, die Sabine. Die eine Hand in die breite Hüfte gestemmt, in der anderen ein … Bügelbrett.

»Sabine-Schatz, was machst du hier?«

»Ich richte das neue Bügelzimmer ein.«

Ich zog überrascht die Augenbrauen hoch. »Das neue Bügelzimmer?«

Sie winkte mit dem klein geblümten Brett. »Im Wohnzimmer bügeln ist doof. Da liegen dann die Kleidungsstücke immer rum. Wer will das schon? Wenn mal Besuch kommt, wie sieht das aus?«

»Als ob im Wohnzimmer gebügelt wird«, antwortete ich und sah jetzt überhaupt nicht den Punkt.

»Ich möchte ein vernünftiges Bügelzimmer, wo das Brett aufgestellt werden kann, wo ein Wäschekorb nicht im Weg steht und wo auch mal was liegen bleiben kann.«

Sie schwenkte das Brett, das unten nach vorne und hinten ausschlug und abwechselnd gegen ein gerahmtes Bild von Vater und Mutters Hochzeit und eine Blechtonne mit Spielzeugäutokes klopfte.

»Aber hier ist doch mein … *Lager*, hier ist doch kein Platz.«

Sie nickte heftig. »Genau. Sehr gut erkannt, mein Lieber. Das reinste Chaos! Der ganze Plunder, der ganze Pröll muss natürlich raus!«

»Pröll?«

»Am besten direkt in den Sperrmüll!«

Mein Herz setzte aus, meine Knie wurden weich. »Das ist nicht dein Ernst?«

»Aber sowas von ernst meine ich das! Was ist das denn alles für ein Zeug? Das da zum Beispiel«, deutete sie auf einen Haufen eisenbrauner Geräte, die – kreuz und quer auf dem Boden herumliegend – ein wenig unsortiert und rostig daher kamen.

»Das sind die Arbeitsgeräte von Uropa Konrad.«

»Uropa Konrad?«

»Aus seiner alten Schmiede. Da: der Amboss, die Sägen, die Lochplatten und mehrere Spaltkeile. In dem Härtebecken liegen die Hufraspel, die Schmiedezangen und ein paar Wetzsteine. Das Teil mit dem spitzen Zacken ist ein Auskratzer, das daneben ein Ausschneidemesser. Vorsicht: die Klinge ist noch scharf. Da drunter müssten noch ein paar Hufeisen liegen. Und Nägel.«

Sabine-Schatz schnaufte. »Na, da kriegt man ja immer noch was beim Alteisensammler für.«

»Das ist doch kein Alteisen«, murmelte ich leise.

»Und die Zeitschriften da drüben?«

»Burdas.«

»Burdas?«

»*Burda Moden*. Von Mutter. Alle Exemplare vom 1.3.52 bis Mai 2001. Mit Schnittmusterbogen. Nur das Heft vom 9. September 1979 fehlt. Das Schönste für den Herbst. Nr. M 2017 E. Flotte Röcke und Hosen, mit großem Handarbeitsteil. Das hat Mutter damals verliehen, aber sie konnte sich nicht mehr erinnern, an wen.«

Meine Gattin griff sich an die Schläfe. »Das darf doch nicht wahr sein.«

»Sowas wirft man doch nicht weg.«

»Das Papier schimmelt doch«, mäkelte Sabine.

Ich schüttelte energisch den Kopf. »Alles luftdicht eingeschweißt. Das Einschweißgerät müsste da hinten links stehen, neben dem Einkocher, zwischen den Einmachgläsern, vor dem alten Ehebett von Umberto und Deli, hinter dem alten Elektroschweißer von Onkel Bernd, *Sektion Buchstabe E.*«

»Der verbeulte, rostige Elektroschweißer? Das klobige Ding? Du hast doch gesagt, der ist kaputt!«

»Kaputt? Wenn da drei, vier Teile ausgetauscht werden, ist das Ding wieder wie neu!«

Sabines Blick fehlte die Begeisterung. Stattdessen versuchte sie nunmehr mit energischem Griff, das Bügelbrett auseinanderzuklappen, was aus Platzgründen nun wirklich nicht gelingen konnte. Dabei stieß die eine Brettecke gegen den gusseisernen Garderobeständer, den ich vom Straßenrand hatte retten können, als Hubert Hennesen damals seine Eckkneipe an der Krefelder Straße in Nieukerk dichtgemacht hatte. Das massive Teil stand nicht ganz eben und schwankte bedenklich. Ich hatte immer mal bei Gelegenheit eine Pappscheibe aus meiner umfangreichen Bierdeckelsammlung unterlegen wollen. In der *Wicküler Pils*-Reihe aus 1970 sollte ich ein paar Doppelte haben.

Man muss bei der Garderobe nämlich ein bisschen aufpassen, denn die Eisenzacken oben dran für die Hüte waren richtig spitz.

Das andere Ende des Bügelbretts hätte fast einen Aschenbecher von der pastellblauen Küchenanrichte mit bunt-fröhlichen *Pril*-Blumenaufklebern gefegt.

»Sabine, pass doch auf!«

»Was steht der Ascher da rum, der kann auch weg. Du rauchst doch gar nicht.«

Ich drückte energisch mein Kreuz durch. »Das ist kein Ascher! Das ist ein historischer Zeitzeuge!«

»Was?«

»Das ist der Aschenbecher von Helmut Schmidt!«

»Der Bundeskanzler?«

»Genau. 17. Februar 1962. Sturmflut in Hamburg. Am Schreibtisch: der Innensenator Helmut Schmidt. In der linken Hand eine Zigarette, die er regelmäßig *in diesem Aschenbecher* abstreift. Mit der rechten Hand greift er zum Telefonhörer, um Admiral Rogge anzurufen und mit der Bundeswehr Hamburg zu retten. Das ist kein Ascher, das ist ein deutsch-historisches Kulturgut!«

Ich stellte zufrieden fest, dass es in Sabines Augen tatsächlich beeindruckt geflackert hatte. Das Flackern erlosch allerdings sofort, als ihr Blick über die eingerollten Perserteppiche von Tante Gertrud aus Schaephuysen hinweg in den hinteren Bereich des Kellerraums fiel.

»Ist da noch ein Fenster?«

»Ein Kellerfenster.«

Sie reckte ihren Hals. »Kann man das aufmachen?«

»Nein, da kommt man nicht dran. Da liegt ja der schwere Ballen mit der luftdichten Klarsichtfolie davor.«

»Was willst du mit so einem riesigen Ballen Klarsichtfolie?«, fragte sie kopfschüttelnd.

Ich erklärte es ihr. »Das sind riesig breite Folienstreifen. Damit kannst du locker ein 150 Quadratmeter großes Freilandfeld überspannen, um zum Beispiel Salat gegen Schädlinge zu schützen.«

»Aber wir haben kein 150 Quadratmeter großes Freilandfeld.«

»Aber Schädlinge.«

Sabine schnaufte. »Das ist doch irre. Und genau das
meine ich. Das muss hier alles weg, raus mit dem Zeug!«

Sie quetschte ihren Körper samt Bügelbrett kräftig ein
bisschen tiefer in den Raum hinein, was mir ein wenig
Sorge bereitete. Den relativ unaufgeräumten, vernachläs-
sigten Bereich auf der hinteren, rechten Seite des Kellers
nannte ich liebevoll *Ostzone*. Da war noch viel zu tun.

Und es war wirklich nicht meine allerbeste Idee
gewesen, die alte Waschmaschine von Tante Maria aus
Willich-Anrath noch oben auf den Kondenstrockner
mit flexiblem Abluftschlauch von Onkel Jakob aus
Hüls zu packen. Den ich ja schon auf die breite Kühltruhe von Tante Elli aus Walbeck gewuchtet hatte.
Aber das passte thematisch so schön.

Und durch die alte Fahnenstange der Kirchenstan-
darte der *Schützenbruderschaft St. Antonius Untereyll*, die
ja keiner meiner Kameraden hatte haben wollen, wurde
der Turm ja insgesamt auch ganz ordentlich gestützt
und abgesichert.

»Ich dreh hier durch«, fluchte Sabine giftig, denn ein
Zipfel ihres Rockes hatte sich im Drahtgeflecht eines
alten Kaninchenstalls verheddert. »Was ist das denn
wieder?«

»Der Stall von Peterle?«

»Wer ist Peterle?«, schrie sie, ein bisschen lauter als
vielleicht nötig.

»Unser Zwergkaninchen.«

»Da ist kein Hase drin!«

»Kaninchen, Sabine, Kaninchen. Nein, der ist ja auch schon lange tot und wohnt unter den Tomaten im Garten.«

»Mein Gott! Dann wirf den ollen Stall doch weg!«

»Das war doch Peterles Zuhause!«

»Ja, aber er braucht ihn doch nicht mehr!«

Sie hustete kehlig, denn ein Stapel mit alten Kissenbezügen und Tischdecken war hinter ihr von der Küchenanrichte zu Boden gerutscht und pustete fette Staubwölkchen zu uns rüber. Auf Anhieb wollte mir partout nicht einfallen, welche Tante mir die gut erhaltenen Stoffteile vererbt hatte …

Ich wedelte mir freie Sicht. Und sah im gleichen Moment, dass Sabine sich plötzlich bückte, um einen länglichen Karton zu öffnen. Ich wollte sie noch warnen, war aber zu spät, den Karton hatte sie mit einem Ruck schon aufgerissen.

»Aaaaaaaaah!«

Sie schrie, eine Hand feste auf ihre wogende Brust gepresst. »Was ist das denn?«

Sie deutete mit einem vagen Anflug von Hysterie in den aufgeklappten Karton.

»Das ist die Beinprothese von Onkel Erwin.«

»Die Beinprothese …«

»Von Onkel Erwin. Kennst du doch. Der immer so viel geraucht hat. Die Prothese: Sowas schmeißt man doch nicht weg. Onkel Erwin hatte ungefähr meine Größe. Und man weiß ja nie. Bein ist Bein. Blutvergiftung, Thrombose und zack, brauchst du eine Laufhilfe.«

Sie ruckelte heftig an ihrem Rock, der Draht wollte einfach nicht loslassen. »Du bist doch total verrückt!

Keine Wunder, dass deine Ex-Frauen alle abgehauen sind!«

Ich schürzte die Lippen. Alle? Das waren doch nur zwei.

Ich murmelte leise: »Ich hab immer noch sporadischen Kontakt mit Helga und Sigrid.«

Mit einem ruckigen Ratschen gelang es ihr, dem Drahtgeflecht den Rock zu entreißen. Derartig befreit, taumelte sie allerdings nun schwungvoll nach vorne, das Bügelbrett entglitt ihren Fingern. Mit einem weiten Ausfallschritt gelang es ihr gerade eben noch, einen Sturz zu verhindern. Die rechte Schuhspitze landete aber ... ärgerlich, ärgerlich ... in einer der kleinen Mausefallen, die gierig zuschnappte.

»Aua!«

Sabine stolperte nach links.

Und heiß! Sie hatte die 7,257 Kilogramm schwere Kugelstoß-Kugel gefunden, die sich hinter meinem alten Grundschulranzen mit den lustigen Mickey Mouse-Aufklebern versteckt hatte. Sie trat mit dem linken Fuß mitten drauf, fiel geradewegs nach hinten und brachte eine die Wand hoch gestapelte Schuhkartonpyramide zum Einsturz.

»Oh«, sagte ich und versuchte schnell zu retten, was zu retten war.

Geistesgegenwärtig gelang es mir, zumindest den obersten Karton mit der Aufschrift *Sommerurlaub Noordwijk 1967 mit Heiders* aufzufangen.

Sabine dagegen stürzte hölzern auf den Rücken. Der Hinterkopf ploppte hohl auf den Betonboden, den ich ja immer mal mit den guten Perserteppichen von Tante

Gertrud aus Schaephuysen hatte auslegen wollen. Aber man kam ja zu nichts.

Mein Blick schoss hektisch durch den Raum und so sah ich, wie das Bügelbrett … ganz unglücklich … gegen den Garderobenständer von Hubert Hennesen krachte, der auch prompt umkippte.

Direkt auf Sabine.

Hui, war das ein fieses Geräusch, als sich einer der spitzen Zacken für die Hüte in Sabines Schädel hackte. Sie hat dann noch den Kopf so zu mir hin gedreht. Mit einem Blick. Voller Vorwurf …

Ich zuckte mit den Schultern, ich konnte ja nichts dafür, musste aber eilig zur Seite springen.

Denn Sabine hatte mit dem linken, mausefallenfreien Fuß im Stürzen die Eisenkugel feste nach vorne geflitscht. Und die wiederum hatte die Fahnenstange der *Schützenbruderschaft St. Antonius Untereyll* vom Boden gekratzt.

Woraufhin der Haushaltsgeräteturm nach vornerüber kippte.

Aber hallo, so eine alte Waschmaschine, Baujahr Ende der Siebziger? Was waren die Viecher schwer! Ich konnte mir sehr gut vorstellen, wie der spitze Eisenzacken der Garderobe knirschend tief in Sabines Schädel reingerammt wurde, als die dicke, weiße *Miele* von Tante Maria aus Willich-Anrath jetzt mit Schmackes auf sie niederrauschte.

Dann war Ruhe.

Und ich stand da. Mit dem staubigen Schuhkarton voller Urlaubsmuscheln. *Sommerurlaub Noordwijk 1967 mit Heiders*.

Ich seufzte tief. Was für ein Unfall! Das würde mir bei der Polizei ganz bestimmt keiner abnehmen.

»Nun denn.«

Sternzeichen Krebs: der Sammler? Ich sag ja immer, man muss sich ganz genau überlegen, was man wegwirft, man kann alles noch mal gebrauchen.

Ich würde mich jetzt bis zu Uropa Konrads scharfen Sägen durcharbeiten, Sabine portionieren, sie mit der luftdichten Klarsichtfolie gegen Schädlinge einwickeln und mit den Kissenbezügen von wem auch immer anschließend den Boden gründlich blutfrei wischen.

Dann würde ich Sabine geruchsfest verpackt zu Helga und Sigrid in Tante Ellis Kühltruhe legen.

Meine beiden Ex-Frauen hatten seinerzeit nämlich ganz, ganz ähnliche Unfälle gehabt.

Für dich soll's rote Rosen regnen

REGINA SCHLEHECK

Willem trug mich die knarrende Stiege hinauf, stieß die Tür zu seinem Schlafzimmer auf und legte mich behutsam auf dem Gründerzeit-Himmelbett ab, das über und über mit Rosenblättern bedeckt war. Er stellte das Grammophon an. Die Stimme der Knef füllte den Raum: »Für mich soll's rote Rosen regnen ...«, dann entkleidete er mich behutsam. Ich schloss die Augen, während seine Hände meinen Körper erforschten. Dass so große schwielige Hände so zärtlich sein konnten ...

Es war erst drei Wochen her. Auf dem Trödelmarkt in Hauset, gleich hinter der belgischen Grenze. Der Stand hatte mich magisch angezogen. Gar nicht mal wegen der Jugendstil-Möbel, die auf den Flohmärkten in der Aachener Grenzregion in solchen Mengen angeboten wurden, dass ich mich manchmal fragte, ob das mit rechten Dingen zugehen konnte. Es war das Grammophon auf der Marmorplatte eines Waschtischchens. Vielmehr nicht das Grammophon. Das Lied. Die raue Stimme der Knef. Sofort hatte ich die meiner Mutter im Kopf. Sie hatte die Knef immer eine Oktave höher begleitet, was der Sehnsucht nach dem Rosenregen einen noch melancholischeren Beigeschmack gegeben hatte. Zumal sie zu Tremoli neigte. Als Kind hörte es sich für mich so an, als wimmerte sie, während sie mitsang. Meine Mutter war immer von einer Wolke von Traurigkeit umgeben, und ich hatte das unbestimmte Gefühl, dass es mit mir zu tun hatte. Kinder neigen wohl dazu, alles auf sich zu beziehen. Diese Stimmung hat meine frühe Jugend überschattet. Obwohl ich eigentlich ein unproblematisches Kind war. Keine Krankheiten, Unfälle, besonderen Vorkommnisse. Meine Mutter war sehr liebevoll. Die schlimmste Erfahrung, an die ich mich erinnere, war, dass ich am ersten Schultag geklammert und geweint hatte, als wir unsere Eltern auf dem Schulhof verabschieden und mit unserer Klassenlehrerin in das düstere Grundschulgebäude gehen sollten. Kaum drinnen, war die Beklemmung vorbei. Die Räume waren hell, die Wände bunt gestrichen, meine Lehrerin nahm mich an der Hand, nannte mich ein »tapferes Mädchen« und ich bekam einen Platz am Fenster, wo ich meiner Mutter zuwinken konnte.

Der Mann lachte, als ich fragte, was das Grammophon koste.

»Das ist unverkäuflich«, sagte er. Er hatte diesen kleinen Akzent, der den Niederländer verriet, dieses kehlige »ch« und scharfe »s« – wie ich es liebe! – und so ein wunderbares Lächeln in der Stimme und in den Fältchen neben den Augen, sodass ich stehen blieb und eine Weile mit ihm plauderte. Über Kindheitserinnerungen an Schlager, melancholische Lieder und die Knef. Ich erfuhr, dass der Vater der Knef aus dem flämischen Teil von Belgien stammte und an Syphilis gestorben war, als die kleine Hildegard gerade ihren ersten Geburtstag gefeiert hatte.

»Das ist ja lustig«, sagte ich. »Ich bin auch ohne Vater groß geworden.«

Er hob eine Augenbraue. »Lustig?«

»Ein merkwürdiger Zufall«, verbesserte ich mich.

»Ist das nicht eher ziemlich weit verbreitet?«, gab er zurück. »Väter, nein Männer neigen nun mal zu Flüchtigkeit.«

Es lag mir auf der Zunge ihn zu fragen, ob das auch auf ihn zutreffe, und in dem kurzen Moment des Zögerns, ehe ich antwortete, war ich mir sicher, dass er genau wusste, was ich dachte, denn er lachte und zwinkerte.

»Nicht alle.«

»Schlimmer wäre wohl, wenn die Mütter sich verflüchtigten«, wich ich aus.

»Meine ist im letzten Jahr gestorben«, sagte er.

»Meine vor zwei Wochen.«

Wir lachten, obwohl es doch traurig war.

Wie war das möglich, dass man mit einem wildfremden Menschen so persönliche Dinge austauschte? Ich grüßte, ging hastig weiter. Gleich darauf tat es mir leid.

Drei Wochenenddienste später wollte ich mit einer Freundin eine Radtour machen. Ich stand vor dem Fahrradschuppen, als mein Smartphone vibrierte. Sie schaffe es nicht. Ich blinzelte in die warme Augustsonne und brach mit unbestimmtem Ziel in Richtung Grüne Grenze auf, radelte über den Frepert in Richtung Hauset Zentrum, dachte an Lachfältchen in Augenwinkeln. Wahrscheinlich war er gar nicht da, zweifelte ich, als ich mein Fahrrad in der Nähe der Cafeteria abschloss und in die Richtung bummelte, wo er das letzte Mal gestanden hatte. Ich war oft auf dem Euregio-Markt in Hauset gewesen, ohne dass mir der Mann mit dem Grammophon je aufgefallen wäre. Aber ich kam schließlich, um Trödelware anzugucken, nicht Trödler. Zumal der Stand mich nicht interessierte – was sollte ich mit Möbeln? Ich musste zusehen, dass ich entrümpelte.

Es war Knall auf Fall gegangen mit meiner Mutter. Bauchfellkrebs. Fortgeschrittenes Stadium. Drei Wochen, sagte der Arzt, aber man könne nie wissen. Ich hatte immer schon gewusst, dass ich wieder zu ihr ziehen würde, wenn sie mich brauchte. Als Tochter, als ausgebildete Krankenschwester – und Erbin des Häuschens. Ich nahm unbezahlten Urlaub, kümmerte mich um den Umzug und ihre Pflege – vier Wochen später um die Beerdigung. Ließ es rote Rosen regnen auf ihren Sarg und das Lied der Knef dazu spielen. Ich war mir sicher, dass es ihr gefallen hätte. Neben einigen guten Freunden und im Rückblick weniger guten Beziehungen war meine Mutter der einzige Mensch auf der Welt gewesen, der mir etwas bedeutet hatte. Ich vermisste sie. Wie sehr, merkte ich erst, als die Aufregung sich gelegt und ich ein paar ruhige Minuten für mich fand.

Ich war jetzt Mitte dreißig. An eigene Kinder war kaum noch zu denken. Eins hatte ich aus meiner frühesten Jugend mitgenommen: Ich wollte keins allein großziehen.

Mein leiblicher Vater war bereits verheiratet und nicht gewillt gewesen, diesen Zustand zu ändern. Meine Mutter sollte gefälligst abtreiben. Auf Unterhalt brauchte sie nicht zu spekulieren, hatte er gesagt. Auf keinen Fall dürfe seine Frau von dem Seitensprung erfahren.

»Warum hast *du* es ihr nicht gesteckt?«, fragte ich.

»Meinst du, er hätte mir seine Adresse verraten?«, gab meine Mutter zurück. »Im Nachhinein bin ich noch nicht einmal sicher, ob er mir seinen richtigen Namen gesagt hat. Ich hab ihn nie nach dem Ausweis gefragt. Er war geschäftlich in Aachen, kam aus Frankreich, wo er für einen belgischen Energiekonzern arbeitete. Vielleicht war das ja alles gelogen.« Mutter seufzte.

»Arschloch!«, entfuhr es mir.

Mutter hatte Tränen in den Augen. »Ich habe ihm gesagt, dass ich ihn nie wieder sehen wollte.«

Ein Geschmack von Galle brannte in meiner Kehle. »Ich glaube, ich hätte zum Messer gegriffen!«, sagte ich. Der Kerl hatte *mich* umbringen wollen! Jeder Richter hätte mir mildernde Umstände gegeben.

»Ich habe ihn rausgeschmissen«, sagte meine Mutter. »Und nie wieder von ihm gehört. – Lass uns bitte von schöneren Dingen reden! Begraben und vergessen!«

Der Stand! Er war wieder da! Hatte er mich erkannt? Er wandte mir den Rücken zu und ging zu dem Grammophon. »Für mich soll's rote Rosen regnen«, sang die Knef. Mir wurde warm. Als er sich wieder umdrehte, stand ich so dicht vor ihm, dass ich die Lachfältchen hätte zählen können.

Er strahlte. »Da bist du ja!« Betonte das *bist*, als hätte er mich vermisst.

Nein, das war kein typischer Trödler. Die hatten zottelige Haare, trugen Latzhosen, Jesuslatschen, waren irgendwo in den frühen siebziger Jahren stehen geblieben und machten den Eindruck, als hätten sie sich während des Studiums zu oft die Birne zugekifft. Nachdem sie das Aachener Umland jenseits der BRD als billigen Wohnraum kennengelernt hatten, erweiterten sie ihre dem Grenzverkehr geschuldete Handelspalette von Cannabissorten um alte Möbel und Antiquitäten, bis sie das Studium irgendwann im siebzehnten Semester abbrachen.

Dieser hier war von angenehmer Normalität, Jeans, Holzfällerhemd, Sneakers, kurze dunkle Haare, an den Schläfen ein winziges bisschen grau meliert, irgendwo um vierzig, schätzte ich. Ein Schreiner oder Handwerker jedenfalls, den schwieligen Händen nach zu urteilen.

»Bist du eigentlich immer hier?«, fragte ich.

»Nur wenn meine Kunden was loswerden wollen.«

»Hä? Ich dachte, du *verkaufst* hier!«

Er lachte. »Die Kunden, für die ich arbeite.«

»Was arbeitest du denn?«

»Ich hab eine Schreinerei. Wenn ich Einbauten mache, werde ich gelegentlich gebeten, *Rommel* abzufahren.«

»*Rommel*?«

»Für die ist es Gerümpel.«

»Bist du eigentlich Holländer? Du sprichst hervorragend deutsch.«

»Ich hab mal in Deutschland gearbeitet. Aber jetzt bin *ich* dran. Wie kommt es, dass du alleine unterwegs bist? Suchst du etwas Bestimmtes?«

Dich, dachte ich. Sagte: »Nö. Ich war mit einer Freundin zu einer Radtour verabredet. Die konnte nicht. Da bin ich alleine ...«

»Du bist mit dem Fahrrad hier?« Er sah zum Himmel. Im gleichen Moment sah ich es auch. Wolken zogen auf.

»Schiet op!«, sagte er. Im ersten Moment dachte ich an einen Kraftausdruck. Dann fiel mir ein, dass *opschieten* so viel hieß wie *beeilen*.

»Uff«, sagte ich. »Ich Idiot hab kein Regenzeug dabei.«

Er grinste. »Schöner Name! Angenehm. Willem.«

»Karin.«

»Okay, Karin. Vorschlag: Hilf mir aufladen. Dein Fahrrad packen wir dazu, und dann kriegst du bei mir einen Kaffee. Bis das Unwetter vorbei ist.«

Ich zögerte.

Er hielt mir eine Karte hin: »Ich wohne in Raeren, nicht weit von hier. Gib deiner Freundin Bescheid, wo du bist, dass sie weiß, wohin sie die Polizei schicken muss, wenn ich dich nicht mehr weglasse.«

Wenn ich dich nicht mehr weglasse!

Ich rief nirgends an. Holte mein Fahrrad und wir beluden den Transporter.

Rundum wurde hektisch abgebaut. Nur in der Halle ging der Verkauf weiter. Die ersten Tropfen fielen.

Eine Viertelstunde später rumpelte der Wagen durch eine Hofeinfahrt. Der Regen klatschte derart heftig auf die Windschutzscheibe, dass ich nicht mehr viel erkennen konnte. Ein Gebäude vor uns, zwei rechts und links, die eher wie Werkstätten wirkten, ehemalige Ställe.

Willem fuhr vor das Haus, stellte den Motor ab, sprang aus dem Wagen, lief ums Auto herum und riss meine Tür auf. »Schnell!«

Ich sprang ihm fast in die Arme. Er zog seine Jacke über unsere Köpfe, legte den Arm um meine Schultern und wir rannten zur Tür. Als wir im Flur standen, hinterließen wir bereits Wasserpfützen. Er zog mich ins Wohnzimmer, legte mir eine Wolldecke um und schob ein paar Scheite in den Kamin, den er befeuerte.

Dann lief er wieder hinaus. Ich hörte die Haustür, dann die große Wagentür. Kurz darauf schlug die Wagentür wieder zu, dann die Haustür. Ich ging ihm entgegen, zur Wohnzimmertür. Willem war triefnass. Er trug etwas Unförmiges, über das er seine Jacke geworfen hatte. »Ich bring das eben rauf.«

Ich kuschelte mich mit der Decke in einen Sessel. Als er zurückkehrte, hatte sein Hemd die Farbe gewechselt. Die Haare wirkten, als habe er sie mit einem Handtuch trocken gerubbelt, aber das Kämmen vergessen. Er kniete vor dem Kamin, stocherte im Feuer, legte Holz nach.

»Wohnst du hier ganz allein?«, fragte ich den Holz-fällerhemdrücken.

Willem warf mir einen Schulterblick zu. »Meine Mutter ist gestorben.«

Stimmt. Das hatte er erzählt. Aber hatte er mit *ihr* hier gelebt? Bis sie gestorben war? – Wie *Psycho* war das denn? Hitchcocks Film schoss mir in den Kopf. Der Motel-Besitzer Norman Bates, der allein reisende Frauen umlegte, weil seine verstorbene Mutter, deren Normen er in seine gespaltene Persönlichkeit integriert hatte, seine sexuellen Bedürfnisse nicht tolerierte.

»Alles klar?«, fragte Willem.

Hätte ich ihn bitten sollen, dass er mir noch einmal seine Karte zeigte? Wie peinlich! Ich nickte.

Er verschwand nebenan in der Küche, wo er mit Schranktüren und Geräten klapperte. »Tee? Kaffee?«, rief er, steckte den Kopf wieder zur Tür herein und zwinkerte. »Oder ein Glas Wein?« Mit Blick auf die Armbanduhr: »Halb sechs. Fast Abend, oder?«

»Na, gut«, sagte ich unbestimmt.

Kurz darauf kehrte er mit zwei Rotweingläsern zurück, hielt mir eins hin, stieß mit mir an, sagte »Prost« und trank.

»Du willst mich willenlos machen«, konstatierte ich.

»Uns beide«, korrigierte er.

»Na, dann.« Ich trank. Was folgte, würde dem Wein geschuldet sein.

Nach dem dritten Glas setzte ich mich zum Anstoßen neben ihn. Bevor wir einen Schluck getrunken hatten, küsste er mich, und dann ging alles so traumhaft selbstverständlich, dass ich geradezu enttäuscht war, als er mich wieder von sich schob und fragte: »Ist das okay für dich?«

Ich hatte keine Lust zu antworten, wollte meine Nase in seine Halsbeuge versenken, die so gut roch, aber er gab zu bedenken, dass er mich, wenn wir jetzt nicht weitermachten, noch nach Hause fahren könnte. Ansonsten könne er mir gerne sein Bett anbieten und würde auch, wenn mir das lieber wäre, auf dem Sofa ... Ich knabberte mich von der Halsbeuge aufwärts und küsste ihn, bevor er noch mehr Schwachsinn von sich geben konnte.

Als wir wechselseitig die Regionen unter unserer Kleidung so weit erforscht hatten, dass ein Ausziehen unumgänglich war, schob er mich wieder von sich. »Ich muss erst mal gucken, wie es oben aussieht. Warte, ich hol dich«, sagte er und verschwand im Flur. Ich schloss die Augen, hörte ihn die Treppe hinauf und oben hin und her laufen. Seine schnellen Schritte abwärts. Dann stand er wieder vor mir und nahm mich auf den Arm.

Er hat es Rosen regnen lassen für mich. Mich in rote Blütenblätter gebettet und nach Strich und Faden verwöhnt. Nachdem er mich komplett entkleidet hatte, zögerte er, nahm meine Hand in seine, küsste die Innenfläche, streichelte meinen Ringfinger und vergewisserte sich: »Da ist niemand, der auf dich wartet?«

Ich schüttelte den Kopf. Stellte keine Fragen. Was wusste ich von ihm? Meine Sehnsucht hatte mich ihm in die Arme getrieben. Das Gefühl, dass ein unsichtbares Band zwischen uns beiden existierte, das mich zu ihm hinzog.

Ihn doch genauso! Als wären wir füreinander bestimmt!

Wir können uns nicht aneinander satt lieben. Wie lange war es her gewesen, dass ich mit einem Mann das Bett geteilt hatte? Ich hätte schwören können, es sei nie so schön gewesen. So selbstverständlich und beglückend zugleich.

Als ich zum dritten Mal kam, meinte ich urplötzlich zu zerfließen. Als wenn die Ekstase den letzten Knoten in mir gelöst hätte. Ich lag auf dem Rücken. Tränen strömten mir aus den Augenwinkeln. Willem küsste sie behutsam weg.

»Habe ich dir wehgetan?«, raunte er mir ins Ohr. Dieses »ch«!

»Nein, überhaupt nicht«, schluchzte ich.

Ich schmiegte mich an seine breite behaarte Brust und heulte mir die Seele aus dem Leib, ohne überhaupt zu wissen, was es war, das diesen Strom verursachte.

Doch. Meine Mutter! Ich weinte um meine Mutter. Dass sie gestorben war. Weinte über ihr Leben. Ihr Unglück. Mich. Nein, nicht mich! Aber das, was dafür gesorgt hatte, dass es mich gab. Vielmehr *den*! Nein, um den weinte ich nicht. Er mochte in der Hölle schmoren! Ich weinte, weil er meiner Mutter keine Wahl gelassen hatte! Sie hätte ihn rausgeschmissen, hatte sie gesagt. Ja, so war es. Ich habe ihr Tagebuch gelesen. Überlegt, ob ich es nicht besser verbrenne. Wollte es! Aber es brannte nicht. Einzelne Blätter sind kein Problem. Die brennen blitzschnell lichterloh. Aber ein kompakter Block Papier – das Feuer erlosch, ehe der Einband sonderlich angekokelt war. Da habe ich es gelesen.

Sie hatte sich auf den Speicher geflüchtet. Dorthin, wo sie immer hinging, wenn sie Ruhe brauchte. Ihre Gedanken sortieren wollte. Er war ihr gefolgt und hatte sie bedrängt. *Mich zu töten!*

Da hatte sie ihn rausgeschmissen.

Aus dem Dachbodenfenster. Es war ein großes Fenster, das bis zum Boden ging. Mein Großvater hatte es eingebaut. Keine besonders stabile Konstruktion. Als sie den Mann wegstieß, prallte er mit dem Rücken dagegen, der Rahmen gab nach, das Glas splitterte und mein Vater verschwand.

Als sie unten ankam, lag er mit verdrehten Gliedern und abgeknicktem Kopf auf dem Rasen vor dem Rosenstrauch.

Dort, im Schutz der großen Hecke, hatte sie ihn begraben.

Ich hatte es nicht glauben wollen. Bin am nächsten Tag dem Rosenstrauch mit dem Spaten zu Leibe gerückt. Stieß auf einen Schädel, Knochen und einen goldenen Ring. Den Ehering meines Vaters. Marinus. Das war der Name, den meine Mutter mir genannt hatte. In dem Punkt hatte er sie offensichtlich nicht angelogen. Der Name seiner Frau war seinem vorange-stellt. Grietje. Den Namen hatte meine Mutter nie er-fahren. So wie Grietje den meiner Mutter nie kennen-lernen musste, nie etwas von ihrer Existenz geahnt haben mochte. Geschweige denn, wo ihr Gatte geblie-ben war. Vielleicht wähnte sie ihn ja irgendwo auf einer Fidschi-Insel mit einer glutäugigen Schönen. Sie wird ihn irgendwann für tot erklärt haben.

Es war mir vollkommen egal, genau so, wie mich der Tod meines Vaters vollkommen kalt ließ. Um ihn konn-te ich keine Träne vergießen.

Ich weinte um meine Mutter. Um den Schatten über meiner Jugend, den ich jetzt erst begriff. Tastete nach dem Ring an meinem Finger. Dem meines Vater, der mich hatte umbringen wollen. Bevor meine Mutter ihn umbrachte.

Willem rückte ab. Sagte: »Da *ist* jemand.« Fixierte den Ring.

»Nein«, schluchzte ich. Um es ihm zu beweisen, zog ich ihn ab und reichte ihn ihm. »Es ist der Ring meines Vaters.«

Er nahm ihn und hielt ihn gegen das Licht, um die Namen zu lesen, die darin standen. Runzelte die Stirn. Las. Schüttelte den Kopf. Las. Schüttelte sich.

Dann stand er langsam auf und ging zu dem Schreib-tisch vor dem Fenster. Zog eine Schublade auf, kramte darin herum, fischte ein Kästchen heraus. Entnahm ihm einen Ring. Hielt ihn neben meinen. Hielt beide gegen das Licht. Las abwechselnd, was darin eingraviert stand.

Schüttelte wieder den Kopf. »Meine Eltern«, sagte er, als könnte er es nicht glauben. Streckte mir den Ring, den er eben aus der Schublade geholt hatte, entgegen, dass ich es selbst sehen konnte. »Guck, das ist der Ehering meiner Mutt… «

Er vollendete den Satz nicht. Sah meine aufgerissenen Augen. Begriff, was ich begriffen hatte. Den Bruchteil einer Sekunde vor ihm.

Nein! Mein – unser Vater war mir nicht egal!

Ich hasste ihn.

Alte Dias

JÜRGEN EHLERS

Alte Dias«, sagte Susanne. »Was willst du mit dem Krempel?«

»Ich weiß nicht.« Peter hatte sie auf dem Sperrmüll entdeckt und sie einfach mitgenommen. Jetzt hielt er die Bilder gegen das Licht. Es waren überwiegend Landschaftsaufnahmen.

»Das sind die Urlaubsdias von irgendeinem toten Opa«, mutmaßte Susanne.

»Ich weiß nicht.« Ja, wahrscheinlich waren es einfach alte Urlaubsdias. Landschaften und Menschen, so viel konnte Peter erkennen. »Weißt du, wo der Projektor steckt?«

Susanne zuckte mit den Achseln. »Auf dem Boden wahrscheinlich. Wenn er noch da ist.«

»Der wird schon noch da sein.« Der Boden ließ sich zwar nicht abschließen, aber wer würde schon einen alten Diaprojektor klauen? »Ich seh mal nach.«

Susanne zündete sich eine Zigarette an. Es war ihr gleich, was das für Dias waren. Sie steckten in blau-weißen Kunststoffrähmchen mit Glas. Dass Peter sie eingesammelt hatte, war eine Dummheit gewesen, aber längst nicht die größte. Peter machte viele Dummheiten. Eine davon hatte ihn seinen Job in der Versicherung gekostet. Und statt sich neue Arbeit zu suchen, suchte er im Sperrmüll nach Dingen, die man gebrauchen konnte. Das meiste, was er anbrachte, taugte nichts. So wie diese alten Fotos. Die konnte man zu nichts gebrauchen.

Peter kam mit dem Projektor zurück. Ein leeres Magazin hatte er auch gefunden. Er sortierte die Dias ein und schaltete den Projektor an. Der Ventilator lief, aber das war auch alles.

»Die Birne«, sagte Peter. »Die Birne ist im Eimer.« Er sah auf einmal mutlos aus. Wo sollten sie jetzt eine Ersatzbirne herkriegen? Für so ein altes Gerät?

»Früher hattest du eine Birne in Reserve«, erinnerte ihn Susanne.

Ja, tatsächlich. Die Birne war noch da. Und sie funktionierte. Der Projektor warf ein helles Rechteck auf das Bild an der Küchenwand. Peter nahm das Bild ab, schob das Magazin in den Projektor, und die erste Aufnahme erschien. Ein tiefes Tal, in der Ferne ein See.

»Das ist Norwegen«, behauptete Peter.

Susanne gab keinen Kommentar ab. Peter war nie in Norwegen gewesen. Die Aufnahme konnte genauso gut in den Alpen entstanden sein. Oder im Himalaja.

Die nächste Aufnahme zeigte zwei Personen, die auf Plastikstühlen vor einer Holzhütte saßen. Die Hütte wirkte primitiv im Vergleich zu den Sommerhäusern, in denen Susanne mit ihrem Ex-Mann im Urlaub gewesen war. Dann hatte sie Peter kennengelernt und sich scheiden lassen. Jetzt hatte sie keine teuren Urlaube mehr, aber dafür hatte sie Peter.

»Das ist Norwegen«, wiederholte Peter. »Ganz sicher ist das Norwegen. – Und ich kenne den Mann.«

Die beiden Personen auf dem Bild sahen aus wie ein junges Paar. Der Mann mochte vielleicht 30 Jahre alt sein, die Frau Mitte 20. Und der Mann – Susanne hatte nicht das Gefühl, den schon mal gesehen zu haben, aber Peter kannte viele Menschen.

Die nächsten Aufnahmen zeigten den See. Susanne fiel auf, dass keine Straße zu sehen war, nur eine Art Feldweg, der offenbar selten befahren wurde. Wo immer diese Aufnahmen gemacht worden waren, es war jedenfalls eine einsame Gegend gewesen. Vielleicht wirklich in Norwegen.

»Scharfe Bilder«, sagte Peter.

Susanne war sich nicht sicher, ob ihr Partner damit die junge Frau meinte, die nackt im See badete, oder die Qualität der Aufnahmen. Die Bilder waren gestochen scharf, wenn auch die Farben inzwischen etwas verblichen waren.

»Der Newtonring stört«, sagte Susanne. Sie hatte ihre Bilder immer glaslos gerahmt – damals, als sie noch Dias gemacht hatte. Wie lange war das jetzt her? 15 Jahre mindestens.

Die nächste Aufnahme zeigte den Mann, wie er nackt ins Wasser stieg. »Ich kenne den«, murmelte Peter. »Wer ist das bloß? Ich bin mir ganz sicher, dass ich ihn kenne!«

Das nächste Bild zeigte ein Rentier. »Kennst du das auch?«, fragte Susanne.

Peter antwortete nicht. Die Frau – jetzt wieder angezogen – versuchte, das Rentier zu füttern, aber das lief weg.

Susanne registrierte, dass die Landschaft im Hintergrund sich verändert hatte. Anstelle des lieblichen

Tales sah man jetzt kahlen Fels. Die Frau trug einen Pullover. Wo sie jetzt stand, schien es kalt zu sein.

Es folgten Landschaftsbilder. Eine Aufnahme zeigte ein Tal mit ganz glatten Felswänden, die so aussahen, als ob sich gelegentlich große Gesteinsplatten lösten und herunterfielen. Im Vordergrund führte eine primitive Hängebrücke über einen Bach. Susanne kannte die Brücke. Dort hatte sie selbst einmal gestanden. »Das ist Valle«, sagte sie. Valle lag im Setesdal, und das lag in Südnorwegen. Peter hatte recht gehabt.

»Nein«, widersprach Peter. Er hatte nur halb zugehört. »Er heißt nicht Walter. Aber irgendetwas anderes mit W. Wolfgang? – Ja, ich glaube, er heißt Wolfgang. Und er hat etwas mit Politik zu tun.«

Susanne zuckte mit den Achseln. Sie war sich sicher, dass sie den Mann nicht kannte. Und die junge Frau auch nicht.

Die nächsten Bilder waren mit Selbstauslöser gemacht, und sie zeigten die beiden eng umschlungen vor der Hütte. Susanne sehnte sich nach einer einsamen Hütte in Norwegen oder sonst irgendwo, wo sie mit ihrem Peter eng umschlungen liegen könnte, ohne dass sich jemand daran störte. Aber das war nicht drin. Ihre halbe Stelle brachte nicht genug ein.

»Wolfgang Tropitz«, behauptete Peter. »Der Mann heißt Wolfgang Tropitz.«

Susanne kannte keinen Wolfgang Tropitz. »Na schön«, sagte sie. »Wir wissen jetzt, wie der Mann heißt. Wir wissen jetzt, dass er irgendwann einmal mit seiner Frau Urlaub in Norwegen gemacht hat, und wir wissen jetzt, dass er tot ist, und dass seine Kinder den alten Krempel weggeschmissen haben.« Aber in diesem Punkte irrte sich Susanne. Wolfgang Tropitz war noch am Leben.

* * *

Das Internet verriet ihnen, dass Tropitz am 5. Juni 1953 geboren war. Er hatte in Kiel studiert, war angeblich glücklich verheiratet, hatte Karriere gemacht, war 1992 als Staatsrat berufen worden; drei Jahre später hatte man ihn ohne Angabe von Gründen in den Ruhestand versetzt.

»Staatsrat – das ist immer ein Schleudersitz«, wusste Peter. »Als politischer Beamter sitzt man immer auf einem Schleudersitz. Man kann von einem Tag auf den anderen entlassen werden. Ohne Angabe von Gründen.«

Während Peter die restlichen Dias projizierte, stöberte Susanne im Internet. »Bei ihm ist eingebrochen worden. Das Abendblatt schreibt, dass bei ihm eingebrochen worden ist. Vor sechs Monaten. Vielleicht sind da die Dias gestohlen worden. Vielleicht freut er sich, wenn wir sie ihm zurückgeben.

»Ja«, sagte Peter. »Vielleicht freut er sich.« Das letzte Dia zeigte einen Sonnenuntergang in Südnorwegen. Peter schaltete den Projektor aus. Er hatte andere Pläne.

* * *

Endlich Wochenende. Endlich ein Tag, an dem auch Susanne ausschlafen konnte. Dennoch war sie als erste wach. Sie zog die Gardinen auf. Die Sonne schien. Ein Tag zum Spazierengehen. Wenn Peter sich dazu überreden ließ.

»Steht der schon lange da?« Peter war aufgestanden.

»Wer?«

»Der Mann da unten.«

Der Mann stand auf der gegenüberliegenden Straßenseite. Er lehnte an der Hauswand und rauchte eine Zigarette.

»Keine Ahnung.« Susanne war der Mann nicht aufgefallen.

Peter war nervös.

»Komm, lass uns frühstücken!«

»Ja.« Peter warf noch einen Blick aus dem Fenster, dann half er Susanne, den Tisch zu decken. Er hatte gedacht, es wäre keine schlechte Idee, den ehemaligen Staatsrat um eine kleine Spende zu bitten, dafür, dass sie seine Dias gerettet hatten. Tropitz wohnte noch immer in Hamburg. Peter hatte ihm einen freundlichen Brief geschrieben. Vielleicht war es falsch gewesen, Geld zu erwähnen. Peter hatte keinen bestimmten Betrag genannt, sondern vorgeschlagen, die Dias gegen eine entsprechende Anerkennungsgebühr zurückzugeben. Vielleicht war es auch falsch gewesen, seine Adresse anzugeben. Andererseits – wenn er Geld haben wollte, musste der Mann ja irgendwie mit ihm in Kontakt treten. Und seine Telefonnummer oder seine E-Mail-Adresse hätte am Ende auch zu seiner Anschrift geführt.

»Du hättest ihm nicht schreiben sollen«, sagte Susanne.

»Ja.«

Als Peter die zweite Scheibe Brot in den Toaster steckte, stand der Mann noch immer da. Nicht direkt gegenüber von ihrem Haus, sondern ein kleines Stück weiter links, aber dennoch hatte Peter keinen Zweifel daran, dass es dem Mann um dieses Haus ging. Um ihre Wohnung. Um sie beide. Tropitz musste ihn geschickt haben. Warum hatte er auf diese Weise reagiert? War die junge Frau auf den Bildern nicht seine eigene Frau? – Und wenn schon! Irgendein Seitensprung vor 20 Jahren konnte doch nicht so dramatisch sein, dass man deswegen jemanden beauftragte, irgendetwas zu unternehmen. Denn der Mann auf der anderen Straßenseite war jedenfalls nicht Tropitz. War das ein Detektiv? Sollte er die Wohnung überwachen? Vielleicht wäre es am einfachsten, wenn man zu ihm hinging und ihn direkt ansprach. – Nein, besser nicht.

»Steht er noch immer da?«, fragte Susanne.

Peter antwortete nicht. Er wusste nicht, was er tun sollte. Natürlich hätte er die Bilder einfach zurückgeben können. Aber wenn die Aufnahmen so wichtig waren, dass dieser ehemalige Staatsrat deswegen irgendjemand beauftragte, ihr Haus zu beobachten, dann musste das Ganze ziemlich wichtig sein. Wobei Peter bisher nicht die leiseste Ahnung hatte, warum das so war. Aber wenn es so war, dann war vielleicht noch mehr drin, als Peter gedacht hatte. Nicht nur 100 Euro, sondern vielleicht 1000 Euro. Oder 10.000. Und sie – sie waren pleite. Sie brauchten das Geld. Aber wie sollte er es anstellen, an das Geld zu kommen? Er hatte Angst.

»Mal sehen, was Bernd dazu sagt«, sagte er. »Ich gehe zu Bernd.«

Susanne nickte. Bernd war Peters Freund. »Und wenn der Kerl dir folgt?«

»Wird schon nicht. Ich tue so, als ob ich ihn gar nicht sehe. Ich gehe einfach los. Und wenn er mir folgt, dann rufe ich die Polizei an.«

»Ja.« Susanne glaubte nicht, dass Peter die Polizei anrufen würde. Für ihn war die Polizei noch nie Freund und Helfer gewesen. Schon gar nicht nach dem Ladendiebstahl. Die Festnahme hatte er nie verwunden.

Peter ging aus dem Haus. Susanne sah vom Fenster aus, wie er sich nach links wandte und dann mit raschen Schritten davoneilte. Der Mann auf der anderen Straßenseite folgte ihm nicht. Er sah ihm hinterher, so lange, bis Peter seinen Blicken entschwunden war. Dann drehte er sich um und sah zu ihr herüber. Susanne hatte das Gefühl, dass er ihr direkt in die Augen sah, aber das war Unsinn, sie stand nicht so dicht am Fenster, dass er sie wirklich sehen konnte. Dennoch trat sie einen Schritt zurück. Es war Sonnabend, später Vormittag. Die Winklers aus der Wohnung unten waren bestimmt wieder in ihrem Caravan an der Ostsee. Und die Wohnung über ihr stand leer. Die vier Studenten, die dort in einer Wohngemeinschaft gelebt hatten, hatten sich zerstritten und waren ausgezogen. Susanne war allein. Sie sah, wie der Mann die Straße überquerte und auf ihr Haus zuging.

* * *

Bernd war überrascht, als Peter bei ihm läutete. »Mit dir hätte ich nicht gerechnet«, sagte er.

»Hast du Besuch?«, fragte Peter.

Nein, Bernd hatte keinen Besuch. »Willst du ein Bier?«

Peter nickte. Bernd holte Bier und Gläser.

»Ich habe ein Problem«, sagte Peter.

Bernd sah in spöttisch an. »Wann hast du mal kein Problem?«, fragte er. »Was ist es denn diesmal? Susanne? Kann ich helfen?«

Peter schüttelte den Kopf. Er wusste, dass Bernd scharf auf seine Freundin war. »Ich habe mich mit jemand angelegt«, sagte er. »Nein, nicht was du jetzt denkst, ich habe niemanden verprügelt.«

»Kannst du ruhig«, sagte Bernd. »Jedenfalls kann dich jetzt niemand mehr entlassen deswegen.«

»Es geht um was anderes. Ich habe mich mit Wolfgang Tropitz angelegt.«

»Dem Ex-Staatsrat?«

Peter nickte. Er berichtete, was geschehen war. »Er hat uns irgendeinen Kerl auf den Hals geschickt.«

»Was denn für einen Kerl?«

»Keine Ahnung. Einen Killer vielleicht.«

»Einen Killer? – Das glaube ich nicht. Einen Detektiv vielleicht. Jemand, der herausfinden soll, wo ihr wohnt. Aber wenn er euch umbringen will, dann macht er das wahrscheinlich selber.«

»Der Staatsrat?«

»Er ist gefährlich, Peter. Ich kenne ihn von damals, als ich noch in der SPD war. In der Bürgerschaft. Wir sind einige Male aneinandergeraten. Heftig. Der Mann ist sehr ... emotional. Jähzornig, könnte man auch sagen. Aber natürlich hat er gewusst, dass er nicht handgreiflich werden darf. Er hat gewusst, dass ich stärker bin als er.«

»Weshalb ist er eigentlich damals ausgeschieden?«, fragte Peter.

»Das weißt du nicht?«

Peter schüttelte den Kopf.

In diesem Augenblick klingelte das Telefon. Bernd hob den Hörer ab. »Scheiße«, sagte er.

»Was ist?«

»Das war das Krankenhaus. Sie haben Susanne eingeliefert. Sie ist aus dem Fenster gestürzt.«

* * *

Susanne war nicht aus dem Fenster gestürzt. »Ich bin gesprungen«, sagte sie. »Als der Kerl die Tür aufgebrochen hat, da habe ich das Fenster aufgerissen und bin gesprungen.«

»Und dann?«

»Und dann? – Feierabend! Bein gebrochen. Das rechte. Die Leute von gegenüber haben gesehen, wie ich gesprungen bin und den Notarzt alarmiert.«

»Und was ist mit dem Kerl?«

Susanne zuckte mit den Schultern. Sie wusste nicht, was aus dem Kerl geworden war. Er hatte die Tür aufgebrochen, mit irgend so einer Eisenstange, Susanne hatte geschrien, er war auf sie losgegangen, sie hatte das Fenster aufgerissen war gesprungen. Mehr wusste sie nicht. Sie hatte nicht gesehen, wie der Kerl aus dem Haus gekommen war. Sie wusste nicht einmal, ob er nicht vielleicht noch immer in der Wohnung war.

»Und was machen wir jetzt?«

»Nichts. Ich mache gar nichts. Ich gehe nicht zurück nach Hause. Und hier im Krankenhaus kann ich auch nicht bleiben. Mit einem Beinbruch ist man ja nicht wirklich krank. Ich lasse mir zwei Krücken geben, und dann gehe ich ins Hotel und warte, bis alles vorbei ist.«

Peter schwieg. Schließlich sagte er: »Entschuldige, Susanne, das habe ich nicht gewollt. Ich habe dich nicht in Gefahr bringen wollen.«

»Nein, das hast du nicht. Und ich habe ja immer gewusst, wenn ich mit dir zusammenbleibe, dass ich mir jede Menge Ärger einhandele. Ich habe es gewusst, und ich bin immer noch da. Und ich laufe auch nicht weg. Im Augenblick kann ich sowieso nicht weglaufen. Aber ich möchte, dass du die Geschichte in Ordnung bringst.«

Peter versprach es. »Was soll ich tun?«

»Riskiere nichts. Bring die Bilder zur Polizei, Peter!«

* * *

Die Wohnung gehörte Susanne, aber natürlich hatte Peter einen Schlüssel. Den Schlüssel brauchte er nicht. Sowohl die Haustür als auch die Wohnungstür war gewaltsam aufgebrochen worden. Die Wohnungstür stand sperrangelweit offen. Drinnen sah es aus, als hätten die Vandalen gehaust.

»Oh«, sagte Bernd. »Ist das hier dein Diaschrank?«

Ja, das war sein Diaschrank gewesen. Jetzt lag er zertrümmert am Boden. »Nicht so schlimm«, sagte Peter. »Ich wollte ihn sowieso loswerden.«

»Und deine Dias?«

Die Dias waren weg. Peter hatte einige Tausend Bilder gehabt. Alle von damals, als er noch fotografiert hatte, lange bevor er Susanne kennengelernt hatte. Die Bilder brauchte er nicht mehr. Eines war unter den Tisch gerutscht. Bernd bückte sich und hob es auf. »Wer ist das denn?«

»Kennst du nicht«, sagte Peter. Er selbst wusste nur noch den Vornamen der nackten Schönheit. Veronika hatte sie geheißen. Eine Nacht hatten sie zusammen verbracht.

»Jedenfalls sieht es so aus, als könnten wir nichts mehr machen«, sagte Bernd. »Dein Einbrecher hat gekriegt, was er haben wollte.«

»Hat er nicht.«

»Nicht? Wo hast du denn die Dias aufbewahrt?«

»Auf dem Boden.« Nachdem er die Bilder mit Susanne gesehen hatten, hatte Peter den Projektor wieder nach oben gebracht, und das Magazin mit den Bildern steckte noch im Projektor. In der Zwischenzeit war niemand auf dem Boden gewesen. Der Projektor stand noch da. Die Bilder waren auch noch da.

»So, und jetzt zur Polizei damit!«

»Moment mal!«

Peter erschrak. In der Tür zum Treppenhaus standen zwei Männer. Der eine war derjenige, der heute früh das Haus beobachtet hatte. Der andere musste Tropitz sein. Ja, das war Tropitz. Er hielt einen Revolver in der Hand.

»Her mit den Dias!«

Peter hätte sie ihm gegeben, aber Bernd schüttelte den Kopf. »Damit kommst du nicht durch, Tropitz.«

»Seit wann duzen wir uns?«

»Seit wir zusammen in der Bürgerschaft gesessen haben.«

Tropitz stutzte. »Bernd Stollmann!« Er schüttelte den Kopf. Er hätte den Mann nicht wiedererkannt.

Bernd lachte. »Wir sind alle älter geworden inzwischen. Du besonders. Du bist fett geworden! – Aber ein Schwein warst du ja schon immer. Wir alle haben die Bilder inzwischen gesehen. Wir alle können bezeugen, dass du damals mit diesem Flittchen …«

»Gar nichts könnt ihr. Ihr gebt mir die Dias, und dann könnt ihr von mir aus zur Polizei laufen. Dann wird sich zeigen, ob sie euch Strolchen glaubt oder mir, dem Staatsrat.«

»Dem Ex-Staatsrat. Gefeuert wegen …«

»Was für ein Flittchen?« Peter wusste nicht, wovon die Rede war.

Bernd sagte: »Das wollte ich dir vorhin erzählen, als das Telefon uns unterbrochen hat. Eine junge Frau. Eine lebenslustige junge Frau. Deren Leiche ist damals aus der Elbe gefischt worden. Erst hieß es, sie sei wohl von der Köhlbrand-Brücke gesprungen. Aber die Art der Verletzungen passte nicht zu einem Sprung von der Brücke. Und wenn sie wirklich von der Brücke gefallen ist, dann war sie da jedenfalls schon tot. Elke hieß sie, glaube ich.«

»Und wie kommt dieser Kerl hier ins Spiel?« Peter wies mit dem Daumen auf Tropitz.

»Die Mutter der jungen Frau, die hat damals behauptet, dass der Staatsrat mit Elke befreundet gewesen sei.

Das hat er bestritten. Er hat behauptet, er habe sie überhaupt gar nicht gekannt. Und die Polizei hat ihm das Gegenteil nicht nachweisen können. Hinzu kam, dass diese Elke, soweit ich mich erinnere, eine ganze Reihe von Männerbekanntschaften gehabt hatte, und da haben die Bullen natürlich dem Staatsrat geglaubt und nicht dem Flittchen. So sind sie nun einmal.«

»Ich verstehe«, sagte Peter.

»Warum hast du sie abgemurkst?«, fragte Bernd.

»Sie hat versucht, mich zu erpressen. Ich sollte ihr die Dias abkaufen. Da bin ich ausgerastet. Ich war doch verheiratet.«

»Warum hast du dir die Dias nicht gleich gesichert?«

»Ich habe nicht gewusst, wo sie sind. In ihrer Wohnung waren sie nicht. Ich hatte gehofft, dass sie nie wieder auftauchen.«

»Aber nun sind sie wieder da.«

»Ja, und nun kriege ich sie endlich.«

»Das wird dir nichts nützen, Tropitz. Wir wissen ja, was auf den Dias ist. Wir gehen zur Polizei. – Oder willst du uns alle erschießen?«

»Nein.« Tropitz lachte. »Die Herrschaften von der Polizei, die sind auch heute noch meine Freunde, genau wie damals. Für die bin ich noch immer der Staatsrat. Was ich sage, das gilt. Strolchen wie euch glauben sie kein Wort. Und jetzt her mit den Dias – oder ich schieße!«

Peter hob die Hände. Die Dias fielen aus dem Magazin und verteilten sich auf dem Fußboden. Tropitz fluchte. Sein Schuss ging fehl. Bernd Stollmann schlug ihm die Waffe aus der Hand. Der nächste Schlag schickte den Dicken zu Boden. Der Detektiv war ein anderes Kaliber, und in dem sich anschließenden Ringkampf hätte er fast die Oberhand gewonnen. Aber jetzt hatte Peter den Revolver. Der Mann gab auf. Bernd erhob sich. Peter gab ihm den Revolver, nahm das Handy aus der Tasche und wählte die Nummer der Polizei.

Woyzecks Messer

KARR & WEHNER

Es würde kein einfacher Fall werden. Zweyffel ahnte es in dem Moment, als er die Akte und die Spurenbeutel vom LKA überstellt bekam. Es war wie immer. Wenn sie nicht weiterwussten, landete das Problem bei ihm:

Edgar T. Zweyffel – Objektprofiler – Ahnung – Deutung – Wissen.

Das Problem war knapp zwanzig Zentimeter lang, davon der Elfenbeingriff etwa acht. Ein Einhandmesser, leicht geschwungen, eine feine Gravur in der Nähe des Handstücks. Dazu das Holzkästchen, das offenbar zur Aufbewahrung gedient hatte, mit einem mit rotem Samt überzogenen Einsatz, darin eine Einbuchtung mit dem Umriss des Messers.

Edgar T. Zweyffel betrachtete die Klinge, wie sie im Licht der Nachmittagssonne aufleuchtete, glänzender Stahl bis auf die kleinen Flecken, bei denen es sich vermutlich um Blut handelte. Gesichert am Tatort des Schiller-Mordes. Rufus Schiller, nach eigener Bezeichnung Andenken- und Antiquitätenhändler, in Wahrheit nichts anderes als ein Edel-Trödler, der die Altstadt-Touristen mit billigen Maßkrügen und noch billigeren Kuckucksuhren übers Ohr haute. Erschlagen mit einem Briefbeschwerer aus falscher Jade, grün, made in China. In seiner Hand, verborgen unter der Leiche, das Messer. Als habe er es vor einem Dieb schützen oder es zu seiner Verteidigung benutzen wollen.

In seinen Geschäftsbüchern nur ein zweifelhafter Ankaufsbeleg. Danach hatte er es zwei Tage vor seinem Tod von einem gewissen »Manteuffel« erworben. Ein Name, den es nur einmal in der Stadt gab – Ernst »Ernie« Manteuffel, Unternehmer mit zweifelhafter Vergangenheit aus der Security-Branche, Kunstsammler, Sponsor des Musical-Theaters und Box-Enthusiast, Sohn des legendären Boxstallbetreibers und Max Schmeling-Entdeckers Moritz von Manteuffel.

Edgar T. Zweyffel glitt mit den Fingerspitzen über den Griff des Messers, um seine Aura zu erfassen. Das Elfenbein war glatt, sehr glatt. Er ließ das Messer auf der Tischplatte kreiseln. Die Spitze wirbelte blitzend herum und zeigte schließlich in Richtung des vor ihm stehenden Kästchens.

Als Zweyffel seine Hände auf das Holzkästchen legte, fühlte er zum ersten Mal etwas. Behutsam ertastete er den unteren Teil des Behältnisses, vorn, an den Seiten. Und dann spürte er den sanften Widerstand, mit dem sich das Geheimfach im Boden öffnen ließ. Gefaltetes Papier kam zum Vorschein, gegilbt und an den Rändern zerfasert, stockfleckig, in den Jahrzehnten mehr als einmal durchfeuchtet und wieder getrocknet. Als er es behutsam entfaltete, offenbarten sich zwei Dokumente, abgefasst in akkurater deutscher Schrift.

24. Junius 1821 Gohlis. Kaum aus Schandau von der Trink-Cur revertirt, Aufwartung vom Polizeypräsidenten. Von Gersdorff schildert mir nach dem Kirchgang persönlich die Schreckensthat, die sich vorigen Donnerstag am 21. d.M. ereignet hat.

26. Junius 1821 Gohlis. Die Acten sind bei Gericht eingetroffen, zusammen mit einigen Asservaten. In primo die Thatwaffe: ein Messer, blutbefleckt. Lag im Schilf. Fortgeworfen ins Wasser, war aber hängen geblieben am Röhricht. Der Tatort: vor der Stadt, auf freiem Feld. Das Opfer: stadtbekannt, Witwe des Stadtchirurgius Woost. Gerüchte von Männerbekanntschaften, einem unehelichen Kind, wahrscheinlich mit dem Thäter, das sie aber weggegeben. Leicht bekleidet, hingestreckt im Gras, Brustwunden, drei Einstiche, einer traf das Herz.

Der Thäter W., Soldat, niedrigster Dienstgrad. Vollwaise, trunksüchtig, jähzornig. Der W. ist geständig, unterwürfig. Der Thatgrund: Eifersucht, Streitigkeiten, Rache. Zurechnungsfähig? Zweifel. Gutachten bestellt, Hofrat Dr. Clarus, süperber Mediciner. Thäter hört Stimmen, des Nachts, aber auch tagsüber, Geflüster unter der Erde, aus den Wänden, in seinem Kopf: Stich, stich, stich zu! Sie hätten ihm befohlen: stich zu, stich, stich! Fühlt sich beobachtet, verfolgt, ständig ginge was hinter ihm, ginge vor ihm, unter ihm. Werde bei der medicinischen Facultät der Universität um Expertise bitten, Prof. Dr. Bock ist mir noch etwas schuldig.

27. August 1824 Gohlis. Eine andere Strafe als das Schafott konnte nicht in Betracht kommen, auch keine Begnadigung durch Ihro Gnaden Seiner Königlichen Hoheit in Dresden. Der W., ein durch und durch unmoralisches Subjekt, von unbeherrschtem Geschlechtstrieb, hat keinen Glauben, völlig haltlos, sittlich verwahrlost.

Freitag der Hinrichtung auf dem Marktplatz beigewohnt. Viel Volk zusammengelaufen. Nachher Acten und Asservaten ins Archiv überstellt, bis auf die Thatwaffe. Das Messer

nehme ich aus den Asservaten zum persönlichen Gebrauch.
Das selten schöne Stück wäre zu schade, um in den Gerichts-
kellern zu vermodern.

gez: von Manteuffel, Geheimer Justiz-Secretär

Die Erschöpfung, die ihn nach der ersten Sitzung mit
dem Messer ergriffen hatte, irritierte Edgar T. Zweyffel.
Er ging früh zu Bett und fühlte sich dennoch am nächsten Tag kaum erfrischt. Die Nacht war traumlos gewesen, ein schwarzer Schlund, der ihn ohne Übergang am
Morgen wieder ausgespuckt hatte. Vielleicht der
Grund für seine schlechte Stimmung. Oder es war der
grautrübe Himmel; Wolken, die nur gelegentlich auf-
rissen, um eine fahle Sonne kurz aufscheinen zu lassen.

Das LKA meldete sich, was seine Laune nicht verbesserte. Sie wollten wissen, ob er schon etwas in Erfahrung gebracht hätte. Sie stünden unter Druck. Er sagte
ihnen, dass unter Druck gar nichts von ihm zu erwarten wäre.

Erst nach dem Mittagessen und einem kurzen Nicker-
chen fühlte Zweyffel sich in der Lage, sich wieder dem
Messer zu widmen. Als sei durch den Fund des Doku-
mentes ein Bann gebrochen, spürte er jetzt die Aura des
Messers. Eine Wärme, die von den Fingerspitzen in die
Arme bis in seine Stirn floss, ihn umspann mit einem
sonnendurchglänzten Schimmer, wie er aus …

… einem Freiluftstück strahlt, das Paul aus Martinique mit-
gebracht hat nach Arles. Paradiesische Stimmung, Farbhar-
monien. Er ist am 23 Oktober 1888 eingetroffen. Man
glaubt, Vincent wird der Umgang mit ihm gut tun. Der ist

seit Wochen so unstet, bringt kein Bild zu Ende, klagt über die unreinen Töne, lauter Dissonanzen, Fanfarenrot, quinkilierendes Absinth-Grün überall, geht nicht aus dem Haus, der kaltblaue Paukenhimmel würde ihn erschlagen.

Starrt nur auf die Sonnenblumen vorm Haus.

Dann ist eines Tages ein Messer in Vincents Hand, mit schimmernder Klinge und elfenbeinernem Griff. Von einem Trödler, der vorbeikam, hat er es erworben. Sagt er. Mit schnellen Schnitten köpft er zwei Blütenräder im Garten, die ihm zu heiß brennen, gelb lodernd, crescendo, sforzato, fortissimo, er schwingt das Messer wie einen Taktstock.

Später: Paul und Vincent arbeiten im Atelier und draußen.

Vincent macht Skizzen von den abgeschnittenen Sonnenblumen, auf einer blauen Leinwand.

Und trinkt Absinth.

Paul malt drinnen Rachel, die Lieblingshure von Vincent, als wäre sie eine arabische Madonna. Sie soll die Syphilis haben, aber Vincent kann nicht von ihr lassen.

Trinkt Absinth.

Malt drei Sonnenblumen in einer Vase.

Paul malt ein Porträt von Vincent, in Öl. Vincent beim Abmischen der Farbe, des Sonnenglanzes, wie er ihn mit dem Messer immer wieder ausstreicht auf der Palette. Ist das das Geheimnis des Sonnenglasts? Dass er keinen Spachtel nimmt zum Mischen, sondern das Messer?

Paul trinkt Absinth.

Hat Vincent nicht erst durch ihn den reinen Ton gefunden? Den Klang des Gelbs durch alle Ausmischungen zu orchestrieren? Das Gleißen der Sonnenblumen, das einen verrückt macht?

Dutzende malt Vincent.

Trinkt Absinth.

Mit Paul.

Das »Le Forum Républicain« posaunt es in alle Welt hinaus. Paul hat Vincent ein Ohr abgeschnitten, im Streit. Oder Vincent hat es sich selbst abgeschnitten. Aus Wut. Oder sie sind aufeinander losgegangen. Aus Eifersucht, wegen Rachel.

Und des Absinths.

Es gibt Gerüchte, Vincent habe am späten Weihnachtsabend die Rachel im Bordell aufgesucht, betrunken, mit Blut besudelt, eine Wunde am Kopf. Als Rachel erkannte, was er ihr in die Hand legte, sei sie in Ohnmacht gefallen.

Sein abgeschnittenes Ohr.

Die Gendarmen haben ihn festgenommen. Das Ohr ist verschwunden. Auch das Messer, mit dem er die Glut der Sonnenblumen mischte, ist nicht zu finden. Nicht im Atelier, nicht bei den Blumen. Aber man hört von einem Trödler, der an jenem Tag vorbeizog mit seinem Karren …

Edgar T. Zweyffel wischte sich den Schweiß von der Stirn, als er langsam in die Welt zurückkehrte. Vor dem Fenster Nachtschwärze, kein Mond, keine Sterne. Er machte Licht und trank durstig den Tee, den er vor der Sitzung bereitgestellt hatte. Ein Sirren und Surren war in seinem Ohr, das ihn irritierte. Für einen Moment ertappte er sich bei dem Blick auf das Messer, das vor ihm auf dem Tisch lag und mit der Spitze auf ihn wies. Er gab ihm einen Stoß, ließ es gegen die Uhr kreisen. Schloss die Augen. Als er sie wieder öffnete, lag das Messer wieder wie zuvor auf der Holzplatte. Die Spitze auf ihn gerichtet. Er verharrte minutenlang. Dann riss er sich los, fasste seine Gedanken für das Protokoll zusammen.

Bevor er sich an den Schreibtisch setzte, nahm er sich eine Zigarre aus dem Humidor, eine Cohiba Piramides Extra, ein Geschenk des Bürgermeisters als Dank für seine Unterstützung bei einen delikaten Fall. Weil er sein Zigarrenmesser nicht fand, benutzte er das Messer, um die Schulter der Cohiba zu kürzen, ehe er sie genussvoll anzündete.

Er hatte das Messer wieder zurückgelegt in den Samteinsatz des Kästchens und kaum die ersten Züge der Cohiba genommen, als er spürte, wie sich etwas veränderte, ohne dass er hätte sagen können, was es war.

Edgar T. Zweyffel schlief wiederum schlecht. Wachte mit Kopfschmerzen auf. Der Anrufbeantworter blinkte, das LKA hatte eine Nachricht hinterlassen, der Vorbesitzer des Messers, dieser Ernie Manteuffel, wäre derzeit nicht aufzutreiben, befand sich womöglich derzeit in L.A. Nichts Genaues wüsste man nicht.

Zweyffel verbrachte den Vormittag damit, das Messer nochmals eingehend zu untersuchen. Psychisch, physikalisch. Die Klinge, beidseitig geschliffen, ein klein wenig biegsam, aus hochwertigem Stahl. Die Gravur beim Ansatz des Griffes, die er unter einem Vergrößerungsglas inspizierte, entpuppte sich als eine filigran geschwungene Girlande. Möglicherweise ein Buchstabe – ein W, oder zweimal ein V. Oder wenn man es von der anderen Seite betrachtete – ein M wie ….

... Max. Max Schmeling. Es ist sein Kampf gegen Jack Stanley, bei dem ich das Großmaul zum ersten Mal getroffen habe. Wir sitzen vorn am Ring. Max siegt mit k. o. in Runde acht. Der Sportpalast rast und Maxe winkt mir kurz zu. Das Großmaul pfeift ihn aus. Das Großmaul im schwarzen Ledermantel, dicke Zigarre in der einen Hand und die andere unterm Rock seiner Mieze, die er dabei hat. Er spendiert mir eine von seinen Zigarren, echte Habano, Hoyo de Monterrey Grande, und weil er kein Zigarrenmesser dabei hat, schneide ich die Schulter mit meinem Messer ab.

Das Großmaul versteht was von Zigarren. Und auch von Weibern. Aber vom Boxen versteht er nix, denn er hat auf den Briten gesetzt.

Nachher an der Bar kippen wir noch einen. Das Großmaul trinkt Schwarzbier und spendiert der Mieze Champagner. Er ist Brecht, Bertolt Brecht. Mit großem B. Die Mieze ist Bess und darf ihn Bi-Bi nennen.

Er reicht mir noch eine Zigarre und bewundert mein Messer. Ein schönes Stück, günstig für drei Mark beim Grünberg, dem Trödeljuden am Nollendorfplatz gekauft.

Im Monat drauf sehn wir uns wieder, der Bi-Bi und ich, bei Claire Waldoff im Wintergarten. Die singt »Ausgerechnet Bananen« und der Bi-Bi notiert sich was. Denn er braucht eine Idee. Er hat eine neue Mieze bei sich, eine blonde, langbeinige, einen halben Kopf größer als er. Er sorgt dafür, dass ich und der Kalle, meine neuste Entdeckung für den Ring, an ihrem Tisch einen Platz bekommen. Die beiden haben was mit dem Theater zu tun, kennen jedenfalls ne Menge Leute von der Bühne. Die Claire kommt nachher auch zu uns rüber. Und Bi-Bi stellt mich als den König vom Boxring vor. »Der Impresario der Faustkämpfer«, tönt er. »Der Mann mit dem Messer!«

Der Kalle guckt geil, als er mitkriegt, dass die Mieze vom Bi-Bi unterm Kleidchen nichts anhat. Es wird ein feucht fröhlicher Abend. Am Ende singt der Kalle mit der Waldoff im Duett Pufflieder. Bi-Bi lässt sich von der Mieze die Texte notieren. Die hat ein Büchlein in ihrem Pudertäschchen, in das schreibt sie alles auf, während der Bi-Bi eine Runde Zigarren spendiert und ich sie alle anschneiden muss, weil er wieder mal kein eigenes Messer dabei hat.

Am Ende geb ich ihm zwei Karten für den Kampf Schmeling gegen Francis Charles. Und sage: »Achte Runde, und setz diesmal auf Maxe!«

Max gewinnt in der Achten, weil der Franzose den Kampf aufgibt. Der Sportpalast tobt vor Begeisterung. Bi-Bi ist völlig aus dem Häuschen, er hat die ganze Kasse seiner Theatertruppe auf Maxe gesetzt. Ich muss mit den Buchmachern reden und ihnen erklären, wieso und warum und dass so was nicht wieder vorkommen wird. Auf Ehrenwort!

Er hat wieder die Bess mitgebracht. Die Kleine beult dir schon vom Hingucken die Hose aus. Ich geh mit ihr an die Bar, auf einen French 75. Und noch einen. Und dann Absinth.

Sie ist eine von den Schreibjulen, die der Bi-Bi ausnutzt, in seiner Truppe am Schiffbauerdamm und im Bett. Im Moment müssen sie alle Geschichten für sein neues Stück ranschaffen. Irgendwas mit Ganoven und Schiebern und fetten Geldsäcken, aber lustig, und mit Musik.

Ich spinn der Bess ein paar Geschichten zusammen, angeblich aus meiner Jugend, und sie ist begeistert. Das muss unbedingt Bi-Bi hören, sagt sie, nachdem sie alles in ihr kleines Notizbüchlein geschrieben hat. Aber natürlich. Doch zuerst geht's mit ihr ins Eldorado und dann schleppt sie mich noch auf einen Transvestitenball und reißt sich eine von den Transen auf.

Später, im Mai, sitzt der Bi-Bi wieder mit mir vorn am Ring im Sportpalast. Endkämpfe der Europameisterschaften der Amateurboxer. Diesmal kriegt er keinen Tipp von mir, obwohl er dauernd rumjammert und eine Zigarre nach der anderen spendiert.

Drei Jungs von den vieren aus meinem Boxstall werden Meister. Ich spendier Champagner an der Bar, und der Bi-Bi will mehr von meinen Geschichten hören. Er habe da auch schon eine Idee, wie man daraus so eine Oper für die hinteren Ränge machen könne. Eine, wie nur Bettler sie erträumen. Und weil sie so billig sein solle, dass alle sie bezahlen können, nennt er sie »Die Dreigroschenoper«.

Mein Messer wolle er noch mal sehen, und wie ich die Zigarren anschneide, knapp unter der Schulter. Das müsse ich ihm unbedingt beibringen, für ihn sei ich der Meck mit dem Messer.

Ich müsse auch unbedingt bei den Proben vorbeikommen. Seinem Hauptdarsteller zeigen, wie man mit so einem Messer umginge.

Ab Ende Juni sehen wir uns regelmäßig. Im Theater tanzt alles nach Bi-Bis Pfeife. Er hat meine Geschichten nach London verlegt. Es gibt jede Menge Bettler, Ganoven und Bonzen. Und Huren. Von Weibern versteht der Großkotz wirklich was.

Ich liefer ihm noch ein paar saftige Details für seine Spelunken in Soho. Ich bin für ihn jetzt der Mackie Messer. Oder MacHeath, wie der Held aus der Oper. Keine schlechte Geschichte, besonders der Schluss. Aber am besten gefallen mir die Lieder. Und die Bess, die die Transe aus dem Tingeltangel längst vergessen hat, nachdem sie mit mir mal erlebt hat, was ein richtiger Kerl zu bieten hat.

Ende August ist dann Premiere am Schiffbauerdamm. Ab dem Kanonensong gibt's Beifallstürme und Getrampel, dass der Boden wackelt, aber der Bi-Bi ist in Gedanken woanders. Wir sitzen vorn, in der ersten Reihe, genau wie am Boxring. Er spendiert wieder Zigarren und hat natürlich wieder kein Messer dabei. Also geb ich ihm meins. Daran bin ich schon so gewöhnt, dass ich wohl nicht darauf geachtet habe, ob er's mir wieder zurückgibt.

Der Jubel über die Bettleroper ist groß und es geht alles drunter und drüber auf der Feier hinter der Bühne. Die kleine Souffleuse, die ich zwischendurch in den Kulissen vernasche, erzählt, dass der Bi-Bi einen Riesenstreit mit der Bess gehabt habe. Weil er was von der Bess und mir gehört und in den falschen Hals gekriegt habe. Von wegen richtiger Kerl und so. Zu mir hat er nichts gesagt. Also geht das wohl in Ordnung, denk ich …

… aber dann holt mich der Kalle am helllichten Vormittag nach der Feier aus dem Schlaf. Weil er in der Boxhalle pennt, hat er die Schmiere auffahren sehen und sich sein Teil gedacht. Ich komme gerade noch aus dem Fenster über den Hinterhof und weg.

In der B.Z. am Mittag kann ich's dann lesen: wird wegen der Mordtat an der Schriftstellerin Bess H. der Boxveranstalter Moritz von Manteuffel gesucht, der jüngst mit der Entdeckung des Box-Talents Max Schmeling Furore gemacht hat ….

Ich komme zum Glück bei der Souffleuse unter. Sie kann mir erzählen, was passiert ist – in der Nacht hat es noch Streit gegeben in der Wohnung der Bess, und dann hat man sie tot

gefunden, erstochen. Das Messer, es habe neben der Toten
gelegen und der MacHeath aus dem Stück habe es gleich als
meines erkannt. Da ist mir klar, dass der Bi-Bi es mir an dem
Abend tatsächlich nicht mehr zurückgegeben hat.

Die Drecksau hat das wirklich geschickt eingefädelt.

Inzwischen hängt mein Steckbrief an jeder Litfaßsäule und
ich denke, es ist besser, wenn ich verreise. Brasilien soll ange-
nehm sein, zu dieser Jahreszeit ....

Edgar T. Zweyffel hatte kaum geschlafen und fühlte
sich am nächsten Morgen wie zerschlagen. Hinter seiner Stirn hämmerte ein heftiger Schmerz, der auch nach
einer heißen Dusche nicht verging. Er beschloss, seine
Arbeit mit dem Messer so schnell wie möglich zu been-
den, um dann für einige Tage zur Erholung an die See
zu fahren. Spiekeroog sollte zu dieser Jahreszeit ganz
reizend sein.

Er sah sein Protokoll der zweiten Sitzung durch und
konnte einige der Details in den Lexika verifizieren.
Nur die Spur des Messers konnte er nicht aufnehmen.

Nach dem Mittagessen wandte sich Edgar T. Zweyffel dem schwierigsten Teil seines Auftrags zu, dem Protokoll der dritten Sitzung mit all ihren farbigen Details.
Er fand wiederum vieles in den einschlägigen Nach-
schlagewerken bestätigt, stieß aber auch hier nicht auf
die Spur des Messers, das vor ihm auf seinem Schreibtisch lag. Und auch keinen Hinweis über das Holzkästchen. Er nahm an, dass man nach der Mordtat in Berlin
seinerzeit beides als Asservate sichergestellt und aufbewahrt hatte, bis die Katastrophe des großen Welten-
brandes sie ihrem Schicksal überlassen hatte.

Er erspürte unscharfe Bilder von Corned Beef und amerikanischer Schokolade, in die das Messer hineinschnitt, gefolgt von Kisten mit Gemälden und Krimskrams in einer Lagerhalle. Er hörte den Zuschlag eines Auktionators, hörte das Versprechen, keine Mauer zu bauen und die Zusage, dass das ab sofort, also unverzüglich gälte.

Als der Strom der Eindrücke abriss, blieb Edgar T. Zweyffel verwirrt zurück. Er starrte lange auf das Messer und das Behältnis, ehe er den Entschluss fasste, sich mit beiden an den Schauplatz des Mordes zu begeben.

Es war gegen Abend, als die Dämmerung in die Nacht überging. In etwa die Tatzeit, die die Weißkittel aus der Forensik in ihrem Bericht für plausibel hielten. Edgar T. Zweyffel öffnete die Tür des Trödelladens. Er hatte sich den Schlüssel von der ermittelnden Kommissarin geben lassen. Das schwache Licht der beiden Lampen erhellte den Raum nur dürftig, beleuchtete all den Krimskrams und Schund, den der Ermordete hier feilgeboten hatte. Vor dem Verkaufstresen die Kreidemarkierung mit dem Umriss des Toten. Zweyffel begab sich hinter den Tresen und legte das Messer darauf, die Spitze zeigte zur Tür und glänzte matt im Lampenschein. Er schaute auf, als plötzlich die Türglocke erklang und ein Unbekannter den Laden betrat, näher kam, ohne zu grüßen.

»Ein schönes Stück«, sagte der Kunde, als er das Messer sah. »Ein wunderbares Stück!«

Zweyffel unterließ es, den Fremden darüber aufzuklären, dass er nicht der Trödler war. Er sagte auch nichts, als der Kunde nach dem Messer griff, es in der Hand wog, schließlich die Hand um den Griff schloss.

Zweyffel stöhnte nur leise, als ihm das Messer in den Leib fuhr, einmal, zweimal, dreimal, herausgezogen wurde, während er zu Boden sank. Spürte nicht mehr, wie er auf den Fliesen aufschlug. Sah nicht mehr, wie der Kunde das Blut von dem Messer wischte, es sorgfältig in das Behältnis legte, den Deckel zuklappte und es einsteckte. Hörte nicht mehr die Türglocke, als sich die Ladentür schloss.

Schnee am Patscherkofel

REGINE KÖLPIN

Ich schwöre, ich hätte sie nicht umgebracht, so oder so nicht. Jetzt bin ich auf der Flucht. Diamantenraub und Mord. Keine feine Konstellation, gebe ich ja zu. Aber man kann sich eben im Leben nicht alles aussuchen. Ist suboptimal gelaufen, das stimmt. Dabei war alles so wundervoll geplant. Idiotensicher, dachten wir ...

Eine Woche vorher

Das war ja ein problemloser Bruch gewesen! Es war mein erster Coup und bald würde ich reich sein. Ratz fatz ging das: Schloss im Juweliergeschäft geknackt, Diamanten und Perlen eingesackt und ab über alle Berge. Als wir raus sind, ist die Alarmanlage angegangen. Bis die Bullen kamen, waren wir allerdings längst weg. Völlig außer Atem, aber glücklich saßen wir nun im Park auf der Bank. Dahinter hatten wir zwei Flaschen Bier versteckt, die wir uns nun genüsslich durch die Kehle laufen ließen.

»Da bist du auf deine alten Tage tatsächlich noch zum Verbrecher geworden«, lachte Hein. Er war zwar genauso alt wie ich, aber wesentlich erfahrener auf meinem neuen Betätigungsfeld. Ich hatte mich lange gesträubt, auf die schiefe Bahn zu geraten, nur muss man manchmal von seinen Idealen abweichen, wenn man im Leben zu etwas kommen will. Das hatte Hein immer schon gesagt, bis jetzt wollte ich davon nichts hören. Auf der Straße ertönten Martinshörner, die uns nicht weiter tangierten. Niemand hatte uns gesehen, Hein war ein Meister der Tarnung und Verschleierung. Und der Einbruchstechnik.

In ihm war bereits im Vorfeld ein überaus genialer Gedanke zur Übergabe des Schmuckes gereift. Bei seinem letzten Besuch hatte Hein in meinem Zimmer die Schneekugel mit dem Patscherkofel aus dem Regal genommen und sie versonnen in den Händen gedreht. »Wir müssen das Zeug so schnell wie möglich loswerden. In mir reift gerade eine super Idee.«

Erstaunt sah ich ihn an. Was hatte *meine* Schneekugel, ein Erinnerungsstück an eine wunderbare Zeit, nach der ich mich so sehr zurücksehnte, *damit* zu tun? Ich wollte sie ihm wegnehmen, denn sie war für mich so etwas wie ein Heiligtum. Ich bekam Gänsehaut, als er sie mit abschätzendem Blick in der Hand hin und herdrehte und am Ende sogar den Sockel abschraubte, der einen mir unbekannten Hohlraum freigab.

»Trödelmarkt«, erklärte Hein in seiner gewohnt wortkargen Art. »Ein Fall für den Trödelmarkt.« Er schnalzte mit der Zunge. »Übrigens der beste Übergabeort für so was. Da fragt nie einer nach, das ist idiotensicher.«

Ich sah ihn erstaunt an.

»Wenn ich mich recht erinnere, turnt deine Schwester Hilde fast jedes Wochenende auf irgendeinem Trödelmarkt herum, stimmt's?«

»Was hat das mit Hilde zu tun?« Ich nahm ihm die Schneekugel nun doch aus der Hand und schraubte sie wieder zu.

»Nun, du wirst dieses Teil mit Hilde auf dem nächsten Markt verkaufen. Für ein paar Euro an unseren Mittelsmann. Deine Schwester wird natürlich nicht eingeweiht, das wäre zu riskant. Du musst lediglich dafür sorgen, dass die Kugel so lange ein bisschen versteckt bleibt, damit sie kein anderer wegschnappt.« Er machte eine Pause und ergriff die Schneekugel ein weiteres Mal. »Obwohl das bei diesem Kitsch wohl nicht zu erwarten ist, so hässlich wie das Ding ist.«

Das mit dem »hässlich« überhörte ich geflissentlich, denn die Kugel hatte schon einigen Wert für mich. Ideellen natürlich, aber ich schwieg.

War das jetzt der Moment, mich endgültig von der Vergangenheit loszusagen und sie wegzugeben? Es schien so, eine Wahl hatte ich schließlich nicht. Seit drei Wochen war ich arbeitslos, ich brauchte das Geld. Da war es mir ganz recht gekommen, dass sich Heins Kollege den Fuß gebrochen hatte, Hein ebenso klamm war wie ich und der Raub nicht aufgeschoben werden konnte. Die Schneekugel mit dem Patscherkofel war also mein Opfer oder besser mein Beitrag zum Gelingen des Projektes »Diamantenraub«.

Ich kniff die Lippen zusammen und gab mir einen Ruck. »Okay. Kombiniere: Dein Mittelsmann stürzt sich auf sie, schon ist das Diebesgut in sicheren Händen und wir kassieren ab.«

»Korrekt. Die Geldübergabe wird dann ganz pfiffig: Der Mittelsmann zahlt den gewünschten Minimalbetrag für den Kitsch und gibt dir gleichzeitig einen Hinweis, wo sein Kollege mir das Geld übergeben wird. Alles ist entzerrt und für keinen nachvollziehbar. Das haben wir schon oft so gemacht, funktioniert immer. Es wird laufen wie geschmiert.«

Diese vorausschauende Planung hatte mich wirklich überzeugt. Ich ließ mir nun also nach getanem Raub im Park das Bier schmecken. Gleich morgen war die Übergabe auf dem Trödelmarkt geplant und ich alle meine Schulden los. Ich muss zugeben, dass ich trotz der vermeintlichen Sicherheit sehr nervös war.

Hilde war leicht verwundert, als ich die präparierte Schneekugel zu den Sachen legte, die sie nachher verkaufen wollte. »Ich dachte immer, du hängst an diesem Kitsch. Ich durfte sie nicht mal *anfassen*! Nun denn, ich finde, es ist eine gute Entscheidung, das Ding zu entsorgen. Guck dich mal um: Du wohnst in der modernsten Designerwohnung, selbst wenn du dir das gar nicht leisten kannst, und dann steht da eine so scheußliche Schneekugel!« Sie griff danach und musterte sie eingehend. »Ob man das Ding verschachern kann, weiß ich wirklich nicht. Ist ja echt geschmacklos.« Sie schüttelte sich. »Aber man weiß ja nie.«

Ich ließ das unkommentiert, denn im tiefsten Herzen fiel es mir verdammt schwer, mich von der Kugel zu trennen. Es war, als nehme man endgültig Abschied von etwas, von dem man sich gar nicht verabschieden will.

Ich schleppte ihr nun die Bananenkartons aus dem dritten Stock in den VW-Bus und ließ mich auf den Beifahrersitz fallen. Entgeistert schaute mich Hilde an. »Was wird das, wenn es fertig ist?«

»Ich fahre mit.«

»Kannst du dich doch nicht von der Kugel trennen? Dann schnapp sie dir, aber lass mich in Ruhe meiner Arbeit auf dem Trödelmarkt nachgehen. Wenn ich eins nicht ertrage, ist es, wenn man mir ständig auf die Finger schaut.«

»Ich bringe dich nur hin und geh anschließend zu Hein. Der wohnt in der Nähe.«

Der Tapeziertisch war rasch aufgebaut, die Sachen dekoriert. Hilde sah mich gleich mit diesem »Nun-hau-endlich-ab-Blick« an. Ich lächelte verbindlich und behielt die Schneekugel, die ich noch nicht auf dem Verkaufstisch, sondern leicht versteckt in der Bulliklappe deponiert hatte, gut im Blick. So war sie zwar zu erkennen, fiel aber nicht jedem Käufer sofort ins Auge. Obwohl Hein mir mehr als einmal versichert hatte, dass sein Käufer schon gleich zu Beginn auftauchen würde, war ich total nervös. Es fiel mir schwer Abschied von meiner Schneekugel zu nehmen. Immerhin würde sie ganz schnell auf dem Müll landen. Ich durfte gar nicht darüber nachdenken.

Kurze Zeit später schlenderte eine junge Frau auf den Stand zu. Sie hatte langes rotes Haar und eine Nase, die mich an jemanden erinnerte. Ihre ganze Art zu gehen, löste in mir Vertrauen aus. Ich beobachtete sie, während sie ihre Augen über die Auslage schweifen ließ, das ein oder andere Stück in die Hand nahm, aber unschlüssig schien, ob es einen Kauf wert war. Plötzlich fixierte sie die Bullitür und ihr Blick blieb an der Schneekugel hängen. Ihre Augen blitzten freudig auf. Da verstand ich! »Die möchte ich«, rief sie begeistert aus. Ich musterte sie erstaunt. Hätte nicht gedacht, dass

Hein solch junge Dinger und dann noch Frauen beschäftigte, aber er würde schon wissen, was er tat.

Bevor Hilde reagieren konnte, sprang ich mit der Schneekugel auf die Frau zu, wickelte mein Erinnerungsstück in Zeitungspapier und kassierte drei Euro. Bevor ich ihr die Schneekugel reichte, sah ich sie erwartungsvoll an.

»Ist was?«

Ich runzelte die Stirn.

»Junger Mann, ich hab es eilig. Mein Bus fährt gleich.«

Erleichtert gab ich ihr die Kugel und stellte die abgesprochene Frage hintenan: »Wo?«

»Ich wüsste zwar nicht, was Sie das angeht, aber ich muss die 3 nehmen. Am Adalbertplatz.« Mit einem entrückten Lächeln im Gesicht marschierte sie ab.

»Adalbertplatz«, notierte ich in Gedanken und wollte Hein eben eine WhatsApp schreiben, als sich ein schlaksiger Typ mit Lodenmantel näherte. Er blickte sich ständig hektisch um. »Die Schneekugel«, raunte er mir zu. »Bin aufgehalten worden. Bank drei im Park. Mülleimer.«

Ich erstarrte. Was zum Teufel war denn nun passiert?

Von der jungen Frau war nichts mehr zu sehen.

Hein rastete regelrecht aus. »Du musst das Weib finden und diese blöde Kugel zurückholen. Verdammt, wer kauft so einen Scheiß? Und wieso gibst du sie einfach so weg?«

Meine Erklärungen interessierten ihn nur wenig. Ich musste sehen, dass ich die Kugel so rasch es ging zurückbekam. Das Gesicht der jungen Frau hatte ich mir genau eingeprägt, denn sie erinnerte mich wirklich an jemanden. Nur wie sollte ich sie wiederfinden? In einer so großen Stadt? Fand ich sie nicht, wusste ich wirklich nicht, was Hein mit mir anstellen würde. Mein Kopf würde rollen, das war mal sicher.

Aber mir war der Zufall hold und so lief mir das junge Mädchen tatsächlich am nächsten Tag in der S-Bahn über den Weg. Ich verfolgte sie bis zum Stadtrand, wo sie in einem Zweifamilienhaus im Erdgeschoss lebte.

Zufrieden erzählte ich Hein davon. »Okay, wir machen den Bruch gleich heute Nacht«, bestimmte er merklich nervös, denn sein Mittelsmann war sehr ungehalten gewesen, dass der Deal geplatzt war. Schließlich wollten eine Menge Leute daran mitverdienen.

»Und wenn sie zu Hause ist?«

»Dann überlebt sie es eben nicht, ganz einfach!«

Ich hatte Hein noch nie so abgebrüht erlebt. Einbruch, Diebstahl, das war das eine. Aber Mord? Ich hob abwehrend die Hände, erreichte Hein jedoch nicht. »Heute, 24 Uhr, wenn sie schläft. Ich weiß, wie man leise rein und wieder rauskommt.«

Der Bruch klappte natürlich nicht, weil die junge Frau, ihr Name war übrigens Isabella, die ganze Nacht wach war. »Lass mich das anders machen, Hein. So ein junges Ding umzubringen, widerspricht jeglichem Anstand.«

Mein Kumpel nickte. »Du hast recht. Töten ist unmoralisch. Und was hast du für eine Idee?«

»Ich spreche mit ihr. Erzähle etwas von einem Erinnerungsstück, das wir versehentlich verkauft haben. Dann wird sie einlenken. Sie ist eine Frau!«

Hein wiegte den Kopf und gab mir am Ende grünes Licht. »Beeil dich, wir haben kaum Zeit. Meine Geschäftspartner fackeln nicht lange, wenn sie sich übers Ohr gehauen fühlen.«

Ich lauerte Isabella am Nachmittag vor ihrem Haus auf.

»Guten Tag, junge Frau. Dürfte ich Sie mal stören?«

Erst stutzte sie, aber dann erkannte sie mich. Sie hörte sich meine Geschichte an. »Das tut mir wirklich leid für Sie«, lächelte Isabella schließlich, »nur ist da nichts zu machen. Gekauft ist gekauft.«

Ich sah sie fragend an, denn Hein hatte ja recht. Objektiv betrachtet stellte die Schneekugel ein No Go dar, sodass ich mich ernsthaft fragte, warum diese junge Frau so kompromisslos an dem Teil festhielt. Ahnte sie womöglich den unschätzbaren Wert der Kugel? Das konnte nicht sein.

»Ich habe sie für meine Mutter gekauft«, erklärte Isabella schließlich.

Ich fiel aus allen Wolken. Wer zum Teufel schenkte seiner Mutter eine solche Ausgeburt an Hässlichkeit wie meine Patscherkofel-Schneekugel? »Mögen Sie Ihre Mutter?«, fragte ich vorsichtig. Vielleicht wollte Isabella sich an ihr rächen, da könnte ich bestimmt mit etwas Besserem aufwarten.

»Ich *liebe* meine Mutter. Und nun lassen Sie mich bitte in Ruhe.« Isabella rauschte von dannen. Verdammt, sie wusste nicht, dass diese Antwort ihr Todesurteil sein könnte. Hein würde keine Kompromisse eingehen. Er war heiß auf die Diamanten, und seine Dealer erst recht. Aber ich konnte doch keine Frau töten, mit der ich mich schon unterhalten hatte, die ich folglich kannte und die eben keine Unbekannte mehr war. Ich konnte eigentlich überhaupt nicht töten.

Hein reagierte wie erwartet. »Jetzt gilt Plan B. Heute holen wir uns das Teil.« Er kaute nervös an seinen Nägeln. »Die machen mich kalt. Ich muss die Diamanten haben, sonst …«

Einer gegen den anderen, ich hatte verstanden. Und versagt, weil ich Isabellas Leben nicht hatte retten können.

Hein schmiedete einen neuen Plan, wann und wie wir in ihre Wohnung einsteigen könnten. Ich hingegen machte mich noch einmal auf den Weg zu ihr. Mit meinen letzten Ersparnissen in der Hand. So ein junges Ding war bestimmt käuflich. Wenn ihr erst die Scheine vor der Nase wedelten, brach sie sicherlich ein. Es gab schließlich noch andere Schneekugeln.

Doch Isabella reagierte sehr ungehalten. »Was wollen Sie schon wieder? Ich habe die Kugel längst meiner Mutter geschenkt. Lassen Sie mich in Frieden!«

»Bitte, geben Sie mir die Adresse! Ich muss mit ihr reden, diese Kugel … davon hängt mein Leben ab.« Ich sagte mein Leben, obwohl ich von ihrem sprach. Naja, auch. Was mit meinem wurde, wenn ich die Diamanten nicht zurückbrachte, darüber wollte ich jetzt nicht nachdenken.

Isabella verstand die Warnung nicht und schüttelte den Kopf. »Sie glauben doch nicht, dass ich einem wildfremden Mann die Adresse meiner Mutter nenne, oder?«

Sie hatte recht, dann wäre sie strohdoof.

Ich fand die Adresse trotzdem heraus, weil ich Isabella heimlich folgte. Ihre Mutter musste erst kürzlich hergezogen sein, an der Klingel befand sich nicht einmal ein Namensschild. Leider bekam ich auch deren Gesicht nicht zu sehen, aber ich hörte, wie sie sich überschwänglich begrüßten. Das war bis hierher alles optimal verlaufen. Heute Nacht konnten wir endlich einen Schlussstrich unter die Sache ziehen.

Hein und ich schlichen in der Nacht ums Haus, das nur wenige Hundert Meter von Isabellas entfernt lag. Hein knackte das Terrassenfenster mit wenigen, lautlosen Tricks. Vorsichtig schlüpften wir ins Wohnzimmer. Aus dem Schlafraum drangen die ruhigen Atemzüge der Frau. Wir suchten alles ab, doch nichts war zu finden. Ich zuckte mit den Schultern, verlor bei dieser Geste das Gleichgewicht und taumelte ungeschickterweise gegen die Glasvitrine. Die Tür sprang auf und ein Weinglas zerschmetterte auf den weißen Fliesen. Das machte einen Heidenlärm und ehe wir verschwinden konnten, stand Isabellas Mutter mit einem Steinkrug in der Schlafzimmertür. Hein sah sie nicht, denn er hatte mit der rechten Hand in eine Scherbe gefasst und ich wusste, dass er kein Blut sehen konnte. Nicht einmal sein eigenes. Aber morden wollte der edle Herr! Mein Warnruf blieb mir in der Kehle stecken, als das Mondlicht auf das Gesicht der Frau fiel. Nun wusste ich, warum mir Isabella so bekannt vorgekommen war. Ich wusste, warum sie ihrer Mutter die Schneekugel geschenkt hatte. In Bruchteilen von Zehntelsekunden erfasste ich, dass auch ihre Mutter noch immer viel mit der Kugel verband und mir in diesem Augenblick das Herz vor lauter Liebe aufging. Tatenlos sah ich zu, wie der Steinkrug über Heins Kopf zerschmetterte. Er sackte zusammen und regte sich nicht mehr. Eine dunkle Lache breitete sich rings um seinen Kopf aus. Mir war sofort klar, dass es Hein von nun an nicht mehr gab.

Fassungslos starrte die Frau auf meinen niedergeschlagenen Kumpel. »Was habe ich getan?«, stammelte sie.

»Gloria!«, sprach ich sie an. »Gloria!« Sie sollte endlich zu mir herüberschauen!

Jetzt stutzte sie, stellte den Krug ab und machte Licht an. »Johann, du? Was tust du hier? «

»Die Schneekugel. Deine Tochter hat dir die Schneekugel gekauft. Ich wollte sie zurück ... Du weißt schon.« Ich musste es nicht aussprechen. *Die* Wanderung meines Lebens am Fuße des Patscherkofels mit *der* Liebe meines Lebens. Hinterher *die* Nacht meines Lebens und so hätte ich die Liste mit »meines Lebens« einfach so fortsetzen können.

Ich gebe zu, die Situation war äußerst grotesk, wie wir gemeinsam, Hand in Hand, in Erinnerungen schwelgend, vor meiner Patscherkofel-Schneekugel standen, den blutenden und regungslosen Hein zu unseren Füßen.

Gloria durchbrach die Stille als Erste. »Isabella hat unsere Kugel auf einem Foto gesehen und stets mit großem Interesse meinen Geschichten über dich gelauscht. Wie sehr ich dich vermisse. Noch immer, weil es keinen Mann gab, der mir das hätte geben können, was zwischen uns war. Sie hat stets sehr bedauert, dich nicht zu kennen und auch, dass ich ihr nicht mal ein Foto von dir zeigen konnte. Als Erinnerung habe ich damals in dem Laden nur diese kitschige Kugel fotografiert, weil wir so herzhaft darüber gelacht hatten. Und weil *unser* Berg darin abgebildet war. ›Eines Tages werden wir dort im Schneetreiben hochwandern‹, hast du zu mir gesagt. Total kitschig, aber ein Versprechen.« Gloria kicherte. »Du hast sie also tatsächlich gekauft.«

Ich nickte. »Hab ich. Und nun stehe ich vor dir.«

Gloria ergriff meine Hand und senkte ihre Stimme. Herrgott, die Szene war noch kitschiger als das Schneegestöber in der Kugel. Vor uns lag eine Leiche und Gloria und ich gestanden uns unsere Sehnsucht und die nie versiegte Liebe. Das musste schließlich etwas bedeuten!

Glorias Stimme klang voll und dunkel, als sie weitersprach und sie ließ mich nicht aus den Augen. »Als Isabella sie dann auf dem Trödelmarkt gesehen hatte, wollte sie mir damit eine Freude machen und mir die Erinnerung an eine große Liebe zurückschenken. Ich hätte nie gedacht, dich wiederzusehen. Wir hatten beide Familien …« Gloria sprach nicht weiter.

Ich drückte ihre Hand. »Dabei leben wir offenbar in derselben Stadt! Ich bin seit Jahren allein.«

»Ich auch. Es könnte jetzt so schön sein, aber nun haben wir ein Problem.« Gloria wies auf Heins Leiche. Kein appetitlicher Anblick.

»Notwehr?«, fragte sie. Die Verzweiflung war ihr anzusehen. »Ich hatte solche Furcht, dachte, ich muss dich ebenfalls niederschlagen.«

»Das glaubt uns kein Mensch.« Ich sah mich. »Dich hält hier nichts, oder?«

»Doch, Isabella! Aber sie fliegt morgen nach Australien.«

Ich drückte Gloria einmal fest. »Schnapp dir die Kugel! Und dann, nichts wie weg.«

»Einfach so verduften?« Sie griff nach der Schneekugel.

»Ja, so schnell es geht über alle Berge. Und die da«, ich deutete auf die Kugel, deren Flocken gerade den Gipfel des Patscherkofels umtanzten, »die nehmen wir als Maskottchen mit.«

Tja, und nun bin ich auf der Flucht vor den Bullen und Heins Mittelsmännern. Der Einbruch wäre völlig unnötig gewesen, denn wenn ich Gloria besucht hätte, wären wir schon übereingekommen. Aber Hein war ja mal wieder zu voreilig. Mit den Diamanten werden wir eine Weile, ach was sag ich, für immer, überleben können. Eines Tages werde ich Gloria die Wahrheit sagen. Oder auch nicht, kleine Geheimnisse beleben bekanntlich die Liebe. Das Schicksal hat es so und nicht anders für mich geplant. Ich bin ein Mann im Glück. Nun sind wir wieder am Fuße des Patscherkofels. Für morgen ist Schnee angesagt und ich pflege meine Versprechen zu halten.

Der Schreibtisch des Grauens

ALMUTH HEUNER

Es war mordsdunkel und ziemlich windig. Ich fuhr langsam die Vorortstraße entlang und versuchte, gleichzeitig nach vorn und zum Beifahrerfenster hinauszuspähen. Sperrmüll war auch nicht mehr das, was es früher war. Damals lagen vor jedem Haus riesige Haufen, aus deren Mitte Möbel ragten. Und von denen waren viele noch gut verwendbar gewesen. Heute konnte ich von Glück reden, wenn ich in einer Straße einen Stuhl fand, der noch halbwegs reparierbar war.

Doch selbst wenn es völlig aussichtslos erschien, etwas Brauchbares zu entdecken, ich hätte nie an einem noch so kleinen Häuflein vorbeifahren können. Ich musste wenigstens einen Blick darauf werfen. Man konnte nie wissen. Der Bedarf an Beistelltischchen war gleichbleibend hoch, wenn nicht sogar noch gestiegen in den letzten Jahren.

Ich bremste, stieg aus, stemmte mich gegen den Wind und schwenkte den Lichtstrahl meiner Taschenlampe über das wüste Durcheinander. Hauptsächlich Kram und Krempel, Krimskrams und Müll, die blauen Säcke teils schon aufgerissen. Was ausgesehen hatte wie ein Regalbrett, entpuppte sich als Teil einer Werkbank.

Es war schon spät, ich war müde und hungrig. Mit Sehnsucht dachte ich an die Bratkartoffeln, die ich mir heute Abend machen wollte. Gestern hatte ich Pellkartoffeln mit Quark gegessen, und die übrigen sollten mit

Speck und Ei eine der köstlichsten Mahlzeiten ergeben, die die Menschheit jemals erfunden hat. Ich koche gern, aber es ist recht aufwendig, immer nur für eine Person Essen zuzubereiten. Ich bin ein bisschen stolz darauf, dass ich es all die Jahre trotzdem geschafft habe.

Na gut, das war es dann wohl für heute. Sicherheitshalber schwenkte ich den Lichtstrahl noch zum Nachbarhaus.

Und dort stand er. Ein Schreibschrank, auch Sekretär genannt. Ich ging hinüber und inspizierte das gute Stück. Natürlich war es kein Stilmöbel, das hatte ich auch nicht erwartet. Aber alt genug, um aus ordentlichem heimischem Holz gefertigt zu sein und nicht aus Spanplatten. Die herausziehbare Schreibplatte war noch vorhanden. Der Viertelkreis-Rollladen war abgeschlossen. Im Schein der Taschenlampe entdeckte ich, dass der Schlüssel im Schloss abgebrochen war. Ich fluchte. Leider war ich heute Abend nicht mit dem Lieferwagen unterwegs, und in mein Auto passte das Stück nicht. Hektisch tippte ich die Kurzwahl meines Partners ins Handy.

»Roland? Du musst sofort mit dem Lieferwagen herkommen ... Ja, ich weiß, dass es spät ist. Ja, ich weiß, dass jetzt Dortmund spielt ... Ich brauche dich!« Ich nannte ihm die Adresse und versprach jede Art von Wiedergutmachung. Dann postierte ich mich bei meinem Fund, bereit, ihn mit Zähnen und Klauen gegen gierige Nachbarn, gewissenlose Sperrmülltouristen und anderes Gesindel zu verteidigen.

Als Roland kam, luden wir den Sekretär in den Lieferwagen und machten aus, dass er ihn heute erst einmal zu sich mitnehmen und erst morgen zu unserer Werkstatt bringen würde. Natürlich vertraue ich Roland, sonst könnten wir unseren Trödelladen nicht gemeinsam betreiben. Es funktioniert ja auch schon seit fünfzehn Jahren.

Nachdem er weggefahren war, sah ich mich noch mal um, ob mir auch wirklich nichts entgangen war. Der Wind hatte sich fast gelegt. Die Straßenbeleuchtung, die mir an diesem Stück ohnehin schon etwas funzlig vorkam, fing jetzt auch noch an zu flackern. Unheimlich! Ein Schauder lief mir über den Rücken. Aus den Augenwinkeln glaubte ich, eine Bewegung wahrzunehmen, doch als ich mich umdrehte, war da nichts.

Ich fuhr nach Hause und machte mir die Bratkartoffeln.

Am nächsten Morgen setzte ich Prioritäten. Die Steuererklärung samt des Berges an Belegen, der sortiert werden musste, konnte warten. Stattdessen ging ich in die Werkstatt und begutachtete den Schreibschrank, den Roland abgeladen hatte, bevor er zu seiner Sperrmüllrunde aufgebrochen war. Vermutlich so aus den 1920ern, dachte ich – nicht wertvoll, aber schöne klare Linien. Voller Dreck, er hatte wohl länger im Keller herumgestanden. Und leider viele Kerben und Kratzer. War aber alles kein großes Problem.

Ich stocherte im Schloss herum, um den abgebrochenen Schlüssel zu entfernen, doch der zeigte sich hartnäckig. Vielleicht kam ich von unten heran? Doch direkt darunter saß die Schreibplatte, und unter ihr war eine Schublade über die ganze Breite. Darunter wiederum war ein Fach, dessen Flügeltüren ebenfalls abgeschlossen waren. Ich hockte mich hin und probierte ein paar alte Schlüssel aus, die ich für solche Fälle herumliegen hatte, und richtig, nach wenigen Minuten schwangen die Türflügel auf.

Und gaben die Sicht frei auf den abgetrennten Kopf eines Mannes.

Hastig schlug ich die Türen wieder zu.

Ich saß vor dem Schreibschrank auf dem Betonboden der Werkstatt und starrte wie betäubt auf die geschlossenen Türen des Unterschranks. Nach einer Weile öffnete ich sie behutsam wieder. Der Kopf war noch da. In einer Lache aus geronnenem Blut. Und es war immer noch der Kopf meines Steuerberaters.

Mein erster Gedanke: Das ist nicht wahr. Und der zweite: Das darf nicht wahr sein. Und der dritte: Wenn ich jetzt auch noch einen neuen Steuerberater suchen musste, verzögerte sich die Abgabe der Erklärung noch weiter ...

Erst nach einer ganzen Weile konnte ich wieder einen klaren Gedanken fassen und die Prioritäten neu setzen: Erstens durfte niemand den Kopf hier finden, und zweitens durfte keine Verbindung zu meinem Laden aufzuspüren sein. Der Kopf musste weg. Der Sekretär leider auch. Am besten separat.

Ich setzte mich ins Büro, starrte auf den Berg aus Umsatzsteuerbelegen und dachte lange nach.

Abends begann es zu stürmen. Das kam mir gerade recht. Ich lud den Sekretär samt Inhalt in den Lieferwagen, den Roland irgendwann am Tag gebracht hatte, und fuhr in die nächste Stadt. Dort kurvte ich lange umher, bis ich endlich eine Straße fand, in der sich

Sperrmüllberge auf dem Gehweg auftürmten. Unter einer Straßenlaterne, die nicht leuchtete, hievte ich den Schrank aus dem Wagen und zerrte ihn zum nächsten Haufen. Dann machte ich, dass ich wegkam. Den Kopf, gut verpackt in einer Plastiktüte, warf ich unterwegs in den Müllcontainer einer Sporthalle.

Am nächsten Morgen schmirgelte ich einen großen Tisch ab, und bei dieser öden Tätigkeit lässt es sich gut nachdenken. Ich fragte mich, wie eigentlich der Kopf meines Steuerberaters in diesen Schreibschrank gekommen war. Und wer den armen Mann umgebracht hatte und warum. Es lag auf der Hand, Roland zu verdächtigen. Er kannte natürlich unseren Berater; Münchmeier, Roland und ich waren alle zusammen auf dieselbe Schule gegangen. Roland hatte auch den Sekretär transportiert. Aber warum sollte er den Kopf hineintun? Um mich in Verdacht zu bringen? Aber warum das? Und überhaupt, warum sollte er Münchmeier umbringen? Ich schmirgelte wie verrückt, doch mir wollte keine plausible Erklärung einfallen. Nur eins war offensichtlich: Auf keinen Fall würde ich Roland danach fragen! Wer vor einem Mord nicht zurückschreckte, würde auch einen zweiten begehen.

Auf einmal fiel mir auf, wie still es war. Seit ich aufgehört hatte zu schmirgeln, hatte ich kein Geräusch mehr gehört. Höchst ungewöhnlich in dieser recht belebten Gegend.

So machte ich buchstäblich einen Satz, als es vor der Werkstatt knallte. Gleich darauf wurde die Tür aufgerissen, und Rolands Stimme ertönte: »Harry, du wirst

es nicht glauben ... Sieh mal, was ich gefunden habe!«
Unter Stöhnen und Keuchen schleppte er etwas herein,
doch ich erkannte erst, was es war, als er sich umdrehte und es absetzte.

Der Sekretär!

Ich weiß bis heute nicht, wieso mir in dem Moment
schon wieder schummrig wurde. Alles drehte sich, und
es flimmerte mir vor den Augen. Als ich wieder ge-
radeaus gucken konnte, näherte ich mich vorsichtig
dem Möbel. Roland plapperte derweil vor sich hin,
dass dieser Schreibschrank zusammen mit dem anderen ein tolles Pärchen abgebe, viel mehr wert als ein
Einzelstück. Ob ich den anderen Schreibschrank schon
in der Mache hätte, sprich: ihn überarbeitete? Ich murmelte vage irgendwas und betrachtete seine Beute.
Natürlich war er es wieder. Mit abgebrochenem
Schlüssel am Rollladenfach. Inzwischen jedoch hatte er
eine Nacht in strömendem Regen überstehen müssen.

»Muss wieder los!« Roland schwang sich in den Lieferwagen. Bevor er losfuhr, steckte er den Kopf noch
einmal durchs Seitenfenster. »Ich fahr erst mal zur
Autowerkstatt wegen dem Auspuff, hast ja gehört ...«
Und weg war er.

Hatte ich mir das nur eingebildet, oder war da etwas
Lauerndes in seinem Blick gewesen?

Ich betrachtete den Sekretär und kämpfte gegen das
beklemmende Gefühl, das mich ergriff. Jetzt fehlte nur
noch, dass auch der Kopf wieder ... Schnell öffnete ich
die Türen des Unterschranks. Kein Kopf. Mir fiel ein
Stein vom Herzen. Auf dem Boden des Fachs war ein
großer dunkler Fleck, aber mit etwas Bleiche sollte er

zumindest so weit zu entfernen sein, dass man nicht mehr sah, worum es sich gehandelt hatte. Und dass er auch keine DNS-Spuren mehr lieferte. Ich holte den Kanister mit dem Bleichmittel aus dem Regal, doch bevor ich an die Arbeit ging, wollte ich mich vergewissern, dass nicht noch mehr Überraschungen darin lauerten, beispielsweise hinter dem Rollladen.

Ich schraubte das Schloss ab, und mit ein bisschen Geruckel und sanfter Gewalt konnte ich das Fach schließlich öffnen, ohne den Rahmen zu beschädigen. Es war leer.

»Sind Sie hier der Inhaber?«

Vor Schreck richtete ich mich zu schnell auf und knallte mit dem Kopf an die obere Kante des Fachs. Das sorgte dafür, dass der Rollladen heruntersauste und mir die Finger einklemmte. Ich befreite mich aus dem Möbel.

Im Eingang der Werkstatt standen zwei Männer, die mir Ausweise entgegenhielten.

»Kripo«, sagte der eine, und der andere wiederholte seine Frage.

Meine Finger zwiebelten noch. »Was gibt's denn?«

»Sie sind ein Mandant des Steuerberaters Clemens Münchmeier?«

Ich nickte, trat unauffällig vor den Sekretär und hoffte, dass mein Bein auch den Bleichmittelkanister verdeckte. »Gehen wir doch rüber in den Laden, da kö…«

»Wir haben nur eine kurze Frage.«

Bildete ich mir das nur ein, dass der eine den Schreibschrank mit mehr Interesse betrachtete, als man normalerweise seiner Umgebung widmet?

Ich räusperte mich. »Dann schießen Sie mal los.«

»Hatten Sie Differenzen?«

»Jede Menge«, sagte ich. »Münchmeier sagt mir immer, dass ich Quittungen ausstellen soll, damit er meine Geldbewegungen besser nachvollziehen kann ...«

Beide Bullen musterten mich aufmerksam, und mir kam der Gedanke, dass sie die Frage wohl anders gemeint hatten.

»Ach so, ob wir Streit hatten? Nö, nie. Wir kennen uns schon seit der Grundschule, da können Sie jeden fragen.« Und als mir einfiel, dass ich ja gar nicht wissen konnte, dass er den Kopf verloren hatte, schob ich schnell nach: »Was ist denn mit ihm?«

Er sei verschwunden, erklärten sie, man gehe von einem Unfall, Suizid oder Fremdverschulden aus. Wenn ich etwas erführe ... Der eine drückte mir eine Visitenkarte mit dem Landeswappen und der Adresse des Polizeipräsidiums in die Hand, während der andere sinnend weiter auf den Sekretär starrte. Doch dann gingen sie ohne ein weiteres Wort.

Auf den Schrecken hin kippte ich ein paar Kurze im Büro. Dabei fiel mein Blick auf die Belege und die anderen Unterlagen, die ich für die Umsatzsteuererklärung zusammengetragen hatte. Bei dem neuen Berater, den ich mir auch noch erst suchen musste, konnte ich ja wohl kaum gleich mit so einem Durcheinander antreten. Ich wog die Prioritäten gegeneinander ab – was war dringender, den Schrank zu säubern und vor allem wieder loszuwerden oder die Belege zu sortieren?

Der Sekretär gewann. Ich arbeitete im Unterschrank großzügig mit Bleiche, und während die einwirkte, wischte ich den Korpus von außen und innen ab. Er hatte die Regennacht gut überstanden. Das ganze Stück war eigentlich wirklich schön erhalten. Mir blutete das Herz, dass ich es nicht selbst behalten oder verkaufen konnte.

Es ist alles nur Rolands Schuld!, dachte ich. Wie war er überhaupt wieder auf den Sekretär gestoßen? Dieses Rätsel war noch am einfachsten zu lösen. Dem städtischen Sperrmüllplan folgend, grasten wir beide ständig die Gegend ab und griffen vom Straßenrand auf, was wir gebrauchen konnten. Ich hatte mich in letzter Zeit zwar mehr darauf verlegt, Anzeigen wegen Wohnungsauflösung zu bearbeiten, aber der Jagdinstinkt brach auch bei mir immer wieder durch.

Dennoch musste der Sekretär wieder weg. Beim Blick auf den Haufen mit den Steuerbelegen hatte ich eine Idee. Ich konnte für die »Entsorgung« einen unserer schärfsten Konkurrenten benutzen. Schon in der Schule waren Kelter und seine Kumpel die traditionellen Gegner von Roland, Münchmeier und mir gewesen, und jetzt kämpften mein Trödelhandel und sein »Antiquitätenhaus« um jeden Kunden. Ich würde ihm den Sekretär heute Nacht aufs Gelände stellen. Wie ich ihn kannte, würde Kelter ihn ins 19. Jahrhundert faken und überteuert verhökern.

Mit einem tiefen Seufzer und einem Kurzen ging ich dann an die Steuersachen. Ich ordnete und addierte, rechnete Prozente aus und machte Listen, und kurz vor Ladenschluss war selbst mir als Steuer-Legastheniker klar, dass hier irgendwo etwas nicht stimmen konnte. Die Geschäfte waren gut gegangen, die Ausgaben überschaubar. Warum also hatte der Laden so ein dickes Minus?

Ich hatte nicht bemerkt, dass Roland den Lieferwagen zurückgebracht und Feierabend gemacht hatte. Perfekt! Jetzt konnte ich den Sekretär einladen und nachher zur Konkurrenz bringen. Der Himmel hatte sich schon wieder zugezogen, und das Radio hatte Sturm und Sturzregen angekündigt – geradezu ideale Bedingungen für eine Nacht-und-Nebel-Aktion.

Während ich die Steuerunterlagen in eine Aktenmappe steckte, ließ ich noch einmal alle Fakten Revue passieren. Es konnte nur so sein, dass Roland sich aus der Kasse bedient hatte. Das war Münchmeier vielleicht irgendwann aufgefallen, und wahrscheinlich hatte er Roland zur Rede gestellt. Ein Wort hatte dann das andere gegeben, und Roland hatte schließlich die Diskussion nachdrücklich zu seinen Gunsten beendet. Und wollte mir alles in die Schuhe schieben. Na bravo! Und solch einem Freund und Partner hatte ich viele Jahre lang vertraut? Was war bloß in ihn gefahren? Selbst wenn er Münchmeiers Tod nicht geplant hatte – warum wollte er mir den Schwarzen Peter überlassen?

Die Ablieferungsaktion um Mitternacht ging trotz Regen, Wind und Dunkelheit glatt über die Bühne, bis auf den kleinen Unfall. Ich hatte den Sekretär von der Ladefläche gezerrt und vor die Hintertür von Kelters Schuppen gestellt, da rutschte ich auf dem ungepflasterten Weg aus und knallte mit dem Schienbein voll an eine Kante des Schranks. Ich war in großer Versuchung, dem Möbel einen saftigen Tritt zu verpassen – nichts als Ärger hatte es mir eingebrockt! Nur mit

Mühe hielt ich mich zurück, ich wollte das Teil ja nicht beschädigen. Beim Wegfahren warf ich noch einen Blick in den Rückspiegel. Vermutlich bildete ich mir das nur ein, oder es war doch ein Kurzer zu viel gewesen, aber der Sekretär schien mir heimtückisch hinterherzugrinsen.

Sobald Roland am Vormittag ins Geschäft kam, wollte ich ihn zur Rede stellen. Das konnte ja so nicht weitergehen! Doch als ich auf unseren Hof kam, blieb mir das Herz beinahe stehen. Was lauerte da auf mich vor der Tür zur Werkstatt?

Genau. Der Sekretär.

Direkt nach mir kam Roland auf den Hof gefahren. Und plötzlich packte mich die Wut. Ich stürmte zu ihm, packte ihn am Kragen und schrie ihn an.

Er machte sich los. »Harry, was ist denn? Beruhige dich doch erst mal, ich verstehe kein Wort!«

»Münchmeier!«, keuchte ich. »Der Kopf! Der Sekretär!«

Roland bugsierte mich in den Laden, drückte mich auf einen Stuhl und brachte mir ein Glas. »So, nun trinkst du einen Schluck, und dann erklärst du mir von Anfang an, was los ist.«

Es dauerte seine Zeit, bis ich wieder zu mir gekommen war und in zusammenhängenden Sätzen sprechen konnte. Rolands Augen wurden immer größer, je länger ich redete, aber er unterbrach mich nicht. Schließlich schüttelte er den Kopf.

»Ich könnte jetzt auf dich genauso wütend sein wie du auf mich«, sagte er. »Dass du mir so was zutraust –

nach all den Jahren! Natürlich war ich das alles nicht! Warum sollte ich? Mir macht es hier genauso viel Spaß wie dir, ich würde nicht für alles Geld der Welt aufgeben wollen. Das ist doch immer unser gemeinsamer Traum gewesen. Bist du ganz sicher, dass unsere Abrechnungen nicht stimmen?«

Das war ich dann doch nicht. Wir saßen eine Weile schweigend da, und ich bin sicher, dass auch Roland an unsere gute alte Zeit mit Münchmeier dachte und dass der dieses Ende nicht verdient hatte.

Dann sagte ich matt: »Aber wer war es dann?«

Bevor Roland antworten konnte, ging die Ladentür auf. Der eine der beiden Bullen von gestern steckte den Kopf herein und fragte: »Haben Sie schon geöffnet?«

Roland und ich sahen uns an. Es war offensichtlich, dass auch er befürchtete, wir wären nun dran, und nicht wusste, wie wir uns aus der Klemme befreien konnten.

Ich stand auf. »Wir waren es nicht.«

Der Bulle sah verwirrt aus. »Eigentlich wollte ich ... Haben Sie den Sekretär noch, an dem Sie gestern gearbeitet haben?«

In meinem Kopf brodelte es fieberhaft. Wenn Roland mit all dem nichts zu tun hatte, dann ... dann war es bestimmt Kelter gewesen! Auch er ließ seine Steuererklärung von Münchmeier erstellen, und überhaupt traute ich ihm alles zu. Oder warum hätte er uns den belastenden Schreibschrank wieder auf den Hof stellen sollen?

»So einen suche ich nämlich schon lange«, sagte der Bulle derweil. »Wie viel würde er denn kosten?«

Roland und ich tauschten einen Blick. Ich begann mich langsam zu ärgern, dass ich unwissentlich unserer Konkurrenz den Dreck weggeräumt hatte. Das würde Kelter noch leid tun.

»Entschuldigen Sie, dass Sie uns hier so kopflos finden«, sagte ich. »Der Sekretär ist leider Privatbesitz. Aber für Ihren Fall hätte ich noch einen ganz heißen Tipp!«

Ein fast perfekter Plan

BÄRBEL SCHOENING

Wahllos schnappt Andreas nach einigen Kleidungsstücken, schleudert sie in den Metallkoffer und füllt die Kulturtasche. Er muss sich beeilen. In zwei Stunden geht sein Flieger nach Köln/Bonn. In Deutschland wird er ein neues Leben beginnen. Er bestellt ein Taxi und lässt sich zum Flughafen fahren.

* * *

Hanna sitzt im Büro über der Buchführung und schüttelt den Kopf. Egal, mit welchen Zahlen sie den Taschenrechner füttert, es bleibt ein Minus unterm Strich.

»Langsam weiß ich mir keinen Rat mehr, wie wir den Verkauf der Antikwaren noch steigern könnten!«, ruft sie ihrem Mann zu, der eine Lieferung mit großen Kerzenständern auspackt.

»Mach dich nicht verrückt, Hanna! Warten wir das Wochenende ab, soll gutes Wetter geben und dann kommen auch die Käufer!«

»Na, das wäre mal ein Wunder!«

»Wir werden eine Lösung finden, mein Schatz!«, beruhigt er sie und sich und das schon seit Monaten. Vor fünf Jahren hatte Georg das Geschäft seines Vaters übernommen. Anfangs lief es gut, jedoch seit letztem Jahr mussten sie so manches Wochenende auch auf den Antikmärkten der Umgebung stehen und einiges verramschen, um wenigstens die monatlichen Kosten decken zu können.

»Mach du mal hier weiter. Ich gehe kochen«, sagt Hanna, »Sabrina kommt gleich aus der Schule und bringt ihre Freundin mit. Ich rufe dich!«

Hanna ist stolz auf ihre hübsche Tochter. Obwohl sie mitten in der Pubertät ist, gibt es keine größeren Konflikte mit ihr. Auch nicht mit ihrem Vater, mit Georg, der Hannas zweiter Mann ist. Wehmütig wird sie, wenn sie an ihren Sohn aus erster Ehe denkt. Andreas. Seit Jahren weiß sie nicht, wo er sich aufhält. Sie hatte es damals nicht leicht mit ihm. Er war ein schwieriges Kind. Sein Vater verließ die Familie, als Andreas gerade sechs Jahre alt war. Er hat das nie verwunden, machte allerlei Unsinn, war streitsüchtig und trieb sich ab der Pubertät nur herum. Hanna war überfordert mit seiner Erziehung. Ein paar Tage nach seinem achtzehnten Geburtstag verschwand er, ohne eine Nachricht zu hinterlassen. Trotz Nachforschungen war das Ergebnis gleich null. Irgendwann war Hannas Kraft am Ende, bis sie Georg kennenlernte und ihn heiratete, neuen Lebensmut schöpfte. Eines Tages war dann der Anruf gekommen, von Andreas. Er sagte, sie solle sich keine Sorgen machen, ihm gehe es sehr gut. Nachfragen durfte sie nicht.

* * *

Die Stewardess reicht ihm lächelnd den Tomatensaft und serviert einen kleinen Imbiss. Andreas muss an seine Kindheit denken, an die Reihenhaussiedlung, wo er aufgewachsen war. Sie war schäbig und grau, genau wie ihre Menschen. Die Straßen hatten Kopfsteinpflaster und neben den Bürgersteigen parkten die Autos der Anwohner. Alle besaßen ein Auto; sie nicht. Seine Mutter war alleinerziehend und arbeitete bei EDEKA an der Kasse. Sie ging früh aus dem Haus und kam erst am Abend zurück. Tagsüber war er sich selbst überlassen. Wenn Mutter von der Arbeit kam, war sie müde und ausgepowert von den nervigen Kunden. Meist nahmen sie schweigend das Abendbrot ein. Die Leistungen in der Schule sackten immer mehr ab. Ihre Sprüche über seine Dummheit, die Faulheit, wenn er wieder einmal eine schlechte Note mit nach Hause brachte, waren sehr verletzend. »Du wirst mal als Penner unter einer Brücke enden, wenn du so weitermachst!«, prophezeite sie ihm alle paar Tage und hatte keine Ahnung, was das mit ihm machte. All diese ungerechten Strafpredigten lösten Versagensängste aus, ließen ihn nur noch ängstlicher und unsicherer werden.

Doch das war damals. Jetzt kommt er zurück und will es sich selbst beweisen, wozu er fähig ist. Er schließt die Augen.

Eine Stimme aus weiter Ferne weckt ihn.

»Bitte bleiben Sie auf Ihren Plätzen und schnallen Sie sich an! In wenigen Minuten erreichen wir den Flughafen Köln/Bonn!«

Nachdem er ausgecheckt hat, steigt er in ein Taxi und nennt dem Fahrer die Adresse.

* * *

Es klingelt an der Tür. Als Georg öffnet, steht vor ihm ein gepflegter junger Mann in schicker Kleidung.

»Guten Tag! Ich bin Andreas! Ist meine Mutter zu sprechen?«

»Hanna, kommst du mal? Du glaubst nicht, wer vor mir steht!«, ruft er nach hinten.

Hanna hat die Stimme ihres Sohnes sofort erkannt und eilt zur Tür. Sekunden später liegen sich Mutter und Sohn weinend in den Armen. Bis in die frühen Morgenstunden sitzen alle zusammen, und Hanna will genau wissen, was Andreas in den letzten Jahren gemacht hat. Er erzählt, dass er Geschäftsführer einer gut gehenden Firma in Barcelona ist und in einer großen Villa wohnt.

»Warum bist du denn wieder nach Deutschland gekommen?«, will Sabrina, seine Schwester, wissen.

»Naja, um ein bisschen auszuspannen. Der Stress der letzten Jahre ist nicht spurlos an mir vorübergegangen. Außerdem muss ich noch einige Aufträge für die Firma einholen und da dachte ich, dass es eine gute Gelegenheit sei, mich mal wieder bei meiner Mutter blicken zu lassen.« Er grinst in die erstaunten Gesichter.

»Hauptsache ist doch, dass du wieder da bist!«, meint Hanna. Sie ist euphorisch und tätschelt immer wieder Andreas Arm.

Als er gegen Abend von ihrer Misere hört, bietet er ihnen an, das Antikgeschäft wieder auf Vordermann zu bringen.

Er wirft sich in die Brust. »Von guten Geschäften verstehe ich einiges!«

Hanna ist begeistert von dem Vorschlag, während Georg nicht so ganz ihrer Meinung ist.

»Du willst doch abschalten und nicht schon wieder arbeiten«, meint er.

Andreas winkt ab. »Es ist für mich eine Herausforderung, euren Laden wieder ans Laufen zu bringen! Schließlich habe ich etwas gutzumachen. Hand drauf, Georg?«

Zögerlich reicht dieser ihm die Hand. »Einen Versuch ist es wert!«, meint er und schlägt ein.

Hanna strahlt. »Letztendlich haben wir nichts zu verlieren.« Sie umarmt den *verlorenen Sohn*, sicher zum hundertsten Male an diesem Abend.

»Oder alles«, meint Sabrina leise und verschwindet nach oben in ihr Zimmer.

Georg und Andreas gehen wieder nach vorne ins Geschäft. Er bekommt die Antiquitäten gezeigt und den ungefähren Wert einiger Schätze gesagt, für einen ersten Überblick.

* * *

Zufrieden liegt Andy in seinem Bett und denkt: *Das war ein guter Anfang heute. Wenn alles andere so einfach ist, liege ich mit meinem Plan goldrichtig!* Sekunden später ist er eingeschlafen und träumt vom ganz großen Geld.

Seit einigen Wochen arbeitet Andy nun schon im Antiquitätengeschäft und das sehr erfolgreich – aber nur für ihn. Doch er muss vorsichtig sein. Seine Halbschwester Sabrina hatte beobachtet, wie er sich Geld von seiner Mutter geliehen hat. Schnell erwähnte er, dass er ein ganz heißes Eisen im Feuer habe, was der Familie eine Menge Geld einbringen würde. Sie soll nicht mitbekommen, dass auch er pleite ist und in großen Schwierigkeiten steckt.

Am nächsten Morgen klingelt Andys Handy.

»Hallo?«

»Wann kommst du?«, poltert eine Stimme in sein Ohr.

»Gib mir noch zwei Tage, dann bin ich soweit!«, verspricht Andreas.

»Aber nur zwei! Sonst bist du reif!«, bekommt er zur Antwort.

Andreas verdreht die Augen. »Ja, übermorgen, ganz bestimmt.«

Er drückt schnell auf den Aus-Knopf.

* * *

Am nächsten Tag geht Georg im Antiquitätengeschäft händeringend hin und her. Er scheint etwas zu suchen.

Hanna kommt hinzu und erschrickt, wie blass er aussieht.

»In der Kasse fehlen 3000 Euro!«, ruft er ihr entgegen, »Die beiden Kerzenleuchter aus Bronze im Empire-Stil sind auch verschwunden!«

»Die wird Andreas für uns verkauft haben! Wo sollen sie sonst sein?«, meint sie.

»Verkauft? Das ich nicht lache! Dein feiner Herr Sohn ist hier gestern nicht erschienen! Die Frage ist doch: Wo ist er und was führt er im Schilde?« Georg kann sich nicht beruhigen.

»Nun mach aber mal nen Punkt, Georg! Was willst du damit sagen?«

»Nichts! Er ist mir einfach nicht geheuer, dein feiner Herr Sohn! Außerdem fehlt der Jugendstilkronleuchter und somit circa 1.400 Euro! Wenn Andreas alle fehlenden Gegenstände verkauft hätte, dann wäre unsere Kasse jetzt nicht leer!«

Sabrina hatte den Streit vom Hinterzimmer aus gehört und kam angelaufen: »Ich war von Anfang an misstrauisch! Aber Mama glaubt dem ja alles und bewundert ihn von morgens bis abends! Außerdem habe ich vorgestern mitbekommen, wie er sie um vierhundert Euro angepumpt hat. Er hat irgendetwas von einer verlorenen EC-Karte gefaselt, die man ihm am Flughafen gestohlen hat. Du hast ihm auch noch das Geld gegeben, Mama!« Sie rief so laut sie konnte: »Wach endlich auf!«

»Du hast was?«, will Georg jetzt wissen.

Hanna wird verlegen. »Ich bekomme es ja wieder, wenn er seine neue Karte hat!«

»... und was ist mit dem Leihwagen, Mama? Den hast du auch bezahlt, weil er von ›... komme gerade nicht an mein Konto‹, geschwafelt hat. Hallo? Er hat sich nicht geändert!«

»Ach, lasst mich doch alle in Frieden!« Hanna läuft nach draußen.

* * *

Als Andreas am nächsten Abend wieder auftaucht, hört Sabrina, wie er Hanna um weitere 200 Euro bittet, um das Taxi zu bezahlen, das vor dem Haus wartet.

»Zweihundert Euro für ein Taxi?«, fragt Hanna und ist bestürzt.

»Ja doch, der Leihwagen hat schlapp gemacht. Ich konnte nicht auf den Abschleppwagen und einen Ersatz warten. Wie sollte ich sonst schnell nach Hause kommen?«, meint er mit einem unschuldigen Blick und hält die Hand auf.

»Vielleicht mit der Bahn?«, flüstert sie und schaut sich um, ob niemand kommt.

»Ist nichts für mich.« Er streckt ihr die Hand entgegen.

Hanna zieht die Schublade auf und gibt ihm das Geld aus der Blechdose, wo sie die eiserne Reserve aufbewahrt. Aufbewahrt hat, muss man sagen.

Ein flüchtiger Kuss auf die Wange und ein *Danke*, dann ist er im Bad verschwunden. Fast hätte er Sabrina umgerannt.

* * *

Sein Handy klingelt.

»Alex? Sprich lauter. Ich verstehe dich nicht ... Ja, morgen. Morgen ist es so weit. Klar! Komm zum Nachttrödeln am Eisstadion, zum Parkplatz, hinter dem allerletzten Stand – du weißt schon. Da warte ich auf dich. Du wirst staunen!« Eingehängt. Er ist froh, wenn alles vorbei ist. Hoffentlich hatte sich an der Platzverteilung nichts geändert. Egal, er würde ihn schon finden, sonst konnte er ihn wieder anrufen.

* * *

Sabrina läuft in ihr Zimmer und ruft Judith an. Sie erzählt ihrer Freundin, was sie gerade aufgeschnappt hat und dass sie ihr helfen muss. Judith weiß auch schon wie ...

Am nächsten Morgen versucht Sabrina es wieder bei ihrer Mutter: »Irgendetwas stimmt mit dem nicht, Mama! Der ist kriminell!«

»*Der* hat einen Namen, mein Kind! Ich verbiete dir, so über deinen Bruder zu reden.« Hanna schlägt auf die Tischplatte. »Haben wir uns verstanden?«

»Halbbruder, bitte!«, antwortet Sabrina patzig. Zwecklos ihrer Mutter jetzt auch noch vom Telefonat zu erzählen.

»Wie auch immer. Wir haben keine Beweise, dass er etwas Unrechtes gemacht hat«, sagt Hanna, »solange ist er unschuldig und hat unseren Respekt verdient!«

»Er ist mir auch nicht geheuer«, sagt Georg und nickt Sabrina zu.

»Andreas ist euch fremd«, verteidigt Hanna Andreas wieder einmal. »Er hat etwas aus seinem Leben gemacht. Sonst würde er nicht in einer Villa wohnen und wäre Geschäftsmann. Schluss jetzt!«

»Du checkst es nicht!«, Sabrina schnappt sich ihre Schultasche und läuft raus.

* * *

Andreas fährt mit dem neuen Leihwagen einen Umweg, in der Hoffnung, dass ihm keiner folgt. Immer wieder schaut er in den Rückspiegel; kein Wagen in

Sicht. Er tippt mit schweißigen Fingern auf dem Lenkrad herum und hat nur einen Gedanken: es muss heute über die Bühne gehen. Wenn er Glück hat, ist er schon bald mit einem Schlag seine Schulden los.

Von Weitem sieht er das rege Treiben des Trödelmarktes. Jetzt muss er links abbiegen. Das weiß er noch. Hier auf dem Flohmarkt hatte alles angefangen, hatte er seinen Kumpel Alex kennengelernt. Überraschungseier hatte er verkauft, unter dem Tisch, weil er sie mit einem besonderen Inhalt präpariert hatte.

Andreas stellt den Wagen auf dem Parkplatz ab, direkt unter die defekte Straßenlaterne. Im Halbdunkel wartet er auf seine Verabredung.

* * *

Judith und Sabrina erreichen gerade den Trödelmarkt mit dem Fahrrad, da sehen sie einen schwarzen Wagen, der auf Andreas' Auto zusteuert. Sie steigen ab und schieben ihre Räder an den Büschen entlang zu den Blechcontainern, die ein paar Meter vom Auto entfernt stehen. Von hier aus können sie alles genau verfolgen und verstehen, was gesprochen wird. Judith tippt auf ihrem Handy herum, stellt den Ortungsdienst ein.

* * *

Andreas steigt aus dem Wagen. Er zündet sich eine Zigarette an, stellt sich an den Kotflügel und tritt von einem Bein auf das andere. Beim zweiten Glimmstängel erscheint ein schwarzer Wagen, der immer näher kommt. Sofort tritt Andreas die Zigarette auf dem Boden aus.

Die Beifahrertür öffnet sich. Umständlich steigt eine stabile Frau aus dem Auto, begrüßt ihn kurz und knapp: »Grüße von Alex! Wo ist die Ware?«.

»Im Kofferraum!«, antwortet er stark irritiert und öffnet ihn.

Sie hebt einen Kerzenleuchter heraus, wie eine Hantel, legt ihn wieder zurück und inspiziert die anderen Sachen.

»Ist das alles?«, fragt sie.

Andreas stottert. »Mehr … mehr habe ich nicht … im Moment nicht … ich kann noch mehr … besorgen …«

Sie drückt ihn mit der ganzen Kraft ihres massigen Körpers auf die Motorhaube, dreht seinen Arm nach hinten und stößt ihm den Lauf ihrer Pistole in die Rippen.

Andreas bettelt und winselt um sein Leben, sagt, dass der Wert im Kofferraum der ist, den er schuldet und wieso sein Kumpel Alex nicht selbst gekommen sei. Er schaut sich hektisch nach Hilfe um, aber bis hierhin verirrt sich niemand.

Plötzlich kommt ein Zweimetermann in Lederkluft und Springerstiefeln angelaufen. Sein Kopf ist mit einem eng geknoteten Tuch bedeckt. Er schaut flüchtig in den offenstehenden Kofferraum und schlägt die Klappe zu. »Überlass ihn mir«, sagt er gefährlich leise, und dann etwas lauter, aber nur so laut, dass sie nicht noch mehr Aufsehen erregen: »Willst du uns verarschen? Die Scheiße kannst du auf den Sperrmüll stellen!« Er spuckt aus. »In zwei Tagen will Alex das Geld sehen, sonst siehst *du* nichts mehr. Kapiert?«

»Alles klar! Mach ich! Geht in Ordnung!«, sagt Andreas. Er wimmert und greift zum Handy.

»Was macht der Idiot?«, brüllt die Stabile und schlägt ihm das Handy aus der Hand. Plastikfetzen spritzen in alle Richtungen und dann trampelt sie auch noch auf den erbärmlichen Rest herum. Nichts mehr übrig für den Reparaturshop.

Andreas zittert am ganzen Körper. Er kneift die Augen zusammen und wartet vergebens auf einen Knock-out oder eine erlösende Ohnmacht.

* * *

»Komm lass uns abhauen, damit er uns nicht sieht«, sagt Judith.

Sabrina nickt. Sie ist noch immer schwer beeindruckt. »Geile Eltern hast du!«

Judith lacht: »Ja, das kann man wohl sagen. Wenn ich mein Abi gemacht habe, möchte ich auch Privatdetektivin werden und meinen Eltern in der Detektei helfen.«

* * *

Noch am selben Abend bimmelt die Tür im Antiquitätenladen. Georg und Hanna schrecken hoch. Gerade hatten sie begonnen, das Regal hinter der Kasse leer zu räumen. Aber nicht zum Abstauben, sondern, um die Gegenstände in Kartons zu packen, an denen sie am meisten hängen. Den Rest soll der Nachfolger übernehmen, falls sich überhaupt jemand auf ihre Anzeige meldet – und dann dieser Schock.

* * *

Andreas tritt schwer bepackt ein. Er stellt mit hochrotem Kopf die Kerzenständer ab, geht zurück zum Wagen und kommt mit dem Kronleuchter wieder, den er Georg stöhnend in die Hände drückt. Hanna überreicht er einen dicken Umschlag aus der Hosentasche. Darin befinden sich 3.000 Euro.

Er kann sich nur schwer vom Geld trennen. Es ist aus der Kasse. Seinem Kumpel Alex muss er es nicht mehr geben, weil der sich jetzt in Untersuchungshaft befindet.

Scheiß Detektive. Er sah sich gezwungen, Alex zu verpfeifen, um seine Haut zu retten.

Hanna und Georg rühren sich nicht. Andreas vermeidet es seiner Mutter in die Augen zu sehen. Er dreht sich um und läuft zur Tür hinaus.

Antoinette

Nessa Altura

Manche Orte haben eine starke Wirkung auf mich, andere nicht. Meist erspüre ich den Charakter eines solch magischen Ortes draußen, im Freien, unter Bäumen und Himmel.

Mit dieser Wohnung in Berlin war es ähnlich – ihre Aura umfloss mich sofort, als der Makler die hohe Eichenholztür für mich aufsperrte. Sie war ausgestattet mit Parkett, großen alten Fenstern mit Sprossen, hohen Decken, ein wenig Stuck, einem völlig aus der Mode gekommenen Bad mit alter Sanitärkeramik von Villeroy und Boch und einem (stillgelegten) Kamin mit angeschlagenem Marmorsims. Kurz, sie war ganz das, was ich als Historikerin liebe und außerdem erschwinglich. In Charlottenburg, in der Windscheidstraße.

Das Gefühl, das dieser Innerort mir gab, als ich schließlich meine erste Nacht dort verbrachte, war zweigeteilt: Einerseits spürte ich den Geschmack von Reichtum und Überfluss, andrerseits das Zittern von Kälte, Angst und Tod. Und: Diese Wohnung hatte eine Frau bewohnt. Und noch: Etwas war an ihr gewesen, etwas Unbenennbares, vage Zweideutiges.

Ich lauschte. Manche Wände sprechen nämlich zu mir, in Sprachen, die ich oft nicht sofort verstehe, aber in die ich mich einhören kann, wenn ich mir Zeit lasse. Ich erfuhr

schließlich, von den Ritzen, den Tapeten, den Buchen-
planken, vom geschliffenen Glas der Schiebetür zwischen Ess- und Wohnzimmer (ich kann es nicht anders
erklären), dass die ehemalige Bewohnerin ertrunken
war. War sie in den dunklen Monaten des Winters in den
Landwehrkanal gestürzt? In die Spree? Oder im Sommer
im Wannsee beim Baden von einem Wadenkrampf
erfasst worden? Hatte sie überhaupt schwimmen können? Und wann genau war das gewesen?

Ich träumte oft von ihr und versuchte immer, am Morgen sofort den Traum niederzuschreiben, um dem
Geheimnis der Wohnungseigentümerin (oder Miete-
rin) auf die Spur zu kommen. Ich hatte hartnäckig vom
Ertrinken geträumt, so viel war sicher. Aber Träume
vom Untergehen, vom Herabstürzen oder Verfolgt-
werden sind weit verbreitet. Sie zeugen von Angst – ein
Gefühl, das jeder von uns, auch ich (sicher auch Sie),
gut kennt. Das musste also nichts zu bedeuten haben.
Jedoch diese Träume hörten nicht auf, wurden nach
und nach deutlicher: Eis war da, ein Boot, ein Mann,
der um sich schoss, Todesangst, das Wasser, die Nacht.

Und Schreie.

Ich mochte die Wohnung nicht einrichten, bevor ich
nicht wusste, was genau sie mir mitteilen wollte; ich
schlief auf einer Matratze auf dem Boden. Lauschte
jede Nacht. Und wachte mit schmerzendem Rücken
und steifen Knochen auf.
    Schließlich war ich es leid.

Ich ging zum Einwohnermeldeamt. Es dauerte Wochen, aber ich bekam es heraus. Die Wohnung hatte sehr lange leer gestanden; die Miete war aber überwiesen worden. Zuvor hatte eine Antoinette Flegenheim hier gewohnt. Eine Mrs. P. E. Whitehurst. Oder auch Toni Wendt. Antonia Berta Flegenheim. Tony White-Hurst. Eine Person mit mehreren Namen also, aha. Von Toni zu Tony, von Antonia zu Antoinette – gewiss eine aufsteigende Linie! Ich war nicht wirklich überrascht. Etwas davon hatte ja in der Luft gelegen. Geboren 1863 – zu der Zeit also, in der Amerika in seinem Bürgerkrieg versank. Letzte amtliche Eintragung vor Kriegsausbruch 1939. Danach nichts mehr.

Mir gefiel die *Antoinette*-Variante am besten. Vielleicht auch wegen meines professionell bedingten historischen Interesses an Marie-Antoinette, der unglückseligen Habsburgerin ohne Kopf. Aber so oder so: ein hübscher Name!

Ich bin nämlich Kunsthistorikerin, genauer Provenienz-Forscherin, angestellt in einem der renommiertesten Museen von Berlin. Manche meiner Recherchen dauern Jahre, andere sind in wenigen Wochen erledigt. Zurzeit arbeite ich an einem Problem der Beutekunst, Sie wissen, was ich meine? Ich muss keine Namen nennen, nicht wahr? Die Kunstgemeinde weiß, wovon ich spreche.

Die Antoinette aus der Windscheidstraße zwang mich, die Wohnung nach und nach mit Mobiliar aus den ersten dreißig Jahren des letzten Jahrhunderts einzurichten. Das war nicht schwer: Berlin ist voll davon. Vieles fand ich in Antiquitätenläden in der nahen Suarezstraße, anderes auf Floh- und Straßenmärkten, am Boxhagener Platz, am Arkonaplatz und in Marienfelde. Eine wilhelminische Tischuhr, ein viktorianisches Set aus Stühlen mitsamt Eichentisch für das Esszimmer, Art déco-Kerzenleuchter aus New York, einen Jugendstil-Spiegel, ein Bett von den Wiener Werkstätten, eine Stadtansicht à la Lempicka, ein Fernglas, made in U.S.A. Sie hatte etwas zu tun mit Amerika (oder auch England), meine Antoinette, das war klar; das besagten ja auch ihre Nachnamen. Hatte sie erst einen Wendt, dann einen Whitehurst und schließlich einen Flegenheim geheiratet? Oder war einer davon ihr Mädchenname?

Antoinette ließ mich nicht durchschlafen. Immer wieder wachte ich in den sehr frühen Morgenstunden auf, Gold und Geschmeide vor Augen. Sie bestand offenbar darauf, dass ich ihr Schmuck beschaffte, viel davon, sie war nicht wählerisch: Ohrringe aus Strass, (Herkunft Philadelphia) und ein goldenes Panzerarmband, Broschen aus Granat und Altgold (Breslau), eine doppelreihige Perlenkette, eine Hutfeder aus Straußendaunen, letztere ein wenig frivol (für meinen Geschmack). Als ich alles auf den Trödelmärkten gefunden, erworben und in der Windscheidstraße eingeräumt hatte, war ich sehr zufrieden: Die Wohnung sah aus wie der Aufenthaltsort einer eleganten Dame der Berliner Society kurz nach der Jahrhundertwende. Mit Ambitionen nach Übersee. Wenn auch – ich denke, ich darf das mit aller gebotenen Zurückhaltung sagen

– mit einem ganz kleinen Stich ins Vulgäre, Aufschnei-
derische, Halbseidene.

Antoinette war so etwas wie eine Abenteurerin gewesen, schloss ich daraus. Lebenslustig und attraktiv,
gewiss. Schön? Wer weiß. Aber zielgerichtet – das
konnte man aus der Art schließen, mit der sie mein
Leben beständig zu beeinflussen versuchte.

Und dann erschien mir eines Nachts im Traum eine Liste,
getippt, so plastisch, dass ich glaubte, sie greifen zu können:

4 bestickte Nachthemden,

2 Corsagen,

3 seidene Petticoats,

eine diamantenbesetzte Lorgnette,

ein Abendtäschchen mit Saphiren,

ein Dutzend Handschuhe,

eine Smaragdbrosche in Form einer Eidechse,

eine Lupe,

eine Kodak-Kamera,

ein Fuchsschwanz.

Geschrieben im Dezember 1912, Gesamtwert 14.000
Dollar. Und adressiert an eine White Star Line, eine ein-
getragene Gesellschaft mit einem Kontor Unter den
Linden – genau da, wo heute die pompöse russische
Botschaft steht.

Die White Star Line? Wieso kam mir der Name so
bekannt vor? War dies eine Spedition, die Umzugskis-
ten von Hamburg nach New York transportierte? Oder

ein Zug, mit dem die vornehme Gesellschaft um die Jahrhundertwende verreiste? Durch England oder die Vereinigten Staaten oder gar durch Südafrika? Eine Reederei? Eine Koffermacher-Firma, die Fächer für die genannten Objekte anfertigen sollte?

Ich kam nicht dazu, mich weiter darum zu kümmern, denn mein Beutekunst-Problem wuchs an, Anwalts-briefe kreuzten sich, mein Chef wurde nervös. Wir würden, so schien es, ein Bild, das unserem Haus wich-tig und teuer war, zurückgeben müssen.

Aber als ich am folgenden Sonntag über den Fehrbelli-ner Platz schlenderte, geschah etwas Unerwartetes, das mich wieder friedlich stimmte: Ich fand ein entzücken-des englisches Zigarettenetui aus Silber, filigran gerippt, flach und in gutem Zustand. Ich erwarb es und legte es zu meinen anderen Antoinette-Devotionalien auf den Kaminsims. An diesem Abend nahm ich es mehrmals in die Hand und drehte und wendete es im Licht. Es war edel. Ich fragte mich, ob das bedeutete, dass ich wieder mit dem Rauchen anfangen sollte ... verlockt hätte es mich schon.

In dieser Nacht sah ich im Traum das Etui in der Hand eines gut gekleideten Gentlemans. Mit manikürten Fin-gern zog er eine leicht ovale Orientzigarette aus der Halterung, klopfte sie kurz auf den Handrücken seiner Linken und zündete sie an. Er sog daran und seine Lip-pen kräuselten sich. Plötzlich drangen dunkle Wasser-perlen aus seinem Mund und er schrie.

Die Schreie. Diese Schreie.

Ich hatte sie schon einmal gehört. In einem anderen Traum an diesem Ort, in diesem Bett. War es meine Antoinette, die da so schrie?

Ich wachte mit einem Ruck auf, schweißgebadet und wusste, dass er Greenfield geheißen hatte. Ein junger Mann aus New York, der irgendetwas mit Pelzen zu tun gehabt hatte. Antoinette bedeutete mir in der ihr eigenen unmissverständlichen Art, am nächsten Morgen einen der wenigen Handgraveure, die die Stadt noch besitzt, aufzusuchen.

»Ich hätte gerne ein Widmung«, sagte ich und gab ihm das Etui.

Er nickte. »Schreibschrift? Druckschrift? Wie viele Wörter, wie viele Buchstaben?«

Ich hatte es vorher nicht gewusst, aber jetzt kam es klar und deutlich über meine Lippen: »*For William Bertram Greenfield.* In Lettern, die man in Amerika um die Jahrhundertwende benutzt hätte.«

Er schmunzelte. Der Auftrag gefiel ihm, forderte ihn heraus.

»Fertig in vierzehn Tagen«, sagte er. Nannte eine horrende Summe.

Ich dankte und ging in mein Büro, in dem ich weitere unangenehme Post vorfinden würde. Die Miene meines Chefs sprach Bände. Sein Ton war harsch. Ich bekam Angst um meinen guten Job.

Ich floh in den Keller. Ich hatte die White Star Line fast vergessen, als ich in den Magazinen des Hauses Wochen später einen staubigen Packzettel in die Hand bekam, der eine flatternde rote Flagge zeigte, auf der ein weißer fünfzackiger Stern prangte. Er war an einem Holzkasten befestigt, in dem alte, wenig wertvolle Grafiken aufbewahrt wurden, die vor langen Jahren im Konvolut von einem Sammler erworben und niemals ausgepackt worden waren. Im Laufe der Jahre hatte man sich von der damaligen Sammlungskonzeption verabschiedet.

Vorsichtig entfernte ich das Stück Papier und steckte es ein. Zu Hause legte ich es unter die Lupe. Tatsächlich! Es war von einer Reederei namens White Star Line. Das Schiff, das die Kunstwerke transportiert hatte, war die R. M. S. »Baltic« (sic!) gewesen. So jedenfalls lautete es auf dem Lieferschein weiter unten auf einem Stempel. Datum: 2. November 1915. Da war, so dachte ich, der erste Weltkrieg schon in vollem Gange.

Antoinette war entzückt, sie schien Zigarettenrauch zu mögen; man bescherte mir lustvolle, ja, für mich äußerst seltene erotische Träume in dieser Nacht. Ich wurde umworben, umfasst, beflirtet und geliebt. Von einem Musiker, das wusste ich sofort, als ich erwachte. Er war ein einfacher Junge, aber charmant mit seinem schottischen Akzent und ungeheuer feurig. Im Traum hatte jemand mir eine zerknitterte kleine Botschaft geschickt, abgerissen von einem White Star Line Zettelblock: »*Parlez-moi d'amour, Antoinette*«, stand darauf mit Bleistift, und (wie aufregend!) »*Same place, same time, H. – the violine*«.

Antoinette, ich habe dich durchschaut! Du warst nicht nur polyglott (Ehemänner aus dem Englischen und/oder Deutschen), sprachgewandt (Französisch – die Sprache der Liebe!), sondern auch kühn! Du, eine Frau im mittleren Alter, und ein junger Geiger? Schade, dass kein Name dabei gewesen war ... wer war dieser H.?

Die White Star Line musste Antoinettes Thema und Schicksal gewesen sein. Auf einem Schiff dieser Reederei hatte sie Greenfield und den Musiker getroffen. Hatte einer der beiden auf den anderen geschossen? Waren sie eifersüchtig aufeinander gewesen? Und was hatte sie bei ihrem Rendezvous auf Deck getragen? Immerhin war sie nicht mehr jung gewesen; eine gute Corsage (so stand es ja auch auf ihrer Liste) für die Taille und ein schmeichelnder Fuchsschwanz für den nicht mehr ganz faltenlosen Hals waren da gewiss höchst kommod gewesen. War sie vielleicht auf der Suche nach einem Ehemann? Dann schied die Violine gewiss aus – die Kunst verdient nicht viel.

Ich schlief mit weichen Streichertönen im Ohr und einem erwartungsvollen Lächeln auf den Lippen ein und wachte mit gellenden Schreien in den Ohren auf. Im letzten Augenblick meines Traumzustandes hatte ich ihn gesehen, den jungen Schotten, er trieb im Wasser, winkte heftig mit einem Arm und hatte sich die

Violine um den Bauch gebunden. Hume hieß er, das wusste ich nun. Und noch etwas wusste ich: Antoinette war es nicht gewesen, die um ihr Leben geschrien hatte, Antoinette hatte überlebt.

Ein Kalligraph, den wir im Museum gelegentlich zum Anfertigen handschriftlicher Einladungskarten an hohe Regierungsmitglieder und Diplomaten heranziehen, brachte mir den geträumten Text auf das obere Drittel des Lieferscheins, mit Bleistift, den Rest riss ich ab. Es war mir klar, dass es genauso gewesen sein musste: Der junge Hume hatte den Zettel eilig von einem Block an der Bar abgerissen und ihr in die Manteltasche gesteckt. Wahrscheinlich war er gleich darauf wieder zu seiner Bordkapelle geeilt und hatte Musikwünsche erfüllt. Das Leben auf den Ozeanlinern musste grandios gewesen sein, damals, und nicht halb so tugendhaft, wie man uns Nachgeborenen erzählte.

Ich denke, ich muss nicht weiter ins Detail gehen. Man kann sich vorstellen, dass ich immer weiter in die Welt meiner Antoinette Flegenheim eindrang. Dass ich die zunächst karg eingerichtete Wohnung, in der sie einst gelebt hatte, ganz in ihrem Sinne vervollständigte. Ich kaufte Plunder, den man um 1910, 1920 und auch 1930 geschätzt hatte, und stellte ihn auf. Ich betrachtete jedes Objekt und fühlte, dass es fremd blieb, solange es keine Geschichte bekam, die zu Antoinette führte. Ich versuchte, diese Geschichten aus den Wänden herauszulocken und, was soll ich sagen, manchmal gelang es mir. Dann setzte ich den Gedanken um.

Ich beschaffte, was mir einfiel oder was ich träumte – nur etwas kaufte ich nie. Niemals die Dinge von Antoinettes Liste, das hatte ich mir (und ihr) versprochen. Diese Dinge gab es nicht mehr. Sie waren verschwunden. Und Antoinette trauerte um sie. Das musste ich ihr gestatten, da durfte ich nicht dazwischenfunken.

Ich füllte den Kleiderschrank mit Altkleidern, in die ich sorgsam Wäscheetiketten nähte mit den Namen von Menschen, die in Antoinettes Nähe gewesen waren. Da war Blanche G., die vor der Zeit starb, weil sie jene Nacht nicht vergessen konnte. Von ihr bekam Antoinette (oder ich) ein besticktes Taschentuch mit Monogramm, das sie damals bei sich hatte. Edith R., die Modekolumnistin war, übergab uns einen weißen Shawl aus Seide, in den ich Mühe hatte, das Namensetikett zu nähen, so fein war er. Gewärmt hatte er nicht in jener Nacht, verriet Edith mir im Traum, aber er hatte zum Outfit gehört, und deshalb musste er mit ins Rettungsboot. Das Einsteigen war ihr schwergefallen, flüsterte sie mir zu, weil der Rock so verdammt eng gewesen war ... Von Mr. Anderson bekam ich ein pastellfarben-gestreiftes Einstecktuch, von seinem Segelfreund Hoyt eine Schnupftabaksdose, in die ich einen Gruß für Antoinette eingravieren ließ. Und von Madame Aubart, der Geliebten Benjamin Guggenheims, einen Rosenkranz aus echten Perlen. Die letzte, die am Verschluss, trug ein Datum.

Nun wissen Sie sicher, welches das Datum war: Es war der 15. April 1912.

Während ich damit beschäftigt war, das spätere Zusammentreffen einiger Überlebender in Antoinettes Berliner Wohnung zu arrangieren, kümmerte ich mich nur zerstreut um meinen Museumsjob. Ich vergaß, Briefe rechtzeitig zu beantworten, ich verpasste gerichtlich anberaumte Fristen, ich verlor das Vertrauen einiger Mandanten. Es machte mir nichts aus. Ich hatte meine Bestimmung gefunden. Hatte Antoinettes Obsession übernommen und wollte nun zu Ende bringen, was ihr nicht mehr gelungen war. Wenn ich den Mut verlor oder nachließ in meinen Bemühungen, so mahnte sie mich.

Sie sandte mir die Schreie. Auf meinem hohen Bett im nächtlichen Schwarz meines Zimmers hockte ich ängstlich und lauschte – luftig bekleidet im eiskalten Zug meines geöffneten Fensters. Ich hörte sie, in der Regel erst laut, dann leiser, immer schwächer, immer schwächer. Dann verstummten sie ganz.

Ich wusste, was sie Antoinette bedeutet hatten. Es musste ein nicht zu heilender Sprung in der Seele sein, den Menschen erlitten, die in sicheren Booten saßen und ohnmächtig an jenen vorbeiglitten, deren Flehen sie nicht erhören konnten. Und deren Todesnähe sich am Volumen der Stimme zeigte. Schwächer werdende Hilferufe – das war es, das einen nie mehr losließ, nie mehr. Blanche Greenfield war Jahre später daran zugrunde gegangen. Und meine Antoinette (und andere) womöglich auch.

Das war Antoinettes Katastrophe gewesen. Und die meine? Die folgte auf dem Fuß: Ich wurde entlassen. Nicht fristlos, das nicht, sondern ordnungsgemäß gekündigt. Man löse die Stelle der Provenienzforscherin im Hause auf, hieß es. Man lasse die Fragen außer Hause von Juristen klären. Ich kann sagen, ich war nicht sonderlich überrascht und auch nicht sonderlich beunruhigt. Ich hatte ja eine Lebensplanung, ein Lebensziel, da war mir der Brotjob eher hinderlich gewesen. Eine Legende zu begründen und zu konsolidieren ist nicht leicht. Ich musste das Treffen der Überlebenden in Berlin koordinieren. Natürlich nicht aller, das waren immerhin über 700 – aber doch derjenigen, die Antoinette Flegenheim, (der einzigen Deutschen auf dem Schiff), nahe gestanden hatten. Sie sollten sich in der Windscheidstraße zusammenfinden am Jahrestag des Untergangs und jeder sollte etwas mitbringen, das er oder sie in jener Unglücksnacht bei sich getragen hatte.

Ich stellte mir sie vor, wie sie eintrafen: Blanche Greenfield aus New York mit ihrem Taschentuch, William Bertram, ihr damals 21jähriger Sohn mit dem Silberetui, die Journalistin und Modekolumnistin Edith Russell mit ihrem weißen Seidenshawl (den herzugeben ihr schwerfiel, denn er vervollständigte ein neues schwarz-weißes Seidenoutfit auf das Vortrefflichste), die Segelfreunde Anderson und Hoyt und die junge Frau aus Paris, die damals schon ziemlich verzweifelt war, weil ihr Geliebter, der nicht zu den Überlebenden zählte, seine schützende Hand nicht länger über sie halten konnte. Und ich stellte mir die stattliche Antoinette Flegenheim vor (unter diesem Namen war sie zuletzt gemeldet), wie sie die alte Eichentür weit öffnete und alle willkommen hieß. Sie hätte für Bewirtung, Verköstigung und Bedienung reichlich Mittel bereit gelegt gehabt: Aus den 13.000 Dollar Entschädigung, die die White Star Line ihr für die verloren gegangenen Dinge auf der Liste hatte auszahlen müssen, ließ sich wunderbar eine solche Veranstaltung finanzieren.

Sie werden einwenden, dass dieses Treffen nur in meiner Fantasie stattfand und Sie mögen damit durchaus recht haben. Aber, so würde ich dagegenhalten, wenn die Menschen nicht da gewesen wären, woher wären dann die wunderbaren Objekte gekommen, die auf meinem Kaminsims, meinen Fensterbänken und Beistelltischen aufgestellt sind? Die eingravierten Grüße? Die eingestickten Namen? Und woher hätte die kleine Liebesbotschaft, die der unglückliche Violinist der Bordkapelle meiner Antoinette zugesteckt hat, diesen Stempel gehabt? Den Stempel des schönsten und größten Ocean Liners der White Star Flotte, den der R.M.S. Titanic? Etwa vom Trödelmarkt? Oder gar von mir selbst linol-geschnitzt? Ich bitte Sie.

Es gelang mir, die Nachwelt von der Existenz dieses legendären Survivor-Treffens zu überzeugen. Ich konnte meine Kontakte spielen lassen, meine Expertise, meine Überzeugungskraft. Das Flegenheimsche, so gänzlich unveränderte Ambiente in der Windscheidstraße tat das Seine dazu. Es gelang mir sogar, einen

Zeitungsartikel im Tagesspiegel dazu zu lancieren. Ich hatte der Reporterin und ihrer Kamera die Türen zu Antoinettes Wohnung geöffnet ... und mir selbst den Weg zu einer lukrativen Legende.

Antoinette sichert mir meinen Lebensunterhalt und meine Zukunft. Wohin sie selbst entschwunden ist, weiß niemand. Inzwischen muss sie längst gestorben sein. Aber ich lebe. Und ich werde nie mehr arbeiten müssen. Die Schmalzler-Schnupftabaksdose von Mr. Hoyt, das mir am wenigsten ans Herz gewachsene Objekt (ich halte männliches Schnupfen für eine unzivilisierte bajuwarische Geschmacksverirrung), brachte bei Guernsey's in New York City allein 89.000 Dollar. Und der französische Rosenkranz mit dem Schicksalsdatum war einem verrückten Sammler über 65.000 Dollar wert. Kürzlich ist eine Speisekarte der Titanic versteigert worden, für 23.000 Euro. Und ein alter Keks für 30.000 Euro. Da wird meine Liebesbotschaft, zumal sie vom traurigen Ende des Verfassers kündet (der übrigens, Sie werden es nicht glauben, zum Zeitpunkt seines Ablebens zwei Frauen auf zwei unterschiedlichen Kontinenten geschwängert hatte), sicher mehr erzielen.

Sofern ich es überhaupt übers Herz bringe, das *billet d'amour* zur Auktion freizugeben. Man ist ja bei aller Professionalität auch Romantikerin, nicht wahr?

Feira Da Ladra

RAOUL BILTGEN

Hätte er gewusst, wie viel Unerwartetes ihn noch erwarten würde, hätte er es sich wohl noch mal überlegt, das eine oder andere. Aber da wir Menschen nicht in die Zukunft blicken können und Julio auch nur ein Mensch war, kam es eben anders als erwartet. Immer wieder.

Es fing damit an, dass er an diesem Tag überhaupt zur *Feira da Ladra* ging.

Das tat er oft, aber das tat er womöglich nur dann, wenn er wusste, dass die Trödel- und Antiquitätenstände nicht von Touristen regelrecht belagert sein würden. Rund um Ostern aber und bei schönem Wetter, bitte nicht. Und doch. Dieses Mal. Ohne darüber nachzudenken. Vielleicht deswegen. Hätte er nachgedacht, er hätte sich wohl dagegen entschieden. So aber: Tja.

Er hatte nur *Pastéis de Nata* holen wollen, und nun drängte er sich also, die Tüte vom Bäcker schützend vor sich haltend, durch die vielen vielen Menschen, die sich ebenfalls drängten und zwängten und lugten und dabei fest ihre Handtaschen umklammerten und sich unentwegt an den Hintern griffen, um zu schauen, ob die Brieftasche noch drin war, in der Gesäßtasche, denn wenn ein Flohmarkt schon nach einer Diebin benannt wurde, na da wusste man doch, was einem blühte, passte man nicht auf. Und heutzutage lassen sich Touristen nicht mehr so schnell beklauen, neinnein.

Dochdoch, das wusste Julio, aber das interessierte ihn nicht. Nicht mehr. Seine Tage als Taschendieb waren vorbei. Man lernt ja auch im Leben, nicht?, doch, man lernt, und zwar, dass sich die Touristen nach wie vor beklauen lassen, da kann man sich ganz groß »diebische Elster« auf die Stirn schreiben, sie bekommen es nicht mit, denn statt mit der Aufmerksamkeit dort zu sein, wo sie die möglichen Langfinger entdecken könnten, schauen sie dann eben doch im richtigen Moment nach der alten Vase, die sie im nächsten Asia-Ramsch-Laden nachgeworfen bekämen, oder nach der schönen antiken Kachel, die es im Baumarkt vor der Stadt im Fünfziger-Pack gab, oder nach dem echten Kunstdruck, der dem Copy-Shop um die Ecke entsprungen war. Und dann erkannten sie die Gauner auch nicht. Und dann der Griff zum Arsch, um den vollkommen übertriebenen Preis mit einem unterdrückten Lächeln zu bezahlen, weil man ja gehandelt hat, harrharr, da wären die gewitzten sprichwörtlichen Araberhändler ein Witz dagegen. Und dann aber weg, die Brieftasche, die war doch eben noch da. Und wer ärgert sich? Auch? Der Gauner, der sich redlicher Händler nennt und auf seiner Neuware sitzen bleibt. Wenn auch nicht lang, der nächste Kunde kommt bestimmt. Aus England oder Deutschland oder gar Amerika. Und die tragen ihr Geld im neongrünen Bauchbeutel, wie sich das gehört. Da würde es ja auch niemand vermuten und schon gar kein Taschendieb.

Aber Julio schaut nicht auf prall gefüllte Bauchbeutel, hat kein Messer dabei, mit dem er sie abschneiden könnte, denn einmal Strafe reicht im Leben, sondern er schaut zu Simona und ihrem Koffer und beschaut sich ihre Bilder. Und nickt ihr zu. Und geht weiter. Da könnten die Kunstkenner aus aller Welt mal zuschlagen und Originale erwerben. Aber kaufen tun höchstens die jungen Mütter, weil sie ja lustig sind, Simonas Bilder mit den Katzen und den Vögeln und den Robotern. Roboter für Jungs, ja klar. Julio hat seine Katzen und Vögel und Roboter schon hängen, mehr als genug, er hat seine Schuldigkeit getan und was kann er sonst noch tun, er ist ja kein Mäzen.

Er wäre gern Mäzen.

Aber für Mäzen braucht man Geld, und er ist grad mal ein ehemaliger, also nicht besonders erfolgreicher Taschendieb mit Hang zur günstig zu erwerbenden Kunst.

Und zu günstig zu erwerbenden Erotica.

Weil ja auch Kunst, nicht?, doch, eben.

Dass rund um Simonas Koffer kaum Gedränge war, das hatte er erwartet, dass er aber ohne Weiteres bis zur Kiste mit den Bildern an einem anderen Stand den Hügel hinab vordringen konnte, das war dann schon das nächste Unerwartete. Wollten lieber alte Töpfe kaufen, die lieben Besucher aus aller Herren Länder, dieses Jahr. Er kannte diesen Händler nicht persönlich, der war wohl neu. Seine Bilder zwar nicht, aber spannend waren sie dafür genauso wenig. Ein paar langweilige Landschaften, ein paar schlechte Portraits, da, eine Nackte, nein, eine Aktstudie, haha, denn, ganz ehrlich, schlecht gemalt, Dachbodenfund, da hat sich mal das liebe pubertäre Enkelkind ausgetobt. Hat unter dem Deckmantel der Kunst Brüste gezeichnet, juhu. Aber nichts für Julio. Nicht einmal der Rahmen. Also weiter.

Also Moment.

Was lag denn da noch rum, unter den Schallplatten? Julio hob Lionel Ritchie und Pet Shop Boys in ihren vergilbten Hüllen weg, fragte sich, ob wirklich noch irgendwer eine echte Madonna wollte, auf Vinyl, und war dann doch kurz mal erstaunt. Da lag ein Bild, das war vielversprechend. Etwa schreibmaschinenblattgroß, gerahmt und hinter Glas, das hatte was. Und was es hatte, war wohl auch der Grund, warum es unter Michael Jackson und Elton John gelandet war, so was zeigte man doch nicht, es könnten ja Kinder kommen und sich die Samantha Fox anschauen wollen, und dann sehen sie so was, also nein. Nämlich eine Zeichnung eines Paares, welches sich unter freiem Himmel, naja, sagen wir mal, amüsierte. Nackt. Sie auf ihm, aber doch so weit oberhalb seines Körpers, dass sein leicht überdimensionierter Penis noch erkennbar grad um Einlass anzuklopfen schien in ihre leicht überdimensionierte Vulva. Und während sie verzückt gen Himmel blickte und er verzückt an ihren Brüsten leckte, nutzte eine dritte Person verzückt die Gelegenheit, sich einerseits an diesem Schauspiel zu erfreuen, andererseits aber sich der Besitztümer des Liebespärchens zu bemächtigen, weshalb er, lustig mit der rechten Hand vor sich hin onanierend, ein Bündel Kleider unter den linken Arm geklemmt das Weite suchte. Darunter stand handschriftlich: »La Pie Voleuse«. Und Julio erkannte sofort den Stil Martin Van Maeles. Und Martin Van Maele war einer seiner Favoriten, wenn es um erotische Kunst um die Jahrhundertwende ging. Neben Rops und Rowlandson. Und Fendi und Geiger. Aber die Wahrscheinlichkeit, auf ein Bild einer dieser Künstler mitten in Lissabon zu stoßen, war doch eher äußerst gering. Und wenn, dann nur die üblichen Drucke. Schwarz-weiß. Der hier war in Farbe. Und den hier kannte Julio noch nicht. Und das war schon wieder äußerst unwahrscheinlich. In diesem viel zu großen und erdrückenden Rahmen, wie konnte man nur.

Julio stellte seine Tüte mit den *Pastéis* auf die Schallplatten, denen war das egal, und hielt sich das Bild, das hinter schmutzigem Glas steckte, sehr nah an die Nase, um zu erkennen, ob es sich vielleicht vielleicht vielleicht sogar um ein Original handeln könnte. Am liebsten hätte er es aus dem Rahmen genommen, aber erstens ging das nicht, zweitens tat man das nicht, drittens, und das war der wichtigste Grund, hätte der Händler dann gewusst, dass er da etwas unter Umständen Wertvolles zu verkaufen hatte. Was er anzunehmenderweise nicht wusste, denn sonst hätte er das Bild nicht unter Samantha Fox und Rick Astley versteckt, sondern wohin gebracht, wo es Geld gab. Zu Sotheby's. Oder Christie's. Wo, das wusste Julio nur zu gut, weil er bei den Auktionen um die wirklich guten Bilder nie mitmachen konnte, ein Maele mit original Farbe gut und gerne einige Tausend Euro bringen konnte. Und dann noch ein unbekannter, na dann.

Na dann legte Julio das Bild wieder weg, er hatte ihm eh schon zu viel Aufmerksamkeit geschenkt, und blätterte durch den Stapel wertloser Kopien irgendwelcher Möchtegernmeister, haha, gleich daneben, während der Händler gerade mit einem mit Sicherheit deutschen Touristen, so wie der auf seinen Bauchbeutel achtgab, um eine Schnupftabakdose, vermutet aus China, spätes

20. Jahrhundert, feilschte, auf dass sich die Balken der Verkaufstische bogen.

Nach kurzer Zeit nahm Julio die *Pastéis* in die eine Hand, griff mit spitzen Fingern der anderen das Bild, um sie sich nicht schmutzig zu machen an dem verstaubten, wertlosen Müll, den er eher aus Mitleid mit dem armen Tandler, der sein Zeug nicht an den Mann brachte, zu kaufen bereit war, denn aus wahrem Interesse, und rief ihm betont müde nuschelnd »Wie viel?« zu.

Der, ein untersetzter Mann mit schweißfeuchter Glatze und ebenso schweißfeuchtem Karohemd, blickte rüber und stockte.

Warum stockte er?, fragte sich Julio. Wusste er etwa doch, was er da hatte?

»Moment«, sagte die Glatze und wandte sich wieder dem Deutschen zu. Mist, das lief nicht gut, das könnte teuer werden.

Aber selbst teuer, könnte es immer noch ein Gewinn werden. Wenn er sich nur sicher sein könnte, dass es ein Original ist. Mist. Wie viel Risiko war er bereit einzugehen?

Erstaunlich schnell verkaufte der Händler dem Deutschen die Dose, indem er ohne Weiteres auf dessen unverschämt niedriges Angebot einging, steckte das Geld achtlos in die Hosentasche, und stapfte auf Julio zu. Kurz bevor er bei ihm angekommen war, blickte er sich nach rechts und links um, wischte sich mit der Hand über die Stirn bis zum Nacken und griff nach dem Bild, das Julio immer noch in der Hand hielt.

So standen sie da und blickten sich an, das Bild zwischen sich.

Der Händler beugte den Kopf nach unten und blickte tief in Julios Augen.

Was will der?

»Julio?«, fragte der Händler fast flüsternd.

»Ja?«, antwortete Julio. Der Händler nickte kurz. Kannten sie sich doch? Woher? Hä?

Da entriss er Julio grob das Bild, wickelte es hektisch in altes Zeitungspapier und hielt es ihm wieder hin. Julio nahm es unsicher, sie hatten ja noch gar keinen Preis ausgehandelt. Doch noch bevor er nachfragen konnte, nahm sich der Händler einfach seine Tüte mit den *Pastéis de Nata*, stellte sie unter dem Tisch ab und machte eine Handbewegung, die wohl bedeuten mochte, Julio sollte weggehen.

Aber ...

Da beugte sich die Glatze mit einer schnellen Bewegung über seinen Tisch, stieß dabei einiges an Nippes um, was ihn aber nicht zu kümmern schien, griff Julio an der Schulter, drehte ihn um und drückte ihn weg.

Okay, das war eindeutig, dachte sich Julio, wenn der das so will, dann will der das so. Hatte wohl Hunger, der gute Mann. Oder Lust auf richtig gute *Pastéis*. Allerdings waren es nicht unbedingt richtig gute, es waren einfach nur *Pastéis*, Julio glaubte nicht an dieses spleenige »Ich weiß, wo es den besten *Bacalhau* der Stadt gibt« und »die *Pastéis* von Gracinda in der Rua São Tomé sind die einzigen, die genau so schmecken wie die meiner Großmutter«. Oder aber der Mann war einfach nur froh, das schreckliche Bild endlich los zu sein, diesen Schweinekram, das perverse Zeug. Julio sollte es recht sein. Sehr recht. *Pastéis* gab's in Lissabon wie Baguettes in Paris. Nahm er mal an. Er war noch nie in Paris. Aber in London, und da gab es nirgends Fish & Chips.

Julio drehte sich nicht mehr um, ging einfach weg, das Paket dicht an seine Brust gedrückt, schaute nicht nach den Leuten, drängte sich durch, so gut es ging, nach oben, an der Markthalle vorbei in den Arco Grande de Cima, weiter in die Rua São Vicente, von dort in die Travessa das Mónicas, und erst als er im Jardim Augusto Gil angekommen war, erlaubte er sich durchzuschnaufen. Er setzte sich auf eine Bank, den Brunnen im Rücken, und konnte es nicht wirklich nachvollziehen, was da eben geschehen war.

Andererseits: Manchmal geschehen eben Dinge. Manche Menschen gewinnen im Lotto, weil sie einen ausgefüllten Schein aus einem Mülleimer fischen, andere treffen die Liebe ihres Lebens auf einer Eurovision Song Contest Party, wieder andere bekommen gegen irgendwelche Backwaren, die es an jeder Straßenecke gibt, Bilder geschenkt, die vielleicht mehr wert sind als alles andere, was sie besitzen, zusammen.

Vorsichtig legte er das Paket auf seine Knie und schälte das Zeitungspapier ab. Und da war es. Das Bild. Der Van Maele. Ein schöner Van Maele. Ein vielleicht echter Van Maele. Ein vielleicht unentdeckter echter Van Maele. In Gedanken ging er seine Wand im Schlafzimmer auf und ab und überlegte, wo er seinen unentdeckten echten Van Maele hinhängen könnte. Neben die anderen Van Maeles, die er hatte? Aber keiner war so schön wie dieser. Und die, die er hatte, waren lediglich Radierungen aus der Zeit. Nein, dieses Bild brauchte Raum, um sich entfalten zu können. Etwas Würdiges. Und einen neuen Rahmen. Unbedingt einen neuen Rahmen, der hier war schrecklich, unpassend, auch viel neuer, ein klobiges Ding aus den Siebzigern, wäh, ekelhaft. Weg damit. Konnte er ja verkaufen, um ein paar Euro, verscherbeln oder verschenken oder verschrotten. Oder sollte er das Bild auch verkaufen? Es war ja viel wert. Es wäre viel wert, wenn es wirklich ein Original war.

Julio hielt es nicht mehr aus. Er entschloss sich, das Bild hier und jetzt aus dem Rahmen zu befreien und zu begutachten. Er drehte es um. Nicht einmal versiegelt, der Rahmen, mit Drehklemmen zum schnellen Wechseln gedacht. Umso besser. Er öffnete den hinteren Deckel und hob ihn ab. Darunter lag ein etwas dickerer Umschlag, wahrscheinlich als Puffer gedacht, weil das Bild sonst Spiel gehabt hätte und rumgerutscht wäre. Und darunter das Blatt. Es sah gut aus. Sehr gut. Es könnte echt sein.

Ganz leicht drückte er das Papier an der Seite an, um es heben zu können. Dann legte er nur den Fingernagel darunter, um möglichst keine Fettfinger darauf zu verewigen, und drückte es hoch. Und legte es um. Und besah sich den Schatz. Es war wunderschön. Die Farben waren zwar alt, aber sie besaßen noch eine unglaubliche Leuchtkraft. Julio beugte sich zum Bild hinunter, ehrfürchtig, und konnte es kaum fassen, der Pinselstrich war zu erkennen, die fast nicht mögliche Dreidimensionalität der Aquarellmalerei. Eine unglaublich feine Arbeit, hier die erregte Spitze ihrer Brust, und nicht einmal einen Millimeter davon entfernt seine Lippen, die sich dem Nippel entgegen spreizten. Da die ganz zart angedeuteten schwarzen

Härchen oberhalb ihrer Scham, und dort seine hellbraunen Locken rund um den erigierten Penis, der ihr zustrebte. Und dann der Blick des davonlaufenden Mannes, der die Unsicherheit ausdrückte, beim Klau der Kleidung erwischt zu werden, und zugleich doch auch die Lust an dem, was er beobachtete. Van Maele war in seinen Zeichnungen fast grob, doch in seinen sehr seltenen Kolorierungen einer der zartesten Künstler, die Julio kannte. Er spürte, wie er auf das Bild reagierte. Und wie immer, wenn er ein besonders faszinierendes Bild entdeckt hatte, wusste er nicht, ob er aufgrund des dargestellten Inhalts so reagierte, wie er reagierte, oder wegen der Kunstfertigkeit, die dahintersteckte. Und wie immer war es genau das, was ihn umso mehr faszinierte: Dass es Künstler gab, die nicht einfach nur kopulierende Paare gezeichnet haben, Porno halt, sondern dazu imstande waren, Sex in all seiner Ausführlichkeit darzustellen und doch Kunst herzustellen. *La Pie Voleuse. La Gazza Ladra.* Auf der *Feira da Ladra.* Julio musste lächeln. Er legte das Blatt ganz vorsichtig zurück in den Rahmen, denn da war es für den Moment am besten aufgehoben, es durfte nichts drankommen, das wäre eine Katastrophe.

Als er auch den Umschlag wieder zurücklegen wollte, schaute er eher beiläufig hinein. Und staunte nicht schlecht. Es waren Fotos. Es waren Aktfotos. Nein, leider, es war Porno. Es war nicht einmal alter Porno, Vintage, dafür hätte er vielleicht noch etwas übrig haben können, nein, es war heutiges Zeug, schlecht ausgearbeitet, wenn auch augenscheinlich kein Digitaldruck, immerhin. Gut, kurz war Julio darüber belustigt, dass gleich das erste Bild eine gewisse Ähnlichkeit mit dem Van Maele aufwies, der Mann auf dem Rücken, die Frau über ihm, sein Schwanz knapp vor dem Eindringen, während er versuchte, ihre Brust mit dem Mund zu erreichen. Doch keiner, der ihnen die Kleider klaute. Die nächsten Bilder waren ähnlich und sie unterschieden sich vor allem dadurch, wie tief er gerade in sie eindrang oder nicht. Die sieben oder acht Bilder hätten sich als Daumenkino eignen können. Naja. Langweilig. Julio packte die Fotos zurück in den Umschlag, in dem auch noch Negative lagen.

Und nahm sie wieder raus.

Und blätterte sie noch mal durch.

Und steckte sie schnell wieder zurück und in den Rahmen damit.

Das war doch ...

Ja, es war.

Das war der.

Der war das.

Der hatte doch ...

Richtig, der hatte kandidiert, erst vor Kurzem, hier in Lissabon, überall hatte er von den Plakaten strenge Blicke geworfen, er wollte die Politik umkrempeln, Schluss machen mit der Korruption und mit dem ganzen Schindluder, der da getrieben wurde, und dabei erzkatholisch und erzkonservativ, redete vom Sündenfall der Politik und dass er als guter Christ wieder Anständigkeit einfordern würde.

Ups.

Die junge Dame auf den Bildern sah allerdings eindeutig nicht nach seiner Frau aus.

Ganz eindeutig nicht.

Aber so was von ganz und gar eindeutig nicht.

Das brachte Julio auf einen Gedanken.

Da könnte sich der unverhoffte Kauf sogar doppelt auszahlen, ein wenig Erpressung und ...

Da fiel eine Tüte in seinen Schoß.

»Was soll denn der Scheiß, ha?«

Julio sah auf und blickt in das grimmige Gesicht des Händlers.

»Bitte was?«, stotterte er.

»Wo ist das Geld?«, blaffte ihn die Glatze an, und Julio spürte die Spucke aus dessen Mund in seinem Gesicht.

»Welches Geld?«

»Welches Geld fragt der. Das ausgemachte Geld. Hast wohl gedacht, du kannst uns verarschen, was?«

»Aber«, versuchte es Julio so ruhig wie möglich, »Sie haben keinen Preis genannt.«

»Ach nein?«

»Nein.«

»Nein?«, brüllte nun der Händler, und Julio hatte das unangenehme Gefühl, auch der Schweiß schoss ihm von dessen Stirn entgegen. Doch dann sah sich der Mann, wohl erschrocken über die eigene Lautstärke, unsicher um, beugte sich noch weiter vor und zischte Julio an: »50.000. 50.000 für die Fotos und die Negative. War daran irgendwas nicht klar?«

»Was?«

»Was daran nicht klar war?« Wieder wurde der andere laut.

»Ich wollte doch nur das Bild ...«, versuchte es Julio.

»Weil ich dir gesagt habe, dass du das kaufen sollst.«

»Nein.«

»Doch.«

»Aber ...«

»Du bist doch Julio, oder nicht?«

»Ja.«

»Und wurdest von ... Du weißt von wem, geschickt.«

»Nein.«

»Ich habe dich gefragt, ob du Julio bist.«

»Ja.«

»Und?«

»Julios gibt's viele«, probierte es Julio.

»Deswegen habe ich die Fotos doch zu diesem schrecklichen Porno-Scheiß getan und unter die schrecklichen Platten gelegt, weil so was kein Mensch kauft. Weil so was nur der kauft, der weiß, warum er es will, *fodes caralho*.«

Ganz knapp ehe Julio sagen konnte, dass er nichts von den Fotos gewusst hatte, bis er sie gefunden hatte, entschied er sich anders: »Welche Fotos?«

»Die Fotos, *filho da* ...« Der Händler unterbrach sich selber. »Du weiß nichts, von den Fotos?«

»Nein.« Julio gab sich ernsthaft Mühe, so unschuldig wie möglich zu klingen.

»Aber du hast doch das Bild kaufen wollen.«

»Ja«, entgegnete Julio wahrheitsgemäß.

»Und von den Fotos hast du nichts gewusst?«

»Nein.« Gut, wenn man nicht lügen musste.

»Das heißt ...«

»Ist da etwa mehr an dem Bild, als es von außen den Anschein hat?« Hm, vielleicht leicht zu aufdringlich, das auch noch mit einem Lachen zu unterstreichen. Aber manchmal musste man Risiken eingehen. Und schon fummelte Julio den Rahmen wieder auf.

»Gib her.« Der Händler langte nach dem Bild.

Doch Julio war schneller, hob den Deckel auf und griff nach dem Umschlag. »Das hier meinen Sie?« Er wedelte gut gelaunt vor der Nase des anderen.

Und der griff zu. Wie erhofft. Das war wichtig gewesen, Fotos und Bild voneinander zu trennen. Geschafft. Erst mal.

»Alte Erinnerungsfotos vielleicht?« War das der eine Satz zu viel?

Der Händler schaute misstrauisch. Dann nickte er zum Bild, das in Julios Schoß lag, und sagte abschätzig: »Was bist denn du für ein Perverser?«

Auch Julios Blick fiel auf seinen Schoß. Ihm fiel keine passende Antwort ein. Vielleicht weil er dem anderen recht gab? Nein, es ging ihm um die Kunst, darum ging es ihm, immer nur um die Kunst. Da sollte der andere doch seine faulen Pornos haben und glücklich werden damit, das ließ ihn absolut nur kalt.

Da schoss ihm ein drohend zitternder Zeigefinger vor die Augen.

Julio blickte auf.

Der Händler schaute ihn böse an. Doch sagte nichts. Dann ließ er den Finger wieder sinken, betrachtete sich Julio von oben bis unten und machte keinen Hehl aus seiner Verachtung.

Und ging.

Julio traute sich nicht einmal, auszuatmen.

Geschweige denn sich zu bewegen.

Nur mit den Augen folgte er dem Typen, der rund um den Brunnen zur Straße ging.

Genau in dem Moment fuhr eine schwarze Limousine heran, blieb stehen, es öffnete sich die hintere Tür, ein Mann in einem schwarzen Anzug stieg aus, packte den Händler am Kragen, drückte ihn brutal nach unten, schubste ihn ins Auto rein, die Tür schlug zu, das Auto fuhr mit durchdrehenden Reifen an und brauste um die nächste Ecke.

Oha, dachte Julio.

Und traute sich auch weiterhin sehr lange nicht, sich zu bewegen.

Bis sich ganz ganz langsam vom Bauch her ein seltames Gefühl durch den Körper ausbreitete, das Julio, als es im Kopf angelangt war, als Erleichterung identifizieren konnte. Erleichterung darüber, dass wer anderer den Gedanken, den auch er vor noch ein paar Minuten gehabt hatte, schon vor ihm in die Tat umgesetzt hatte. Und nun in einer schwarzen Limousine davongebracht wurde. Und Julio eine Tüte voller *Pastéis de Nata* hatte. Und einen echten unentdeckten Van Maele noch dazu.

Nein, keinen unentdeckten, einen unerkannten.

Er angelte sich eine seiner *Pastéis* aus der Tüte und, ja, es war so was wie Stolz, das Julio nun spürte, als er herzhaft hineinbiss, stolz, auf absolut ehrliche Art und Weise an ein wahres Meisterwerk der erotischen Kunst des frühen 20 Jahrhunderts gekommen zu sein. Umsonst.

Tagebuch

Heidi Moor-Blank

3. August

Heute wurde wieder eine eingeliefert.
Ich glaube, die lohnt sich.

Sie hatte teure Kleider an und sogar einen Pelzkragen am Kostüm. Und schwarze Lederschuhe mit ziemlich hohem Absatz, obwohl sie schon siebenundsechzig Jahre alt ist. Die Schuhgröße passt.

Bei der letzten Dame habe ich mich ziemlich blöd angestellt und mich bei Franz verplappert. Deshalb habe ich zum Schluss nur das schöne Brokatkleid bekommen. Und das auch nur, weil Franz damit nichts anfangen konnte.

Ich hätte ihn nicht einweihen sollen.

Habe ich ja nur gemacht, weil er den alten Lastwagen wieder zum Laufen gekriegt hat. Jetzt tut er so, als hätte er ein Fuhrunternehmen.

Beim allerersten Mal war es ja auch nur Zufall und nur ein bisschen Schmuck und Kleinkram. Das konnte ich bequem in meinem Henkelkorb unterbringen. Ich war ein paar Mal da. Blumen gießen und Katze füttern und mich ein bisschen umgucken.

Bei der Zweiten war da diese Kommode mit den hübschen Schnitzereien. Da hat mir Franz noch geglaubt, dass ich die im Auftrag der Patientin an den Antiquitätenhändler verkauft habe. Und hat mir für ein paar Mark beim Tragen geholfen.

Und dann kam dieses Haus. Ein ganzes Haus voller Truhen und Schränke und Stühle und Bilder aus echtem Öl.

Der Antiquitätenhändler hatte so große Augen gekriegt und ich habe gleich gemerkt, dass das ein ganz dicker Fisch ist, den ich da an der Angel habe.

Manchmal habe ich ein kleines bisschen ein schlechtes Gewissen.

4. August

Seit heute habe ich wieder Nachtschicht. Das passt gut, ich bin gerne nachts wach. Ich bin dann alleine auf der Station und verteile die Tabletten für die Nacht auch ganz alleine.

Heute ist es sehr ruhig, ich kann wieder Zeitschriften lesen und ein bisschen Tagebuch schreiben.

Frau Rosenberg, die Pelzkragendame, ist inzwischen ein wenig zutraulich geworden und ich weiß das Eine oder Andere über sie.

Das Wichtigste: sie hat keinen Mann und keine Kinder.

6. August

Heute hatte ich Frühdienst und habe sehr eifrig dem Blumenstrauß der Zimmernachbarin von Frau Rosenberg frisches Wasser gegeben. »Haben Sie auch Blumen zu versorgen?«, habe ich sie dann gefragt. Sie hat nur den Kopf geschüttelt.

Vielleicht ist sie traurig, weil sie keinen hat, der ihr Blumen bringt. Vielleicht hat sie aber auch Schmerzen. Ich werde ihr gleich was dagegen geben.

8. August

Der offene Bruch verheilt nur schlecht. Ich hatte beim Verbandwechsel ein bisschen nachgeholfen und jetzt hat sich die Wunde entzündet.

Sie wird noch lange bei uns bleiben müssen.

Ich habe ihr gestern so nebenbei erzählt, dass ich nach Feierabend die Katze von Frau Schmitz füttern gehe. Und die Blumen gieße. Das stimmt zwar nicht, Frau Schmitz hat eine Tochter, die das macht, aber Frau Rosenberg hat mich angesehen und »ach ja?« gesagt.

9. August

Na bitte! Ich habe den Schlüssel. Und die Adresse. Sie wohnt in einem richtig schicken Viertel, ganz alleine in einer Villa. Mir ist ganz schlecht vor Aufregung und ich kann es kaum erwarten, ihr Haus zu erkunden.

10. August

Dieses Haus ist eine Wucht! Ich bin ganz lange durch alle Zimmer spaziert und habe mir alle Möbel angesehen. Inzwischen kenne ich die Preise schon ein bisschen und ich habe deshalb eine Liste gemacht mit allen Sachen und den ungefähren Preis dahinter geschrieben. Als ich alles zusammengezählt habe, wurde mir ein bisschen schwindelig.

Ich überlege hin und her, wie ich das ohne Franz hinkriegen kann. Aber ich brauche Hilfe beim Möbelschleppen und ich brauche einen Lastwagen. Ich kann den Trödelhändler ja schlecht die Sachen selbst abholen lassen. Dann merkt er sofort, dass das nicht mein Haus ist.

Erst mal drüber schlafen.

Die Dokumentenmappe von ihrem Schreibtisch habe ich ihr ganz brav übergeben. Ich konnte da nicht reinschauen, sie ist verschlossen.

Den Schlüssel für die Villa habe ich ihr nicht zurückgegeben. Sie hat es nicht gemerkt. Ihr geht es nicht so gut.

Ich werde erst noch mal alles genau durchsuchen.

Frau Rosenberg hatte bei ihrem Unfall mitten in der Woche ein so schickes Kostüm an und war so mit Schmuck behängt – sie ist sicher unglaublich reich. Und dann gibt es nicht nur Möbel und Kram, sondern Bargeld und Schmuck und vielleicht einen Tresor. Wenn ich nur diese Sachen nehme, muss ich Franz nicht einweihen.

Das ist ein guter Plan.

14. August

Mist, Mist, Mist!

Franz war gestern Abend bei mir und hat auf meinem Flurschränkchen den Schlüssel zur Villa entdeckt. Er hat keine Ruhe gegeben, bis ich ihm erzählt habe, dass es wieder eine neue Patientin bei uns auf der Station gibt, bei der alles passt: Alt, reich, alleinstehend.

Aber ich habe ihm die Lüge aufgetischt, dass ich noch keine Gelegenheit hatte, mich im Haus umzusehen.

Er wollte das gleich übernehmen, aber zum Glück hat er heute eine Tour mit seinem Lastwagen und hat keine Zeit.

Was mach ich denn jetzt?

Es ärgert mich! Ich habe die Patientinnen auf der Station, ich kann rausfinden, wer passt, ich muss sie dazu bringen, mir den Schlüssel zu geben – für die Blumen, für die Post, für die Katze – was auch immer. Ich muss dann auch noch dafür sorgen, dass sie nicht mehr nach Hause entlassen werden und die Diebereien entdecken.

Da kann Franz doch nicht einfach behaupten, dass sein Lastwagen so wichtig ist, dass er mehr als die Hälfte kriegt.

Dieses Mal muss das anders laufen!

18. August

Der Lastwagen ist kaputt und Franz repariert schon seit drei Tagen daran rum und ist sehr wütend, weil er ihn nicht zum Laufen kriegt. Mir ist es recht, denn er hat die Villa erst mal vergessen.

Ich war heute wieder dort und habe alle Schränke und Kommoden durchsucht. Das Porzellan ist sicher teuer und für das zwölfteilige Service mit allem Drum und Dran bekomme ich bestimmt einen netten Batzen.

Ich habe schon alles sorgfältig verpackt und in Kisten parat gestellt. Das bringe ich auch ohne Franz bis zum Trödelladen. Das bekommt er schon mal nicht mit.

21. August

Frau Rosenberg hat Fieber. Ziemlich hoch.

Ich muss gar nichts tun, die Entzündung im Bein ist schlimmer geworden und die Ärzte sind ratlos.

Ich habe ihr kalte Umschläge gemacht und versucht, ihr Mut zuzusprechen. »Soll ich irgendwas regeln? Ihnen noch was aus dem Haus holen? Brauchen Sie Schreibpapier?« Sie hat immer nur den Kopf geschüttelt. Na denn. Ich habe es versucht.

23. August

Ich habe endlich den Schlüssel zu dem wunderschönen Sekretär gefunden. In einer Vase auf der Anrichte.

Es war sehr spannend, die Schreibklappe zu öffnen und all die kleinen Schubladen zu durchkramen.

Den Schmuck habe ich nicht gefunden. Es muss noch einen Tresor geben!

24. August

Gestern bin ich zufällig an den siebenarmigen Leuchter auf dem kleinen Tischchen gestoßen und habe mich gewundert, dass er nicht umgekippt ist.

Er ist festgeschraubt! Und lässt sich drehen!

Und wenn man ihn bewegt, klickt es, und das große Gemälde darüber klappt auf! Mein Herz hat geklopft ohne Ende, als ich die kleine Tür in der Wand gesehen habe! Aber der Schlüssel fehlt mir noch!

25. August

Ich habe versucht, aus Frau Rosenberg was rauszukriegen, aber sie fantasiert nur noch. Irgendwas von »Keller« hat sie gefaselt und von »Geheimfach«. Geholfen hat das nicht wirklich, aber ich denke, ich muss den Sekretär noch mal genauer untersuchen. Vielleicht hat der ja ein Geheimfach – das haben die Dinger doch öfter!

Franz hat den Lastwagen wieder hingekriegt. Und jetzt drängelt er ständig, dass er mit will in die Villa. Aber heute gehe ich noch mal alleine hin. Drehe den Leuchter wieder richtig, damit er den Tresor nicht sieht, und suche nach einem Geheimfach im Sekretär.

27. August

Das war eine richtige Schatzsuche! Wenn man die mittlere kleine Schublade ganz herauszieht, kann man weit reingreifen und fühlt dann einen Knopf! Ich habe den gedreht und dann hat sich eine der Täfelungen gelöst und ist auf die Schreibunterlage gefallen.

Da war es dann, das Geheimfach!

Den Tresorschlüssel habe ich gefunden und noch einen anderen. Einen ganz großen Eisenschlüssel mit einem ganz komplizierten Bart. Mir ist das mit dem Keller wieder eingefallen. Ich habe die beiden Schlüssel eingesteckt, den Sekretär wieder zusammengebaut und bin schnell zur Nachtschicht.

Leider. Aber ich muss erst wissen, was da alles zu holen ist, bevor ich riskiere, dass ich meine Stelle verliere.

Jetzt sitze ich hier im Stationszimmer und schreibe und bin so angespannt!

Gleich nach Feierabend morgen früh geh ich zum Haus. Ich kann Franz nicht länger hinhalten, er will nachmittags mit mir die Villa ausräumen.

28. August

Ich bin im Keller! Der Schlüssel passte und die neumodische Eisentür ließ sich ganz einfach aufschließen. Ich habe sie hinter mir schnell zugeschlagen, damit die mich nicht finden!

Ich habe oben zuerst den anderen Schlüssel ausprobiert. Leuchter gedreht, Bild aufgeklappt, der Schlüssel passte.

Der Tresor war randvoll! Ein paar Mappen und ganz viele Schmuckkästchen. Das erste habe ich aufgemacht – Mann! Da ist eine ganz dicke Goldkette drin!

Ich habe alles in meinen Rucksack gepackt.

Und dann hat es an der Tür geklingelt! Ich bin fürchterlich erschrocken und habe ganz vorsichtig hinter der Küchengardine auf die Außentreppe gelinst.

Drei Männer standen dort.

Ich bin schnell wieder zurück zum Tresor, habe ihn abgeschlossen, Leuchter wieder gedreht und dann ab, Richtung Keller!

Ich habe in meinem Rucksack auch noch eine Flasche mit Wasser und mein Pausenbrot von der Nachtschicht. Das habe ich nicht gebraucht, die Patientinnen auf der Station haben eine Menge Abendessen übrig gelassen. Das dürfen wir normalerweise nicht nehmen, aber das überprüft ja keiner.

Jetzt sitze ich hier und schreibe in mein Tagebuch und habe den gesamten Schmuck aus dem Tresor vor mir ausgebreitet. Es ist so viel!

Ich muss warten, bis oben wieder alles ruhig ist. Die Männer, die geklingelt haben, waren Soldaten.

Sie hatten alle ganz schmucke Uniformen an mit diesen Abzeichen am Kragen.

Die kamen wieder und haben die Tür aufgebrochen.

Ich kann hören, wie sie oben rumlaufen mit ihren schweren Soldatenstiefeln.

Irgendwann werden die wieder gehen, dann verschwinde ich mit dem Schmuck. Das mit den Möbeln wird jetzt nichts mehr. Ich trau mich nicht wieder her.

Ich glaube, die wollten Frau Rosenberg abholen.

Ich weiß jetzt nämlich, dass sie sehr wohl einen Mann und Kinder hat. Aber ihr Mann ist mit den Kindern mit dem Schiff nach Amerika gefahren. Vor acht Wochen. Da waren Durchschläge von den Fahrscheinen im Tresor.

Auch ein Ticket für Frau Rosenberg. Ich habe nicht alle Unterlagen durchgelesen, aber er ist wohl Besitzer einer Bank hier in der Stadt. Deshalb auch das viele Geld und das Riesenhaus.

Eine Enteignungsurkunde lag auch im Tresor. Er hat die Bank jemandem überschrieben. So ganz habe ich nicht verstanden, warum. Das muss damit zusammenhängen, dass er Jude ist. Und die Kinder auch.

Frau Rosenberg hat einen Arier-Nachweis im Tresor liegen und sollte wohl das Haus verkaufen, bevor sie nachkommt nach Amerika.

Das Ticket ist für den 1. September.

Das wird sie wohl nicht schaffen mit der Entzündung.

Und das Haus konnte sie auch nicht verkaufen. Sie ist direkt auf dem Weg zum Notar von diesem Auto angefahren worden und kam zu mir auf die Station. Deshalb war sie wohl auch so schweigsam.

Sie hätte es schaffen können. Haus verkaufen, nach Amsterdam reisen, einschiffen und los. Aber jetzt ist die SS schon am Haus dran. Die wissen sicher nicht, dass keiner mehr da ist. Fast keiner.

Den Schmuck hab ich schon mal.

Hier im Keller stehen nur ein Tisch und ein Stuhl und eine Truhe. Ich sitze jetzt hier am Tisch und schreibe und muss überlegen und warten, bis die Soldaten weg sind.

Später

Ich kriege diese blöde Tür nicht auf. Da ist innen gar keine Klinke dran! Draußen wird es schon dunkel. Ich kann es durch das winzige Kellerfenster sehen. Das ist nur eine ganz kleine Luke, nur etwa zehn Zentimeter hoch und die dicke Glasscheibe ist fest eingebaut.

Ich müsste eigentlich zur Arbeit. Das Pausenbrot habe ich schon gegessen. Ich bin so müde.

29. August

Ich bin tatsächlich eingeschlafen. Als ich aufgewacht bin, lag ich mit der Stirn auf meinem Tagebuch. Fast hätte ich mir den Bleistift ins Auge gerammt. So was Blödes.

Ich hab Durst und die Wasserflasche ist leer. Ich müsste dringend aufs Klo und draußen wird es schon hell.

Mann! Ich habe in die Truhe geguckt! Da sind Goldbarren drin! Zwanzig Stück! Ich kann die nicht alle tragen, aber ich komme sowieso nicht aus diesem blöden Keller.

Mir tut es grade ein bisschen leid, dass ich Franz so hingehalten habe und ihm die Adresse nicht verraten habe.

Er hat gestern Nachmittag bestimmt auf mich gewartet und ist jetzt sauer.

Wenn ich ihn hierherbestellt hätte, könnte er mich befreien. Wir könnten Schmuck und Goldbarren mitnehmen und die Villa samt Möbeln der SS überlassen.

Wir wären trotzdem reich.

Ich fühle den Kellerschlüssel in meiner Rocktasche und stelle fest, dass die Tür innen nicht nur keine Klinke, sondern auch kein Schlüsselloch hat. Sie schließt hermetisch ab.

Auch wenn Franz mich hier findet, kann er die Tür nicht aufschließen, wenn er draußen und der Schlüssel innen ist.

Mist!

Warum habe ich nicht besser aufgepasst?

Franz ist hoffentlich so schlau und fragt im Krankenhaus nach. Den Namen Rosenberg hat er sich wohl gemerkt und kann nach der Adresse fragen. Oder besser noch, die Patientenakte klauen und nachsehen.

Aber dann?

Er muss dann die Kellertür aufbrechen. Hoffentlich kommt er rechtzeitig, bevor ein SS-Offizier hier einzieht!

Luft scheint irgendwo reinzukommen, sonst ginge es mir viel schlechter. Ich bin schon die zweite Nacht hier drin und mein Mund ist so trocken!

Ich habe den Tisch an die Kellerluke geschoben und den Stuhl daraufgestellt. Jetzt sitze ich dort und beobachte das kleine Stück Straße, das ich sehen kann.

Ich will wissen, wer es ist, wenn jemand ins Haus kommt. Ob es Franz ist oder die SS.

Mittwoch ...?
Durst.

Ich habe solchen Durst. Keiner kommt. Alles ist ruhig, draußen ist es dunkel.

Ich habe mir alle Goldketten um den Hals gehängt. So viel Schmuck und so viel Gold!

Ich habe versucht, mit einem Goldbarren die Scheibe einzuschlagen. Mir ist es egal, wer mich hier findet – ich will hier raus! Aber der Barren ist zu weich. Die Ecke ist jetzt ganz rundgehauen, aber die dicke Glasscheibe ist immer noch heil.

Ach Franz. Ich teile gerne alles mit dir! Du kannst sogar alle Barren haben! Aber hole mich doch jetzt endlich hier raus!

Donnerstag? Freitag???
Wo bleiben die SS-Leute? Warum kommen die nicht wieder? Ich gucke nach draußen – irgendwas ist da los. Ständig fahren Jeeps vorbei und große Armeelaster. Dass mich keiner hört, hab ich schon begriffen. Solange die Glasscheibe in der Luke ist, kann ich mich nicht bemerkbar machen.

Reich sein. Ich will hier raus und trinken. Trinken.

Nichts.

Nichts ist in diesem verdammten Keller.

Nur Gold.

Und ich.

Ein Goldbarren für ein Glas Wasser.

Franz! Ich habe ihn gesehen! Er war da, vorm Haus. Aber nicht mit dem Lastwagen. Nicht auf der Suche nach mir. Er marschierte mit ganz vielen anderen in einer Uniform draußen auf der Straße vorbei. Ein Gewehr hat er getragen. Und ganz stolz geguckt.

Ich habe so laut geschrien wie ich konnte. Und an die Glasscheibe getrommelt. Dann wurde mir schwindelig und der Tisch ist umgekippt.

Ich liege auf der Tischplatte.

Die vier Tischbeine zeigen an die Kellerdecke.

Ich bin so müde.

Mir ist kalt.

Franz marschierte am Freitag, den 01. September 1939, in Polen ein.

Am gleichen Tag starb Frau Rosenberg, weil ihre Penicillin-Tabletten vertauscht worden waren.

Morgen ist Sperrmüll

INGRID SCHMITZ

Morgen ist Sperrmüll! Kennen Sie diesen Satz? Er macht mich wahnsinnig! »Denk dran, morgen ist Sperrmüll! Hast du die Sachen schon rausgestellt?« Oder: »Steht alles auf der Straße? Morgen ist …«

Ach so, mein Name ist Max. Mad Max, so sagt meine Frau immer zu mir. Ich höre das nicht gerne. *Ich* bin nicht verrückt, sondern meine Frau Pia. Oder wie würden Sie es bezeichnen, wenn jemand seinen sämtlichen Hausrat nach und nach ausrangiert, nur damit die Plüschtiere mehr Platz haben?

Genau! Die ist irre! Das denken Sie doch jetzt auch, oder? Und? Sind Sie verrückt? Bestimmt nicht! Nicht so, wie meine Frau Pia. Also, die trägt mittlerweile Klamotten … ach, der Plural ist falsch gewählt. Immer ein und dasselbe. Jeden Tag läuft sie in diesem Plüschoverall herum, im Leopardenmuster – halt, was sage ich. Nachts trägt sie einen im Tigermuster. Sie meint, das wäre sexy. Pah! Da sollte sie mal andere Männer fragen. Mir glaubt sie ja nicht, wenn ich ihr sage, dass es mich abtörnt. Ist ihr aber auch egal. Sie schläft ja sowieso in ihrem Zimmer, in ihrem Plüsch-tier-zimmer. Das müssten Sie mal sehen. Arm in Arm mit ihrem Riesenteddy. Das ist nicht normal! Die anderen müssen zugucken – die anderen Plüschtiere. Nein, mir macht das nichts mehr aus.

Würde sie wenigstens nur Elefanten, Teddys oder Mäuse sammeln und nur eine Vitrine damit füllen, dann könnte sich das Auge daran gewöhnen. Aber nein, sie sammelt Tiere aller Art. Immer noch Plüschtiere, wohlgemerkt. Nicht auszudenken, wenn die alle lebendig wären.

Ich weiß gar nicht mehr, wann der Quatsch angefangen hat.

»Morgen ist Sperrmüll!«

Erschrecken Sie nicht, das war meine Frau. Da hören Sie es, wie hysterisch sie sein kann. Sie liegt in der Badewanne. Das kann dauern. Früher lagen wir gemeinsam in der Wanne. Sehr viel früher …

»Denk an den Sperrmüll, hörst du? Hast du die Sachen schon rausgestellt?«

»Noch nicht! Mache ich gleich! Moment noch!«

Ich soll die Kleinmöbel für den Sperrmüll runtertragen, damit sie mehr Platz bekommt. Wofür wohl? Aber ich schnappe mir erst einmal blaue Müllsäcke und stopfe alle Plüschtiere in die Tüten. Das wird eine Menge Arbeit, lohnt sich aber, denn ich habe da was gefunden. Pia behauptet immer, ich sei schuld daran, dass sie so viele Stofftiere hat. Ist klar. Ich bin immer an allem schuld. Ich bin ja auch verrückt! Mad Max. Ha! Dass ich nicht lache. Jeder Mann schenkt einer Frau irgendwann mal ein Plüschtier. Mann weiß ja, was Frauen mögen – was zum Kuscheln und zum Liebhaben. Am Anfang der Beziehung, wenn man noch so richtig verliebt ist, will man nicht mit der Tür ins Haus fallen, da schenkt man erst einmal etwas Weiches, spielt den Sanften und Zärtlichen, den Frauenversteher, bis man sie so weit hat.

Das kennt doch jeder! Zugegeben, irgendwann hat die Masche nicht mehr funktioniert mit dem treudoofen Teddy, der ein rotes Herz in den Pfoten hält, auf dem »Ich hab dich lieb!« steht. Da musste mehr kommen. Autsch! Jetzt habe ich mich auch noch geschnitten. Blöde Viecher!

»Denk an den Sperrmüll! Ich brauche Platz!«

Da, schon wieder! Haben Sie es gehört? War ja nicht zu überhören.

»Ja, mache ich! Moment noch!«

So, der erste Beutel ist gefüllt. Das hat sich gelohnt! Deshalb verbrachte sie also so viele Stunden in diesem Zimmer. Alle Plüschtiere sind gekämmt und gebürstet und nach Arten und Größe sortiert. Sie streichelt lieber die Plüschmonster, anstatt mich. Sie geben ihr so viel mehr, als ich es kann, sagte sie mal. Ehrlich! Ist kein Witz! Das hat sie gesagt! Da habe ich doch keine Chance, es besser zu machen! Was würden Sie denn tun? Da haben wir es! Sie wissen es auch nicht.

»Bring auch den Müll mit runter! Hörst du?«

»Ja, sicher! Mache ich! Garantiert!«

Egal, was ich mache, nie ist es ihr recht. Ich beschränkte mich irgendwann aufs Plüschtierverschenken. Sollte sie in dem Gewimmel doch ersticken. Aber ach, schenkte ich Pia einen Elefanten, wollte sie eine Giraffe, schenkte ich einen Affen, wollte sie einen Fisch. Einen Fisch! Aus Plüsch! Muss man sich mal vorstellen. Orange mit weißen Streifen!

Seit einem halben Jahr bin ich beruflich viel unterwegs, als Fernfahrer. Ich komme weit rum, kenne alle Raststätten. In diesen Raststätten gibt es doch diese Ständer ... Sie wissen schon. Also, da habe ich ihr natürlich immer ein Tierchen mitgebracht ... von den Pinkel-

Gutscheinen. Habe ich ihr natürlich nicht gesagt. Auch darüber hätte sie sich nicht gefreut. Dennoch landeten die Plüsch-Ungeheuer alle im Gästezimmer, im Regal, auf der Couch, in der Vitrine, auf Stühlen, auf Tischen, auf dem Boden ... ja, nicht? Das wird Ihnen jetzt auch zu viel. Stöhnen Sie nur. Das habe ich auch getan. Eigentlich war dieser Raum als Kinderzimmer vorgesehen. Aber wir bekamen keine Kinder. So wurde es zum Gästezimmer, in dem keine Gäste schliefen, weil wir nie Besuch bekamen. Auch die Nachbarin kommt nicht mehr. Obwohl ich sie so darum gebeten hatte, nach Pia zu schauen, wenn ich nicht da war. Manchmal hatte ich mir eben ein, zwei Sorgen gemacht ... immer, wenn ich an die Zukunft dachte.

Eine Zeit lang ging es gut mit der Nachbarin und mit Pia. Aber dann meinte sie – also die Nachbarin – sie könne es nicht länger ertragen, immer nur *über* Plüschtiere und *mit* Plüschtieren zu sprechen. Na gut, konnte ich ihr nicht verübeln. Das war ja auch der Grund, warum ich mich für den Fernverkehr hatte einteilen lassen. Außerdem blieb mir im Truck mehr Platz zum Schlafen. Sie wissen schon – wegen der Plüschtiere. Die saßen ja mittlerweile in jedem Zimmer, bis ich Pia mit der Scheidung drohte.

Aber gerade jetzt, in diesem Moment, bin ich tatsächlich begeistert von den Viechern. Zum Beispiel der hier, dieser Plüschpinguin! So groß und geräumig. Meine ganze Hand kann ich hineinstecken. Wenn ich ihm auf den Bauch drücke, schreit er. Genau, wie Pia. Die hat sich das nie lange gefallen lassen. Das hat sich bei ihr nicht so gelohnt. Schon wieder eine Tüte voll – und ab damit.

Es lichtet sich. Ach, du Schreck. Jetzt sieht man wieder den Tisch und die Stühle. Wie ich die Möbel hasse! Sie gehörten meinem Vater. Als er noch lebte, habe ich oft vor dem Tisch gesessen und er dahinter. Wie bei einer Vernehmung. Er beschimpfte mich. »Du Schlappschwanz, kannst noch nicht mal Kinder zeugen! Noch nicht einmal die Firma weiterführen! Nichtsnutz! Was kannst du überhaupt? Nie bist du zu Hause! Nie für deine Frau und nie für mich da! Das ist der Dank! Keinen Cent bekommst du von mir! Keinen Cent!«

»Bist du noch da?«

Da! Schon wieder Pia! Immer misstrauisch. *»Ja, ich bin noch da. Ich sortiere noch!«*

»Was gibt es denn da zu sortieren?«

»Lass dich überraschen!«

»Mach keine Dummheiten! Du wirst sie bereuen!«

Hören Sie das? Jetzt lässt sie heißes Wasser nachlaufen. Gutes Zeichen! Dennoch muss ich mich beeilen. Gleich werde ich keine Ruhe mehr haben.

Wo war ich stehen geblieben? Ach ja, mein Vater. Was hatte er denn erwartet? Hatte er sich um mich gekümmert, als ich ein Kind war? Nein, natürlich nicht. Auch nicht meine Mutter. Die beiden waren dick im Geschäft. Erst zwanzig Mitarbeiter, dann zweihundert und zum Schluss zweitausend. Moment, ich brauche neue Beutel.

So, jetzt geht's weiter. Oh Mann, hier sieht es aus, wie auf einem Schlachtfeld. Überall zerschnittene Plüschtiere mit herausgerissenen Wattedärmen. Aber das muss sein. Ich kann mich nicht damit aufhalten, die

Nähte aufzutrennen. Darf keine Zeit verlieren. Lange wird Pia nicht mehr im Bad bleiben wollen – muss sie aber.

»Mach sofort die Tür auf! Du hast sie wohl nicht mehr alle!«

»Ich bin noch nicht so weit, Pialein!«

»Max! Ich ruf die Polizei! Mach die Tür auf!«

»Womit willst du sie rufen?«

»Mit meinem Ha… Wo ist mein Handy?«

»Keine Ahnung. Hast du es nicht mit ins Bad mitgenommen? Tauch mal danach.«

»Du hast es eingesteckt. Als das Wasser in die Wanne lief. Du …«

»Ich? Immer bin ich alles schuld.«

»Mach die Tür auf!«

Habe ich es nicht gesagt? Sie ist hysterisch. So, gleich bin ich so weit. Hätte nie gedacht, dass es so viel Spaß bereitet die Tiere aufzuschlitzen. Aber nur, wenn in den Bäuchen Scheine sind. Die sind mein Erbe. Auch wenn Pia das Geld vermacht bekommen hat, bleibt es immer noch *meins* – von *meinem* Vater! Was hat sie sich nur dabei gedacht? Hat sie wirklich gedacht, sie kann es vor mir verstecken? So nicht. Ich bin ein Finder. Ich finde alles, was ich suche. Habe ich das nicht schon gesagt? Liebesbriefe auf dem Speicher? Ich finde sie. Versteckte Kontoauszüge? Schwupp, da sind sie. Ein geheimes Treffen? Ich weiß, wo ich langfahren muss, um das Liebespärchen zu finden.

Ach, dieser Krach, nicht auszuhalten.

»Pia bleib ruhig, dann passiert dir nichts!«

»Wie meinst du das?«

»Wie ich es gesagt habe … Dann passiert dir nichts! Das Messer meines Vaters eignet sich nicht nur für die Bäuche der Plüschtiere.«

»Du hast was?«

»Ohja! Ich habe die Scheine gefunden. Ich bin ein Finder!«

»Du bist verrückt, Mad Max!«

»Nenn mich nicht Mad Max!«

»MAD MAX!«

»Wenn du es noch einmal sagst …!«

Hören Sie? Jetzt ist sie still! Nun weht ein anderer Wind! So, das waren alle Plüschtiere. Der Rucksack ist voller Geld. Grob geschätzt passt es. Keine Zeit, es nachzuzählen. Muss gleich auf Achse, zum Flughafen. Den Job habe ich gekündigt. Auch Pia habe ich satt! Vom Geld mache ich mir ein schönes Leben im Ausland. Auf und davon! Vielleicht lerne ich eine dunkelhäutige Frau kennen und bekomme schokobraune Kinder. Viele Kinder. Das finde ich gut! Das Messer brauche ich nicht mehr! Bringt Unglück, es mit ins Flugzeug zu nehmen. Ich werde es in den Müll werfen. Gleich beim Hinausgehen. Den anderen Müll und Sperrmüll bringe ich nicht runter! Die Badtür bleibt verschlossen. Da möchte ich nichts riskieren. Oder was würden Sie machen? Genau, bevor ich das Haus verlasse, bitte ich die Nachbarin, ein letztes Mal Pia zu besuchen und ihr bei der Entsorgung der Plüschtiere zu helfen. Das macht sie bestimmt sehr gerne. Vielleicht werden sie dicke Freundinnen. Sie bekommt meinen Haustürschlüssel, damit sie selbst aufschließen kann. Wenn sie Pia aus dem Bad befreit, wird die ihr ewig dankbar sein.

Also, auf geht's – in ein neues Leben. Nein, natürlich erwarte ich nichts von Ihnen. Ich bin etwas abgeschweift. Eigentlich wollte ich mich nur bei Ihnen abmelden. Sagen, dass ich nicht mehr zur Therapie komme. Vielen Dank für alles. Sie haben mir sehr geholfen. Sie haben mir die Augen geöffnet. Nein, Sie müssen sich keine Sorgen machen. Ich schreibe Ihnen eine Karte, wenn ich am Ziel angekommen bin. Auf Wiederhören. Ich nehme jetzt meinen Kopfhörer aus dem Ohr. Es brennt wie Feuer.

»Tschüs Pialein! Du siehst mich nie wieder!«

»Bist du wahnsinnig? Du lässt mich sofort raus! MAD MAX! Du Irrer!!! Bleib hier! Hätte ich doch nur auf deinen Vater gehört und wäre mit ihm gegangen. Der war kein Schlappschwanz, wie … Wurde ja auch Zeit … Was jetzt? Was machst du? MAX! HILFE! Leg das Messer weg! HIL…«

Matrjoschka

FABIAN SKIBBE

Dafür legt er uns um.« Ben starrt auf die Leiche, die verkrümmt auf dem Boden der Zisterne liegt.

Eddy schüttet eine Karre Bauschutt hinein. Er setzt ab, baut sich vor Ben auf und holt aus. »Mich legt keiner um.«

Bens Wange glüht.

»Schlägst du mich noch einmal, erledige ich das.« Er stoppt den ausgestreckten Zeigefinger vor der Nase seines Vaters.

Eddy weicht keinen Millimeter zurück. Er schnappt den Finger. »Du drohst mir?« Knack.

Ben schreit auf und sinkt zu Boden.

Eddy wirkt wie der Koloss von Rhodos über der Hafeneinfahrt. Er streichelt seinen Fu-Manchu-Bart. Lässt Bens Finger los. Schaufelt die Schubkarre randvoll mit Schutt, balanciert sie Richtung Zisterne, schiebt mit dem Fuß die Flex beiseite. »Ran an die Arbeit.«

Ben hechelt, die Hand pocht. Beim Versuch aufzustehen schwankt er.

Er geht nach draußen und öffnet die Holztür des Stallanbaus. Die Leiter im Schweinestall führt zum Dachboden. Er steigt hinauf und steckt den Kopf durch die Luke. Auf den ersten Blick sieht er ein Chaos aus Heuballen, Holzbalken, Dachpfannen und Kartons. Er seufzt, klettert hoch.

Stundenlang stapelt er Heu aufeinander, sortiert Balken und Pfannen.

Fünf Kartons bleiben über. Auf jedem steht ein mit Edding gekritzelter Name: *WLADISLAW.*

Ben klappt einen auf. Weihnachtsschmuck, rote Kugeln, ein Baumständer, Deko. Er strahlt. Die Augen glänzen.

Ein Traum. Weihnachten feiern. Klassisch. Mit Baum, Festessen, Geschenken, Liebe.

»Der Weihnachtsmann ist tot«, sagte Eddy ihm jedes Jahr.

Vorsichtig stellt er den Karton vor den Schornstein und hockt sich vor den nächsten. Er enthält VHS-Kassetten. Fackeln im Sturm, Dornenvögel, Falcon Crest, Die Drombuschs. Ben runzelt die Stirn, reißt den dritten Karton auf. Kinderspielzeug. Ein Piratenschiff von Playmobil, ein Panini Sammelalbum der Weltmeisterschaft 1990, ein handsignierter Werder Bremen-Fußball, Micky-Maus-Zeitschriften. Ben lächelt, als er die Schachtelfigur entdeckt. Sie sieht aus wie eine russische Bauernfrau. Als Kind hatte er eine ähnliche. Ohne sie konnte er nicht einschlafen.

Matruschka? Maroschka? Matrjoschka? Keine Ahnung.

Ben öffnet die Holzpuppe. Zum Vorschein kommt die nächstkleinere.

Nachdem er sechs hohle Figuren auseinandergebaut hat, strahlt ihn das Baby an, die kleinste Puppe. Er nimmt sie heraus. Ein warmer Schauer überkommt ihn. Unter dem Baby glitzern sieben kleine Brillanten um die Wette. Er kneift die Lippen zusammen, um nicht vor Glück zu schreien. Er lässt die Brillanten in Figur Nummer Sechs, steckt alle wieder zusammen und stellt sie der Reihe nach auf.

Vor ihm stehen sieben russische Bäuerinnen, wie die Orgelpfeifen. Ben hört die Leiter knirschen. Er schnappt sich die wertvolle Nummer Sechs und springt auf.

»Wenn du weiter trödelst ...« Eddys markantes Gesicht kommt zum Vorschein. »... ackerst du die kompletten Feiertage durch. Du weißt, der Weihnachtsmann ist ...« Er stockt. »Was versteckst du da?«

»Nichts. Ich ...« Ben zeigt auf die Figuren, zwischen Nummer Fünf und dem Baby klafft eine Lücke.

Eddy klettert auf den Dachboden. Er kniet sich hin, reißt eine nach der anderen auf, lässt die Teile auf den Boden fallen, reibt die hektischen Flecken am Hals.

»Da fehlt eine Babuschka.«

Ben runzelt die Stirn. »Sie heißt nicht Babuschka.«

»Fresse halten, Klugscheißer. Wo ist sie?«

»Es gibt nur sechs.« Ben versucht, dem Blick seines Vaters standzuhalten.

Eddy nickt. »Und sonst?«

»Nutzloser Kram.«

Der Koloss klappt den Weihnachtskarton auf. »Der kommt in den Sperrmüll.« Er wirft ihn nach unten in den Schweinestall. Es klirrt.

»Nein!« Ben hechtet zur Luke. Die roten Christbaumkugeln liegen in Scherben, der restliche Inhalt auf dem Beton verteilt. Er blitzt herum.

Es poltert.

Sie starren gleichzeitig auf die Holzfigur, die ihm aus dem Ärmel fiel.

»Sechsteilig, hm?« Eddys Augen wirken glasig, wie die eines Pitbulls, der einen Einbrecher überrascht.

Ben versucht die Figur zu schnappen, sie liegt dicht neben ihm.

Eddy springt auf seine Hand. Es kracht fürchterlich. Ben brüllt, rollt über die Dielen. Sein Vater lächelt, greift die Steckpuppe und schaut hinein.

»Wladi, du Ratte.« Er angelt das Smartphone aus der Hosentasche und wählt eine Nummer.

»Morgen um zwölf sitzt Wladislaw in meinem Büro«, befiehlt er. Pause. »Ist mir scheißegal! Sag der Russensippe, ich habe seinen Bruder. Der kriecht schneller aus seinem Versteck, als du deinen Schwanz rausholen kannst.« Er steckt das Handy weg.

»Gib sie mir zurück.« Ben liegt gekrümmt am Boden.

Eddy kommt näher. Er lacht. »Spaßvogel.«

Ben dreht sich auf die Schulter, packt mit der gesunden Hand Eddys Schuh und zieht das Bein nach vorne. Eddy taumelt. Noch ein Ruck. Er verliert das Gleichgewicht und fällt nach hinten, verfehlt knapp die Dachbodenluke. Die Figur fliegt durch die Luke in den Stall. Er steht auf, ballt die Faust und boxt Ben zweimal kräftig ins Gesicht. Blut schießt aus der Nase.

Wortlos klettert Eddy die Leiter hinunter in den Schweinestall.

Ben bleibt liegen.

Er wird nie aufhören, mich zu schlagen.

Die Hand liegt schlapp auf dem Boden. Sie scheint gebrochen, genau wie die Nase. Er spuckt einen Blutklumpen aus, stützt sich mit der anderen Hand auf und stellt sich hin. Ihm ist schwarz vor Augen. Vorsichtig steigt er die Leiter hinab. Er muss aufpassen nicht runterzufallen. Die zerbrochenen Christbaumkugeln im

Stall knirschen unter den Schuhen. Er schwankt ins Haupthaus.

Eddy fährt die Schubkarre, die mit Bauschutt beladen ist, über den Rohbeton. Ben beobachtet ihn. Er hasst seinen Vater. Für seine Stärke, seine Macht, seine Kraft. Für die Schläge. Für den Tod des Weihnachtsmanns.

Ben spürt das Adrenalin. Es rauscht in den Ohren. Er rennt los. Rammt ihn mit der Schulter. Eddy stürzt. Die Beine hängen in der Zisterne. Er packt Bens Hosenbein und schwingt seine Beine aus dem schwarzen Loch. Ben versucht vergeblich, ihn abzuschütteln. Er reagiert blitzschnell, greift die Flex, schiebt den Schalter nach oben und presst die rotierende Schleifscheibe gegen Eddys Pranke. Blut fließt aus der Wunde.

»Her damit.« Ben brüllt gegen die kreischende Flex an. Demonstrativ hält er sie in die Luft. Eddy deutet mit dem Kopf nach rechts.

Da thront sie mit ihren roten Wangen und dem runden Gesicht.

Matrjoschka. Sie heißt Matrjoschka.

Sie lächelt.

Ben schiebt den Schalter zurück und legt das Werkzeug ab. Er hebt die Schachtelfigur auf und öffnet sie.

»Denkst du, ich bin blöd?« Eddy grinst. Er steht auf. Blut tropft auf den Beton.

»Wo. Sind. Die. Brillanten?« Ben greift nach der Flex, Eddy kickt sie weg. Stattdessen packt er die Schaufel, die auf der Schubkarre liegt, und schlägt sie ihm gegen den Kopf. Eddy geht zu Boden.

»Rein da!« Ben deutet auf die Zisterne, hält die Schippe bereit zum nächsten Schlag.

»Ich töte dich.« Eddy ballt die Fäuste.

»Spring!«

»Du verdammter Bastard. Das ist der Dank?«

Jetzt muss Ben lachen. »Dank wofür? Für Alkoholexzesse? Nutten? Schläge? Wofür, du Arschloch?« Ben spuckt ihm die Worte entgegen. »Gib mir die Brillanten oder spring. Eins. Zwei.« Ben wartet vergeblich auf eine Reaktion.

»Drei.« Er holt aus. Die Schaufel donnert auf Eddys Rücken. Der schreit, schüttelt sich, steht auf, wedelt mit den Armen. Ben schleudert die Schaufel in die Kniekehlen.

Eddy fällt nach vorne. Die Klunker fallen aus der Hosentasche und verteilen sich auf dem Beton. Er kriecht auf dem Boden herum und sammelt die Brillanten auf. Wie ein Jäger, der seine Beute schnappt.

Gierig.

Es ist weder der tote Weihnachtsmann oder seine verkorkste Kindheit, noch sind es die Schläge oder die Brillanten. Am Ende erträgt Ben den jämmerlichen Anblick seines Vaters nicht mehr.

Ich hasse ihn.

Ben schwingt die Schaufel in die Luft. Er lässt sie direkt auf Eddys Hinterkopf krachen. Ein unwirkliches Geräusch. Eine Mischung aus einem Ast, der abbricht und einem Gummistiefel, der in Matsch tritt.

Eddy fällt auf die Seite, die Hand öffnet sich, sieben geschliffene Diamanten funkeln Ben an. Er sammelt sie auf, steckt sie ein.

Ein letzter Blick.

Eddy sieht beinahe friedlich aus.

Freiheit.

Die Leiche liegt direkt neben der Zisterne. Ben sieht hinein.

Wer hätte das gedacht? Eddy und Wladis Bruder kommen ins gleiche Grab.

Ben zieht mit einer Hand an Eddys Hemdkragen.

Mittlerweile dämmert es.

Ben stellt den Baustrahler auf. Er schwitzt und keucht.

Metallklappe schließen. Fertig.

Die Zisterne wird er mit Bauschutt und Sand vollkippen, wenn er die andere Hand wieder bewegen kann. Er fischt das Smartphone aus der Hosentasche und wählt eine Nummer.

»Wolf? Habt ihr ihn?«

Ben pfeift anerkennend durch die Zähne. »Gib ihn mir.«

Ein kurzes Rascheln. »Wo ist mein Bruder?«, fragt Wladislaw mit einem russischen Akzent.

Ben starrt auf die Zisterne. »Big Ben hier. Dein Bruder ist untergetaucht. Nachdem ihr abgehauen seid, hat King Eddy dein Haus besetzt und die Klunker gefunden.« Ben wartet, keine Reaktion. »Warum habt ihr sie hier gelassen?«

»Ich habe einen Anruf gekriegt, dass Eddy auf dem Weg ist«, sagt Wladislaw. »Mein Sohn war im Haus. Ich musste ihn schützen. Wir durften keine Zeit verlieren.«

»Okay. Deal: Ich behalte das Haus plus vier Brillanten. Du den Rest. Dafür bist du frei und ich halte dir King Eddy vom Hals. Für immer.«

Wladislaw entscheidet sich schnell. Ben lächelt.

»Gib mir Wolf.« Ben wartet, verdreht die Augen. »Bring mir einen Arzt und den Weihnachtsmann.«

Ben hört Wolfs Lachen.

Wie eine Hyäne.

Er lacht mit, ein paar Sekunden, dann stoppt er abrupt.

»King Eddy ist tot. Ich übernehme das Geschäft.«

Er legt auf, atmet tief durch und sammelt alle Teile der Matrjoschka ein.

Mein neuer Talisman.

Nachbarschaftshilfe

SUSANNE MISCHKE

Etwas stimmte nicht da drüben. Es war schon nach neun, und im Wohnzimmer der Muskes brannte noch immer kein Licht und in der Küche waren die Rollläden herabgelassen. Ganz. Dabei verabscheute Isolde Muske geschlossene Rollläden, wie sie Mareike einmal anvertraut hatte. Mit genau diesem Wort: verabscheuen. Sie fühle sich dahinter eingekerkert, hatte die Deutschlehrerin noch hinzugefügt. Im Urlaub waren die Muskes nicht, das hätte Mareike gewusst, außerdem waren gerade keine Schulferien, und in diesem Fall wären sämtliche Läden im Erdgeschoss heruntergelassen worden, nicht nur die in der Küche. Das Ganze war im höchsten Maße eigenartig!

Normalerweise spielte sich im Nachbarhaus jeden Abend dasselbe ab: Um halb acht wurde gegessen, und zur Tagesschau siedelte das Ehepaar über ins Wohnzimmer. Georg Muske nahm im Ohrensessel Platz, seine Gattin auf dem Sofa. Vorher zog Isolde immer noch die Vorhänge zu. Manchmal, wenn Mareike zu diesem Zeitpunkt gerade zufällig in der Nähe des Fensters stand, hatte sie den Eindruck, die Nachbarin würde dabei einen triumphierenden Blick zu ihr hinüberwerfen. *Sieh her, ich mache es mir jetzt mit meinem Mann gemütlich, während deiner schon seit Jahren bei einer anderen auf dem Sofa sitzt.*

Eigentlich hätte sie sich die Vorhänge sparen können. Durch den dünnen Stoff konnte Mareike noch immer schemenhaft erkennen, was sich im Wohnzimmer abspielte. Oder waren diese fadenscheinigen Gardinen sogar Absicht?

Nur am Dienstag änderte sich die Routine, wenn Georg Muske die Musikprobe der Dorfkapelle besuchte und Isolde beim Yoga war. Angeblich beim Yoga war. Denn es gab da so Gerüchte … Aber heute war Freitag. Waren sie ausgegangen? Die Muskes gingen höchst selten aus, und noch seltener miteinander. Wenn es hochkam, besuchten sie zweimal im Jahr die Oper oder das Theater, was Isolde dann immer schon Tage vorher mit betont beiläufiger Miene erwähnte, so als würden sie, die Bohemiens, dort regelmäßig ein- und ausgehen. Eine Einladung von Freunden? Hatten die überhaupt welche? Zu Besuch kam jedenfalls nie jemand. Kein Wunder, dachte Mareike, wer erträgt schon diese besserwisserische Beißzange, die ihren Mann nach Strich und Faden herumkommandierte? Nein, schlussfolgerte Mareike, die beiden konnten nicht weg sein, denn sein Volvo Kombi und ihr Golf standen beide im Carport. Ein ausgedehnter Abendspaziergang? Das wäre ja mal ganz was Neues. Madame geht ja nicht mal die dreihundert Meter bis zum Bäcker zu Fuß. Obwohl es ihrer Figur nicht schaden würde.

Da stimmte etwas nicht! Je länger Mareike am Fenster ihres Wohnzimmers stand und das Nachbarhaus anstarrte – und das waren jetzt schon fast zwei Stunden – desto stärker wurde dieses Gefühl, bis es schließlich zur Gewissheit wurde.

Einbrecher? Vor Mareikes geistigem Auge erschienen maskierte Kriminelle, die die Muskes als Geiseln hielten, während ihre Komplizen in aller Seelenruhe das Haus nach Beute durchsuchten. Ja, doch, ein paar Dinge, die des Stehlens wert wären, würden Mareike da schon einfallen.

Vielleicht waren die Räuber auch längst weg und die Muskes lagen gefesselt und geknebelt in der Küche, womöglich verletzt. Oder tot? Mareike ertappte sich bei der Wunschvorstellung, dass es nur Isolde Muske erwischt hätte. Denn *er* war ja eigentlich ein recht umgänglicher Typ. Georg Muske als verwitweter Nachbar … Kein übler Gedanke. *Reiß dich zusammen, du alte Schachtel!*

Und wenn sie einfach mal rüberging und klingelte? Aber wenn dann doch einer der beiden öffnete, was für einen Grund sollte sie dann für ihren späten Besuch nennen? Ungewohnte Stellung der Rollläden und kein Licht im Wohnzimmer? Behaupten, dass ihr das Salz ausgegangen wäre? Sie sah jetzt schon Isoldes spötti- schen Blick vor sich.

Und wenn sie die Polizei anrief, anonym? Aber die konnten heutzutage jeden Anruf zurückverfolgen, das sah man doch dauernd im Fernsehen. Genau, Fernse- hen. Sie sollte sich jetzt auf ihr Sofa begeben und sich nicht weiter um ihre Nachbarn scheren. Sonst hätte Isol- de Muske am Ende doch noch recht, wenn sie wieder einmal im Viertel herumerzählte, Mareike wäre die Neugier in Person. Die Muske sagte auch noch andere Dinge über Mareike. Zum Beispiel, dass sie ein Auge auf ihren Georg geworfen hätte – der blanke Unfug! – und dass sie, Mareike, in einem Messiehaus leben würde. Diese Ignorantin hatte doch keine Ahnung! Mareike war kein Messie, sie war eine Sammlerin. Antike Möbel, altes Porzellan, Bilder, Teppiche, Nippesfiguren, Kristallgläser ... Die Dinge, die sie umgaben, waren sorgfältig ausgewählt und kostbar – jedenfalls für Mareike.

Sie wollte sich gerade umwenden, als drüben das Licht vor der Haustür anging. Georg Muske trat ins Freie und eilte in Richtung Carport. Dabei schaute er sich nach allen Seiten um. Hastig wich Mareike zurück. Zum Glück brannte in ihrem Wohnzimmer nur die kleine Leselampe mit dem Rüschenschirm, deren Fuß aus einer grünäugigen Porzellannymphe bestand, sodass Georg Muske sie höchstwahrscheinlich nicht bemerkt hatte. Mareike wagte sich wieder ein wenig vor. Muske trug Jogginghosen und den ausgeleierten grauen Pullover, den er zu Hause fast immer anhatte. Wo wollte er in diesem Aufzug denn so spät noch hin? Am Wagen angekommen, fiel ihm der Autoschlüssel aus der Hand. Der ist ja ganz schön durch den Wind, registrierte Mareike. Hatten die beiden Streit gehabt, hatte er die Nase voll und fuhr weg, in die nächstbeste Kneipe? Das wäre ja mal ein erster Schritt in die richtige Richtung! Oder war es ihm gelungen, vor den Einbrechern zu fliehen, und jetzt wollte er Hilfe holen? Die Einbrecher-Theorie verwarf Mareike jedoch schon im nächsten Moment, als sie sah, wie Georg Muske rückwärts aus dem Carport stieß, jedoch nicht wegfuhr, sondern den Wagen mit dem Heck ganz dicht vor der Haustür abstellte. Dann stieg er aus und ging zurück ins Haus.

Etliche Minuten verstrichen, in denen Mareike regungslos auf das traute Heim ihrer Nachbarn starrte.

Das Außenlicht war wieder ausgegangen. Alles war ruhig. Wie ein geducktes Tier lauerte der kompakte Umriss des Wagens vor dem Eingang, nur ganz schwach erleuchtet von der Laterne, die ein Stück weiter entfernt an der Straße stand. Mareike hätte für ihr Leben gern gewusst, was sich hinter diesen Mauern gerade abspielte. Sie spürte beinahe körperlich, dass da etwas Unheimliches vorging. Die Härchen an ihrem Unterarm stellten sich auf und ihre Phantasie trieb wilde Blüten, um nicht zu sagen: schoss ins Kraut.

Da! Die Haustür wurde geöffnet und ein Schatten trat ins Freie. Georg Muske, unverkennbar. Seltsamerweise sprang das Licht nicht an. Er muss die Sicherung rausgedreht haben, ging es Mareike durch den Kopf. Sie hielt den Atem an. Jetzt zerrte der Hausherr etwas Unförmiges zur Tür hinaus. Mareike, deren Pupillen sich inzwischen an die Dunkelheit gewöhnt hatten, erkannte, dass es ein zusammengerollter Teppich war. Nein, nicht *ein* Teppich, sondern der Kelim, der normalerweise im Wohnzimmer unter dem Couchtisch lag. Ein Erbstück von Georgs Eltern, hatte Isolde einmal bemerkt, und dass sie das alte Ding am liebsten zum Sperrmüll geben würde, das hatte sie noch naserümpfend hinzugefügt. So war sie eben: wusste nicht zu schätzen, was sie hatte. Und das galt nicht nur für den Teppich.

Der Kelim allein konnte jedoch unmöglich so schwer sein, dass es Georg Muske eine so große Mühe bereitete, ihn zur Tür hinaus zu ziehen. Aber schließlich hatte er es doch geschafft, und nun unternahm er einen Versuch, die Last in den Kofferraum des Volvo zu hieven. Doch der eher schmächtig gebaute Mann scheiterte kläglich an diesem Vorhaben. Mareike sah, wie er sich mühsam aufrichtete und die Hände ins Kreuz stützte, so wie einer, der gerade einen Hexenschuss erlitten hat. Dies war der Punkt, an dem Mareike endgültig begriff.

Ohne lange darüber nachzudenken, schlüpfte sie in ihre Jacke, denn es war Oktober und die Nächte schon kühl. Sie tauschte ihre Hauspantoffel gegen die Straßenschuhe, steckte den Schlüssel ein und eilte zur Tür hinaus. Genau wie Minuten zuvor ihr Nachbar schaute sie sich kurz nach allen Seiten um. Es war alles ruhig im Viertel, niemand war zu sehen. Rasch und leise wie ein Mäuschen huschte sie über den Gehweg und in die Einfahrt der Muskes.

Georg Muske unternahm gerade ächzend einen neuen Versuch, das schwere Teppichpaket in den Laderaum seines Kombis zu verfrachten. An einem der Enden klaffte der Teppich auseinander und Mareike erkannte einen zierlichen Fuß, der in einer weißen Socke steckte. Isolde Muske war immer sehr stolz gewesen auf ihre Schuhgröße 37, geradeso, als wären kleine Füße ein besonderes Verdienst.

»Um Himmels willen, was haben Sie denn vor?«, zischte Mareike.

Georg Muske fuhr herum und blickte seine Nachbarin mit schreckgeweiteten Augen an. »Ich ... ich ...«, stammelte er. Dann trat ein resignierter Ausdruck in seinen Blick und er murmelte kaum hörbar: »Ich rufe wohl besser die Polizei.«

»Unsinn, wozu denn?«, sagte Mareike. »Los, fassen Sie mit an.« Sie bückte sich nach der Teppichrolle, die zwischen ihnen lag. »Sie muss zurück ins Haus. Los, auf drei.«

Muske war es offenbar gewohnt, zu gehorchen. Zu zweit schleiften sie die Last zurück in den Flur. Kein leichtes Stück Arbeit, denn abgesehen von ihren zierlichen Füßen war Isolde Muske ein ziemlicher Dragoner gewesen. Als das erledigt war, befahl Mareike dem Hausherrn, den Volvo wieder an seinen Platz im Carport zu stellen. Während Muske der Aufforderung nachkam, ging Mareike in die Küche. Die Szenerie dort sprach Bände: Eine schwere Eisenpfanne lag auf dem Fußboden und auf den hellen Fliesen schillerte eine Blutlache.

»Jahrelang hat sie …«, hörte sie Muske sagen, dann unterbrach er sich und begann von Neuem: »Und heute … ich weiß nicht, warum gerade heute, aber ich … es war nur ein Moment, in dem es mich überkam …«

Mareike hob abwehrend die Hand. Für Klagen und Rechtfertigungen war jetzt nicht die rechte Zeit, und genau genommen wollte sie das alles auch gar nicht hören. Dass Isolde Muske ein Drachen war, war allgemein bekannt, sowohl hier im Viertel als auch bei ihren Schülern. Irgendwann war das Maß eben voll, selbst bei einem so gutmütigen Pantoffelhelden wie Georg Muske.

»Sie müssen mir nichts erklären«, sagte sie denn auch. »Jetzt geht es um Schadensbegrenzung.«

»Schadensbegrenzung«, wiederholte Muske. »Aber sollten wir denn nicht die Polizei …«

»Aber nein«, wehrte Mareike ab. »Wir machen jetzt Folgendes: Sie packen den Koffer Ihrer Frau, so als würde sie längere Zeit verreisen. Aber ordentlich – so wie eine Frau Koffer packt! Vergessen Sie nicht ihre

Schminksachen, ein Nachthemd, ihre Papiere, die Handtasche, und ihr Handy samt Ladegerät. Ich mache inzwischen klar Schiff in der Küche.«

Diese Arbeitsaufteilung schien Georg Muske zu gefallen. Ohne weitere Einwände verschwand er im ersten Stock. Mareike hörte ihn herumgehen, während sie sich Haushaltshandschuhe überstülpte und den Fußboden gründlich schrubbte. In der Wäschekammer fand sie Bleiche. Sehr gut. Damit ließen sich sogar für das Auge unsichtbare Blutspuren beseitigen, das hatte sie neulich bei CSI gesehen. Sollten sie nur kommen, mit ihren Luminol-Lampen! Die Putzlappen und die Bürste packte sie in eine Plastiktüte, zusammen mit der Mordwaffe, der Bratpfanne. Das alles musste verschwinden.

Georg Muske kam die Treppe herunter, einen Koffer in der Hand.

»Fahren Sie den Wagen Ihrer Frau vors Haus. Und übers Wochenende denken Sie sich eine nette Geschichte aus, die Sie der Polizei erzählen werden.«

»Der Polizei?« Muske sah nicht so aus, als könnte er Mareikes Gedankengängen folgen.

»Irgendwann müssen Sie sie ja vermisst melden«, erklärte Mareike. »Auch wenn Sie sich heute Abend gestritten haben und Ihre Frau verkündet hat, Sie verlassen zu wollen, so sollten Sie sich nach ein paar Tagen doch Sorgen um sie machen. Versäumen Sie nicht, in der Zeit bei ihrer Familie und ihren Freundinnen anzurufen – falls sie welche hatte – und den Streit zu erwähnen. Ein bisschen zögerlich natürlich, die sollen es ruhig erst aus Ihnen rauskitzeln müssen. Und am Montag tauchen Sie in ihrer Schule auf, um mit ihr zu reden

– und mit Schrecken festzustellen, dass sie nicht dort ist und sich auch nicht krankgemeldet hat. Danach gehen Sie sofort zur Polizei. Kriegen Sie das hin?«

»Das klingt nach einem guten Plan«, sagte Muske und konnte eine gewisse Bewunderung in seiner Stimme nicht verhehlen. »Und was ist mit …« Er deutete mit einer vagen Kopfbewegung in Richtung Flur.

»Überlassen Sie das mir. Auf jeden Fall werde ich der Polizei erzählen, dass ich Ihre Frau wegfahren sah. Und zwar …« Sie schaute auf die Uhr. »… so gegen halb elf. Das werde ich sagen, wortwörtlich. Und Sie sagen, sie hätte das Haus *um* halb elf verlassen. Kleine Unterschiede sind wichtig, eine zu perfekte Übereinstimmung wäre sofort verdächtig. Haben Sie das verstanden?«

Er nickte. Seine blassblauen Augen begegneten fragend den ihren, als er sagte: »Sie machen sich strafbar, das wissen Sie, oder?«

»Ja, ja«, winkte Mareike ab.

»Aber … warum tun Sie das?«

»Nachbarschaftshilfe«, antwortete sie knapp und fügte hinzu: »Allerdings sollten wir uns danach ein paar Monate lang möglichst wenig begegnen. Nur für den Fall …«

»Ja. Ja, gewiss!« Seine sichtbare Erleichterung über diesen Vorschlag kränkte Mareike mehr als sie vor sich selbst zugeben wollte. Ja, sie war ein eher unscheinbarer Typ. Eine graue Maus. Diesen Ausdruck, das war Mareike zu Ohren gekommen, hatte Isolde Muske immer für sie benutzt. Aber im Augenblick gab es Wichtigeres. Sie hoben die Leiche samt Teppich in den Wagen. Dann den Koffer. Zuletzt holte Mareike noch die Plastiktüte mit den Putzlappen und der schweren Bratpfanne aus der Küche. Um im Wagen von Frau Muske keine Fingerabdrücke zu hinterlassen, hatte sie die Gummihandschuhe wieder angezogen.

»Vielleicht …«, begann Muske, als er gerade die Heckklappe schließen wollte, »… vielleicht sollte der Teppich lieber hierbleiben? Ich weiß eigentlich nicht, warum ich sie darin eingewickelt habe. Weil ich den Anblick nicht mehr ertragen konnte? Oder weil ich mir mit Isolde immer diese ganzen uralten Krimis ansehen musste?« Er hatte seinen schmalen Vogelkopf nachdenklich zur Seite gelegt und brachte tatsächlich ein schiefes Lächeln zustande. »Was ist, wenn die Polizei sieht, dass im Wohnzimmer der Teppich fehlt …«

»Woran sollte die Polizei das denn sehen?«, fragte Mareike.

»Am Parkett. Es ist heller, wo der Teppich lag. Passen Sie auf, wir nehmen Sie noch mal raus und legen stattdessen Müllsäcke …«

»Es ist bestimmt Blut von der Kopfwunde am Teppich«, unterbrach ihn Mareike, während sie durch die Tüte nach dem Griff der Bratpfanne tastete. »Bedenken Sie, die Kripo wird das Haus sehr, sehr gründlich absuchen. Selbst wenn Sie die Stelle gründlich säubern, finden die mit ihren Speziallampen jeden noch so kleinen Rest Blut. Und schon sind Sie in Erklärungsnot. Wenn Sie den Fleck aber zu sehr schrubben, dann fällt das erst recht auf. Nein der Teppich muss auch weg. Und wenn ich mich recht erinnere, wollte Ihre Frau den doch sowieso zum Sperrmüll geben. Notfalls kann ich das bezeugen.«

»Sie haben recht«, lenkte Muske ein. »Lieber Himmel, an was Sie alles denken!«

Mareikes Griff um den Pfannenstiel lockerte sich wieder. »Wenn Sie sich wegen des Parketts Gedanken machen, dann besorgen Sie sich morgen einen Ersatz von Ikea. Aber zahlen Sie bar«, mahnte sie.

»An was Sie alles denken«, wiederholte Muske noch einmal, während Mareike sich die Autoschlüssel schnappte. Sie zog Isolde Muskes Trenchcoat an, schlang sich deren Seidentuch um den Kopf – es roch aufdringlich nach einem süßlichen Parfum – und setzte sich ans Steuer des Wagens. Es war genau halb elf. Um diese Zeit ging der alte Henke immer noch mit seinem Pudel Gassi, die Straße rauf und runter, und es konnte ja nicht schaden, wenn auch er Isolde Muske davonfahren sah.

Den Golf der Vermissten entdeckte die Polizei eine Woche später im Parkhaus des Hauptbahnhofs. Der Koffer lag auf dem Rücksitz, von der Handtasche fehlte jede Spur, das Handy war nicht zu orten. Isolde Muske wurde erst drei Monate später gefunden, in einem Waldstück, gute zwanzig Kilometer außerhalb der Stadt. Verwesung und Tierfraß hatten der Leiche arg zugesetzt, aber dennoch konnte die Rechtsmedizin nachweisen, dass Frau Muske an einem Schlag auf den Kopf mit einem stumpfen Gegenstand gestorben war. Das war es dann aber auch schon mit den Ermittlungsergebnissen, danach traten die Beamten nur noch auf der Stelle. Herr Muske war ziemlich schnell außer Verdacht, da zwei Nachbarn – Mareike selbst und der

Hundebesitzer Henke – gesehen hatten, wie die Frau in der fraglichen Nacht weggefahren war. Dagegen geriet ein jüngerer Kollege von Frau Muske in Verdacht, genauer gesagt der Sportlehrer, der ein Verhältnis mit der Toten gehabt hatte. Aber letztendlich konnte man auch ihm nichts Strafbares nachweisen und so war das Verbrechen bis jetzt, sechs Monate danach, ungeklärt.

Mareike selbst dachte nicht mehr oft daran, sondern sie erfreute sich jeden Tag an dem Kelim, der jetzt in ihrem Schlafzimmer lag. Noch lieber hätte sie ihn ja im Wohnzimmer gehabt, aber das war zu gefährlich. Es könnte ja doch einmal jemand aus der Nachbarschaft hereinschneien und sich erinnern, den Teppich schon einmal bei den Muskes gesehen zu haben.

Der farbenfrohe Kelim hatte zum Glück nur einen winzigen Blutflecken abbekommen, den Mareike restlos herausbekommen hatte. Das gute Stück dürfte um 1920 herum von Yomuden, einem Nomadenstamm aus Turkmenistan, gewebt worden sein. In der Mitte prangte in Rottönen das Kepse-Göl, das Garbenbündel, ein von diesem Stamm häufig verwendetes Motiv, die Borte trug das beliebte Muster »Laufender Hund« in blau, weiß und rot. Es war ein ausgesprochen schönes Exemplar, ein »Beispiel unverfälschter Volkskunst«. So hatten es die *Teppichfreunde Norddeutschland* bezeichnet, an deren Treffen Mareike regelmäßig teilnahm. Sie hatte jedenfalls viel Anerkennung dafür eingeheimst, und sogar schon ein paar Kaufangebote. Aber natürlich würde Mareike den Teppich niemals wieder hergeben. Sie und der Kelim, das war Liebe auf den ersten Blick gewesen, schon vor zehn Jahren, als sie das Haus der damals neu zugezogenen Muskes das erste Mal betreten hatte. Auch wenn Isolde Muske rein gar nichts von Teppichen verstanden hatte, so hatte das boshafte Weib dennoch gespürt, dass Mareike ein Auge auf diesen speziellen geworfen hatte. Aus schierer Bosheit hatte sie ständig damit gedroht, ihn wegzuwerfen, dessen war sich Mareike hundertprozentig sicher. Und bestimmt hätte sie es eines Tages auch getan.

Georg Muske konnte wirklich froh sein, dass er diese Hexe los war. Der Witwer hatte Mareike diese Woche über den Zaun angesprochen. Ob man nicht mal zusammen zu Abend essen sollte? Es sei ja nun schon eine gewisse Zeit vergangen ... Aber daraus würde nichts werden, denn man wusste ja, wo solche Verabredungen früher oder später endeten: im Schlafzimmer. Und das war aus naheliegenden Gründen tabu.

Willkommen bei
Tröbel Träuble & Sohn!

T ATJANA K RUSE

Die Ladentür schlug an.
Traugott Träuble schaute auf. Was er sah, gefiel
ihm nicht.

»Grüß Gott.«

Es war ein Donnerstagnachmittag. Unter der Woche
kamen nur angemeldete Stammkunden. Oder es verirr-
te sich ein zufällig vorbeiflanierender Tourist in seinen
Laden im Altstadtviertel der süddeutschen Provinzmetropole. Aber die vier, die jetzt vor ihm standen, waren
definitiv keine Touristen. Und auch keine Stammkunden.

»Herr Träuble?«

»Ja?«

Traugott trug wie immer ein weißes Hemd mit Flie-
ge, eine graue Flanellhose mit messerscharfer Bügelfal-
te und eine Hausjacke aus blutrotem Samt. Das war er
seinen Kunden schuldig. Dieses *Je ne sais quoi*-Flair des
gehobenen Trödelhändlers. Trödel und Antiquitäten,
wohlgemerkt. Fast ausschließlich aus Ägypten.

TRAUGOTT O. TRÄUBLE, ÄGYPTENKENNER stand
auf seiner Visitenkarte. Wobei er nie Ägyptologie studiert hatte, er hatte auch noch nie einen Fuß auf ägyp-
tischen Boden gesetzt, und das O. stand für ohne, also
ohne Mittelnamen. Seine Eltern hatten ihn mit *Traugott*
schon genug gestraft, wie sie selbst eingesehen hatten.

Aber auf einer Visitenkarte machte sich so ein Initial einfach besser. Zumal, wenn man Hochpreisiges an den Mann zu bringen gedachte.

Traugotts Geschäft in der gepflasterten Gasse zwischen eindrucksvollen Fachwerkbauten – gegenüber dem Haus, in dem einst Eduard Mörike drei Monate mit seiner Schwester Klara gewohnt hatte – bestand im Grunde nur aus der riesigen Panoramaschaufensterscheibe. Der Raum dahinter wirkte wie ein Addendum.

Und durch die Scheibe hatte er sie bereits kommen sehen. Den Kahlkopf, die Pferdeschwanzträgerin und die beiden Streifenpolizisten.

»Was kann ich für Sie tun?«, fragte Traugott jetzt, legte die Erstausgabe von Mika Waltaris *Sinuhe der Ägypter* zur Seite (Linden Verlag, Bern 1950, Übersetzung Charlotte Lilius) und trat hinter der schmalen Verkaufstheke (Teakholz, Gründerzeit) hervor.

»Herr Träuble«, sagte der Kahlkopf, »Sie werden beschuldigt, Antiquitäten zu schmuggeln.«

Traugott Träubles buschige Augenbrauen schossen nach oben. »Äh ... wie bitte?« Seine Fassungslosigkeit war fast greifbar.

»Wir haben einen Durchsuchungsbeschluss«, sagte die Pferdeschwanzträgerin.

Traugott sah auf das gefaltete Blatt Papier in ihrer Hand. Er griff aber nicht danach, sondern fasste sich nur an die Brust und ließ sich wieder auf seinen Kamelsattelhocker fallen.

Weil Traugott alt war, schlussfolgerten der Kahlkopf und die Pferdeschwanzträgerin, beide vergleichsweise sehr jung, dass er kurz vor dem Schockinfarkt stand.

Die Frau fächelte ihm mit dem Durchsuchungsbeschlusspapier Luft zu. »Geht's? Brauchen Sie ein Medikament? Oder einen Arzt?«

»Nein, danke.« Traugott fand ihre Besorgnis rührend. »Was wird mir denn vorgeworfen? Etwa Hehlerei? Ich kann Ihnen versichern, dass ich nur bei lizenzierten Händlern gegen Rechnung kaufe.«

Während die Frau weiterfächelte, sagte der Mann – mit sanfter Stimme, um Traugott nicht weiter zu beunruhigen: »Sie stehen in dem Verdacht, illegal Altertümer aus Ägypten zu schmuggeln.«

»Aber ... aber ...«, stotterte Traugott. »Das ist doch lächerlich!« Seine fleckige Altmännerhand fasste sich an den Hals. Er schluckte schwer. Die junge Frau goss ihm aus der Kristallkaraffe neben der original Registrierkasse *National* aus dem Jahr 1910 etwas Wasser ein. Traugott trank dankbar.

Die Streifenbeamten warfen sich einen Blick zu. »Wir warten dann draußen, okay?«, sagte der Ältere zu dem Kahlkopf, der daraufhin nickte. Offenbar sahen sie in Traugott keine Gefahr, und in dem kleinen Verkaufsraum war es für fünf Menschen auch definitiv zu eng.

Neben der Theke mit der Kasse gab es noch einen gusseisernen Kaminofen (Rasmussen & Co, Odense/Dänemark, 1925), eine kniehohe Bierbank vor der Panoramascheibe (Fichte lackiert, Hornbach, 2014) und einen immens großen Eichenholzschrank (Niederlande, 1880), der die komplette Wandseite gegenüber dem Fenster einnahm und dessen Türen entfernt worden waren, damit er als Verkaufsschrank dienen konnte. Die Einrichtung stammte noch von seinem Vater, Trödel Theodor, der seinerzeit Trödel aller Art feilgeboten hatte. Erst nach dem Tod des Seniors hatte Traugott sich getraut, auf altägyptisches Kunsthandwerk umzusatteln.

Der Kahlkopf musterte die Regale des Eichenholzschrankes, auf denen unzählige altägyptisch anmutende Gegenstände zur Schau gestellt wurden – Skarabäen, geschnitzte und gemeißelte Götterfiguren, Schmuck, Steinfragmente mit Hieroglyphen, Papyrusrollen. Traugott war zwar im Schwäbischen beheimatet, aber sein Herz schlug für das Land der Pharaonen. Als es noch das Land der Pharaonen war. Das moderne Ägypten hatte er, wie gesagt, noch nie besucht.

»Wirklich, das ist ... lächerlich!«, echauffierte sich Traugott. Langsam fasste er sich wieder. Er blies sich mit mehreren, raschen Atemzügen wie eine Kröte auf, erhob sich, ging zum Schrank und nahm einen zehn auf zehn Zentimeter großen Anubis-Schrein mit Blattgold heraus. »Hier, bitte – *Made in Taiwan!*« Traugott drehte den Schrein um, damit der Kahlkopf und die Pferdeschwanzträgerin das asiatische Fertigprodukt-Echtheitssiegel lesen konnten. »Ich bin kein Schmuggler!« Traugott lief rot an. Die Frau fing wieder an zu fächeln.

»Unser Experte kommt gleich noch. Wenn Sie uns bitte einfach nur Ihre Bücher zeigen würden«, bat der Kahlkopf.

»Ja ... natürlich ... hier unten.« Er zeigte auf die Rückseite der Verkaufstheke. Um den Beamten Platz zu machen, ging er an ihnen vorbei und lehnte sich an das – neben dem holländischen Schrank – einzig große Stück seines Trödelladens, einen aufrecht stehenden Sarkophag.

Zum Rascheln umgeblätterter Seiten in seinen Buchhaltungsordnern erklärte Traugott: »Das ist unerhört ... ich bin seit vierzig Jahren im Geschäft ... ich bin ein angesehener Kaufmann und kein ... *Schmuggler*!« Er spie das Wort aus wie eine Kirsche, in der sich ein Wurm befand.

»Sie haben hier auch Quittungen aus Kairo, Herr Träuble.«

»Natürlich biete ich auch *echte* ägyptische Handwerkskunst an, aber doch keine geschmuggelte Ware. Es handelt sich ausnahmslos um legale Repliken.« Traugott ging zu der Bierbank. »Hier, meine Nachbildung der Nofretete-Büste, die beziehe ich im Dutzend von den Abdelghani-Brüdern aus Kairo, aber die bestellen sie wiederum bei einer Gipserei in Berlin. Das ist die moderne Globalisierung.«

»Hm«, machte der Kahlkopf.

In diesem Moment ging die Ladentür auf. Traugott schluckte schwer. War das jetzt einer seiner Stammkunden, denen er die Wahrheit über die globalisierte Nofretete natürlich nie erzählte hatte?

Nein, Gott sei Dank, ein Unbekannter. Traugott atmete erleichtert aus.

»Verzeihung, gar nicht so einfach, bis man hier in der Innenstadt einen Parkplatz gefunden hat.« Ein kleiner Mann im Tweedanzug platzte herein. »Guten Tag, Doktor Stefan Klenk.« Er schüttelte Traugott fischig die Hand.

»Herr Klenk?«

»Doktor Klenk. Ich bin der Experte.« Klenk rieb sich die schwitzigen Hände und sah sich um. Ein abschätziger Ausdruck huschte über sein Gesicht. »Nun ja, meiner Ersteinschätzung zufolge haben wir es hier nicht mit hochwertigen Exponaten zu tun.«

»Deswegen heißt mein Laden ja auch *Trödel Traugott*«, maulte Traugott.

Klenk hörte ihm gar nicht zu. Zügig, aber penibel nahm er jeden Gegenstand in die Hand. Bei einer Kette aus altägyptischen Fayenceperlen in verschiedenen Grüntönen mit einem Djed-Pfeiler als zentralem Anhänger stutzte er kurz, nur um gleich darauf den danebenstehenden Kanopen-Krug aus Alabaster zu inspizieren.

»Wie kommen Sie nur auf die Idee, ich könnte Schmuggler sein?«, wollte Traugott wissen. »Ist das eine Routine-Überprüfung? Machen Sie das regelmäßig bei allen Trödelhändlern?«

Weder Klenk noch die Beamten antworteten darauf. Traugott geriet immer mehr in Rage. »Ich schmuggle nicht. Gelegentlich fahre ich nach Paris oder Berlin auf Trödelmärkte, aber ich kaufe nichts, was auch nur den Hauch der Authentizität besitzt. Ausschließlich Nachbildungen. Hochwertig natürlich, aber nachgemacht, nicht echt. Dabei geht es mir darum, ein möglichst vielfältiges Angebot für den Ägyptenliebhaber zu offerieren, und ich ...«

»Was ist das?« Klenk hatte sich durch die komplette Auslage geschnüffelt und stand nun vor dem Sarkophag.

»Das ist ein Sarkophag«, sagte Traugott folgerichtig. Und ergänzte gleich darauf: »Aber der ist nicht geschmuggelt, der wurde von einem befreundeten

Holzschnitzer aus Oberammergau gefertigt. Ein Unikat. Als Deko für mein Geschäft.«

»Dass der nicht echt ist, sehe ich auch«, erklärte Klenk – Verzeihung: Doktor Klenk – mit eisiger Stimme, weil Traugott ihm implizit unterstellt hatte, er könne eine oberbayrische Schnitz- und Malarbeit nicht von einer altägyptischen unterscheiden. »Könnten Sie den bitte einmal öffnen?« Er atmete hechelnd. Wie so ein kleiner Terrier, der ein Leckerli erschnuppert hat.

Traugott seufzte.

Und öffnete den Sarkophag.

»Mein Gott!«, rief der sogenannte Experte. Die beiden Beamten sahen auf.

Im Innern des Sarkophags befand sich eine Mumie. Von Kopf bis Fuß in weiße Bandagen gehüllt.

»Die ist nicht echt«, erklärte Traugott.

Die Beamten kamen rasch näher. Doktor Klenk fuhr zeitlupig die Hand in Richtung Mumie aus, verlor aber auf den letzten Zentimeter den Mumm und zog seine Hand flugs wieder zurück. Der Kahlkopf schob Klenk beiseite und griff nach der Mumie. Die sich ihm gleich darauf, weil sie offenbar nicht richtig gesichert war, entgegenwarf. Er fing sie mit beiden Armen auf und taumelte einen Schritt zurück. Dr. Klenk quietschte auf. Die Streifenbeamten kamen hereingestürmt.

»Das ist eine Schaufensterpuppe«, sagte die Pferdeschwanzträgerin, die beherzt gegen den Verband geklopft hatte. »Hartplastik.«

»Ja natürlich ist das eine Schaufensterpuppe«, bestätigte Traugott. »Ich vergreife mich doch nicht an einer echten Mumie. Das wäre eine Störung der Totenruhe!

Und enorm unhygienisch!« Er war Schwabe, Hygiene war ihm wichtig. Hygiene und Kehrwoche. Staubkörner würden die Beamten in seinem Laden ebenso wenig finden wie Schmuggelware.

Der Kahlkopf schob die Mumie wieder in den Sarkophag und schloss den Deckel. »Haben Sie noch weitere Räume?«

Traugott nickte. »Hier entlang.« Die kleine Prozession aus fünf Personen – einer der Streifenpolizisten blieb im Laden zurück – marschierte aus dem Verkaufsraum in den angrenzenden Wohnbereich. Traugott lebte bescheiden – er hatte zur Rückseite des Gebäudes eine winzige Ein-Zimmer-Wohnung, die fast nur aus überquellenden Bücherregalen bestand. Ägyptorabilien gab es dort nicht. »Ich meinte Lagerräume«, brummte der Kahlkopf.

»Ach so, natürlich.« Traugott führte sie wieder in den Flur des alten Fachwerkhauses und stieg die Treppe hinunter.

»Willkommen in meinen Katakomben!« Traugott öffnete die schwere Holztür. Den Eintretenden bot sich im Licht einer nackten Glühbirne ein ernüchterndes Bild: Mehrere Billy-Regale (Ikea, Birkenfurnier, weiß, 1999) mit exakt denselben Skarabäen, Götterfiguren, Schmuckstücken, Nofretete-Köpfen, Steinfragmenten mit Hieroglyphen und Papyrusrollen wie oben im Verkaufsraum. Dazu noch eine weitere Mumie, ohne Sarkophag. Der promovierte Terrier schnüffelte sich von Regalbrett zu Regalbrett. Traugott schmunzelte innerlich. Der würde eine herbe Enttäuschung erleben.

»Mehr haben Sie nicht?«, fragte die Pferdeschwanzträgerin.

Traugott schüttelte den Kopf.

»Tja, Ihre Buchhaltung ist so weit in Ordnung. Wir nehmen die Ordner zur weiteren Überprüfung mit. Sie bekommen sie zurück, sobald wir fertig sind.« Der Kahlkopf wandte sich an den Experten. »Doktor Klenk?«

Klenk guckte enttäuscht. »Das ist alles Schrott.«

»Ich muss doch sehr bitten!«, brummte Traugott. »Das sind alles mit Liebe gemachte Sammlerstücke!«

»Das ist Trödel«, urteilte Klenk final und stapfte die Treppe nach oben. »Zeitverschwendung!«

Während der Kahlkopf und die Streifenbeamten Traugotts Ordner nach draußen trugen, fragte die Pferdeschwanzträgerin besorgt: »Alles wieder gut? Soll ich jemand für Sie anrufen? Brauchen Sie irgendetwas?«

So ein liebes Mädchen, dachte Traugott, der offenbar doch mitgenommen aussah. »Danke, es geht schon. Mir ist nur kurz der Schreck in die Glieder gefahren.«

Sie lächelte. »Wir müssen allen Hinweisen nachgehen, das verstehen Sie doch. Aber Sie bekommen Ihre Unterlagen baldmöglichst zurück, und dann geht das Leben wieder seinen gewohnten Gang. Auf Wiedersehen, Herr Träuble.«

Traugott setzte sich und sah den Beamten durch die Panoramascheibe nach. Puh, was für ein Schock.

Bestimmt hatte dieser Versicherungsmensch aus dem ersten Stock die Polizei benachrichtigt. Der wollte ihm das Leben schwer machen. Mehrfach hatte er sich schon bei Traugott beschwert. Wegen des Geruchs. Traugott machte sich mittags immer Kohlsuppe auf seiner Herdplatte warm. Je nun, die Geschmäcker sind verschieden.

Nicht, dass Traugott Kohlsuppe mochte. Gott bewahre, scheußliches Zeug. Aber der Kohlduft überdeckte den Verwesungsgeruch der zwischengelagerten Kellerleichen.

Ja, genau – die in Mull gewickelte Mumie in der Katakombe war echt. Also, nicht echt mumifiziert, aber echt tot. Gottseidank noch ganz frisch und somit geruchsneutral.

Wer konnte denn bitteschön von Trödel leben? Und sich davon sogar die Erstausgaben von Büchern über das alte Ägypten leisten, die Traugott so liebte? Niemand! Deswegen verdingte sich Traugott regelmäßig als Auftragskiller. Nichts Großes, keine Staatsmänner oder Drogenbosse, nur Erbtanten oder unliebsame Ehemänner oder Konkurrenten im mittleren Management. Die er zumeist erschlug und dann auf seinen Fahrten ins Ausland kleinteilig zersägt in Flussbiegungen oder auf Müllhalden entsorgte.

Traugott setzte sich auf seinen Kamelsattelhocker und seufzte. Das war ja gerade noch mal gut gegangen. Er zog die unterste linke Schublade auf und zählte die Mullbinden. Ja, das reichte noch gut für den Versicherungsmakler aus dem ersten Stock.

Traugott Träuble, Trödelhändler in zweiter und Totschläger in erster Generation, lächelte fein ...

Schöne falsche Ema

ERWIN KOHL

Die Kopfweiden drüben hinter dem Obstbongert ducken sich weg, geradezu so, als wollten sie dem heftigen Aprilregen ausweichen. Ich frage mich schon lange, wie sie es schaffen, in dieser Schräglage standhaft zu bleiben. Möglicherweise hat es die traurige Gestalt nur deshalb auf so viele Wappen geschafft, weil der Niederrheiner sich mit dieser Eigenschaft identifiziert. Dr. Eugen Luchs muss an diesen Baum gedacht haben, als er mich verabschiedete.

»Gustav Römmelkamp, bleiben Sie standhaft, auch wenn es mal wieder stürmisch wird«, hatte mir der Direktor vom Hotel »Zu den vier Eisenstangen« bei meiner letzten Entlassung geraten. Und das, obwohl er damit riskierte, einen pflegeleichten Stammgast zu verlieren. Insgesamt elf Jahre, verteilt auf fünf Besuche, habe ich in seinem Haus verbracht. Elf Jahre lang hatte ich den Eindruck, dass der Vollmond aus schmalen Streifen besteht. Grund dafür war stets eine Verkettung unglücklicher Umstände, deren Ende sich im Vernehmungszimmer irgendeines Kommissariats befand.

Vielleicht bin ich aber auch nur deshalb mehr oder weniger regelmäßig in dieses Etablissement zurückgekehrt, weil es mir am nötigen Input mangelte.

Im Knast gibt es zwei Arten von Bewohnern. Die einen gammeln so in den lieben langen Tag hinein. Sie frickeln sich irgendwas in der Knastwerkstatt zurecht, latschen gelangweilt im Hof herum und sitzen ansonsten die Zeit ab. Und dann sind da die anderen: Menschen wie ich, die diesen Aufenthalt als das begreifen, was er ist: Eine staatlich finanzierte Fortbildungsmaßnahme. Man glaubt gar nicht, welche Fertigkeiten man sich von Zellengenossen beibringen lassen kann oder was für aussichtsreiche Geschäftsideen dort kursieren.

Eine davon sorgt seit drei Jahren dafür, dass ich, wenn überhaupt, nur noch in Hotels mit frei wählbaren Öffnungszeiten einchecke. Zu verdanken habe ich das der glücklichen Fügung, bei meiner letzten Weiterbildung mit den Brüdern Rocco und Pedro Davinchy eine Zelle teilen zu dürfen. Die Davinchys haben das Dreibett-Appartement in der »Akademie der freien Künste« für acht Semester bekommen. Nur weil sie dafür gesorgt haben, dass das Werk eines gewissen Rembrandt nicht die dafür vorgesehene Wand im Louvre ziert, sondern im Schlafzimmer eines texanischen Ölmilliardärs hängt, dessen Name ich an dieser Stelle aus Datenschutzgründen leider nicht nennen darf.

Weil der künstlerische Sachverstand dieser Ölmagnaten gerade dazu ausreicht, ein abstraktes Meisterwerk von der es umgebenden Tapete zu unterscheiden, war der werte Herr ein auch von mir geschätzter Kunde. Leider war seine letzte Bestellung von humorlosen Kunstbanausen des Landeskriminalamtes abgefangen worden. Der Umstand, dass ein durchaus talentierter Künstler namens Pablo Picasso einhundert Jahre vor mir auf die Idee gekommen war, einen Jungen mit Pfeife zu malen hatte den Richter dazu bewogen, den Davinchys für viereinhalb Semester einen kompetenten Gesprächspartner an die Seite zu stellen.

Die Abende in der Akademie können lang sein und so ergaben sich eine ganze Reihe höchst konspirativer Gespräche. Die Davinchys klagten über zunehmend schlechter werdende Arbeitsbedingungen und eine stetig steigende Zahl von Versicherungsdetektiven, die ihnen wie eine Meute ausgehungerter kleiner Ratten auf den Fersen sei. Zu allem Überfluss wurden die Wünsche der Kunden immer exquisiter. Roccos scheinbar belangloser Einwand, es gebe nun mal nur eine *Mona Lisa*, brachte mich auf die entscheidende Idee und darf mit Fug und Recht als der Beginn unserer äußerst fruchtbaren Geschäftsbeziehung angesehen werden.

Zwar dürfte die lächelnde Schönheit kein besonders gutes Beispiel sein, aber es gibt ja durchaus einige andere Kostbarkeiten, die den Museen gelegentlich abhandenkommen. Ich muss es wissen, schließlich habe ich als der beste Kopist im Lande jahrelang für Kleingeld den Pinsel geschwungen. Die Originale hinter meterdicken Panzerschrankwänden und meine täuschend echt aussehenden Kopien in den Ausstellungsräumen, dieser kleine Kunstgriff sparte so manchem angesehenen Museum eine beachtliche Versicherungsgebühr.

An jenem besagten Abend dämmerte uns gemeinsam, was mir schon länger durch den Kopf ging: Es muss nicht alles echt sein im Leben. Aber es ist halt wahnsinnig schwierig, jemandem ein Original-Bild zu verkaufen, das irgendwo auf der Welt publikumswirksam an der Wand hängt.

An dieser Stelle kamen Rocco und Pedro ins Spiel. Die beiden waren seit Jahrzehnten in der Szene etabliert. Wechselte irgendwo auf der Welt ein Meisterwerk außerplanmäßig den Besitzer, erfuhren die beiden davon. Meistens schon einige Tage vorher. Das ist dann besonders praktisch, wenn man zum einen über eine Wunschliste potentieller Käufer verfügt, die länger ist als die Zöpfe von Pippi Langstrumpf, und zum anderen einen Kopisten in der Firma hat, der die Wünsche bildhaft darzustellen vermag.

Mein Ansehen im legalen Bereich der Szene hatte ohnehin eine kräftige Delle bekommen. Grund dafür war die Tatsache, dass sich in einem Museum sowohl an der Wand als auch im Tresor eine Kopie befand, während der echte van Gogh-Schinken längst in einem ausladenden Wohnzimmer irgendwo in Texas hing. Das zumindest glaubt dieser Texaner bis heute. Was ihn übrigens mit einem Banker aus dem Londoner Eastend und einem neureichen Russen verbindet. Das Original, nur der Vollständigkeit halber erwähnt, landete über meine Schwägerin Thea bei einem freundlichen Rentner, der es mir an seinem Trödelstand für läppische 60 Euro veräußerte.

Die Nummer mit dem Trödelmarkt hatte mir so gut gefallen, dass ich sie mittlerweile seit drei Jahren durchziehe. So ein »Zufallsfund« macht einen nämlich ganz nebenbei zum rechtmäßigen Eigentümer, vorausgesetzt man hat das Werk ebenfalls von einem solchen erworben. Aber dafür sorgt ja Thea im Vorfeld.

Der Regen hat aufgehört und die dürren Äste der Kopfweiden recken sich dem aufreißenden Himmel entgegen wie die Arme jubelnder Menschen. Das Panoramafenster im Atelier wirkt auf mich wie ein großer Bilderrahmen. Ich sauge das surreale Licht der in dunkle Wolkenberge eintauchenden Sonnenstrahlen in mich auf, atme tief durch und genieße diesen Nachmittag. Meine Hand führt den Pinsel mit einer Leichtigkeit, als würde sie ihn nur von meiner Lust gesteuert über die Leinwand gleiten lassen, ohne diese zu berühren. Und doch nehmen Emas zarte Brüste Gestalt an, fließt ihre Taille in einer sanften Kurve herab, nähren ihre endlosen Beine die Hoffnung des Betrachters, auf ihn zuzugehen.

Als Rocco mich am späten Abend anrief um mir mitzuteilen, dass eine Stunde zuvor Gerhard Richters »Ema – Akt auf der Treppe« von unglaublich dreisten Dieben aus der Eremitage in Petersburg gestohlen worden sei, verbunden mit der Frage, wann der Kaufhauskönig aus Madrid mit der Auslieferung rechnen könne, wäre ich am liebsten sofort ins Atelier gestürmt. Aber um »Ema« zur Geltung zu bringen, braucht es die geballte Strahlkraft des Taghimmels.

Mindestens vierzig Mal habe ich Ema gemalt. Ihren nackten Körper aus dem Nichts entstehen zu lassen, erfüllt mich immer wieder mit großer Freude. Wie das

Original, male ich sie äußerst detailreich, fast wie ein Foto. Dann – bevor das Bild zum Kunstwerk wird – genieße ich es noch einmal in vollen Zügen. Mit einem erhabenen Rotwein in der Hand lasse ich sie durch meine Träume wandeln. Nicht selten landet dabei ein Spritzerchen meiner Bewunderung in der Lauge, mit der ich Ema diesen einzigartigen Schleier verleihe, der dem Bild erst seine Magie gibt und es auf die Schwelle zur Fantasie stellt.

Gustl teilt meine Bewunderung für dieses Werk leider gar nicht. Meine Gattin ist sogar derart eifersüchtig auf Ema, dass sie die Bilder aus dem Wohnzimmer, der Küche, dem Flur und dem Schlafzimmer immer wieder entfernt und Thea mitgibt. Immerhin laufen sie an Walthers Trödelstand ganz gut.

Eine Stunde bevor sich dieser Tag in die Abenddämmerung verabschieden wird, bin ich fertig. Ich rücke die Leinwand in die Mitte des Ateliers und betrachte meine Arbeit aus verschiedenen Blickwinkeln. Ein letzter Sonnenstrahl streichelt sanft über Emas zarte Haut und sorgt für ein scheinbar frivoles Lächeln um ihre Mundwinkel. Niemals zuvor ist sie mir derart gut gelungen. In meinem Körper tanzen Endorphine im Dreivierteltakt. Beseelt gönne ich mir einen Schluck vom 2009er Cabernet Sauvignon, den ich zur Feier des Tages entkorkt habe. Wie oft habe ich davon geträumt, einem Kunstliebhaber »meine Ema« als einzigartiges Meisterwerk zu überlassen. Rund ein Dutzend meiner Bilder waren von Kunstexperten bereits mit dem Prädikat »Echt« ausgezeichnet worden, was mich jedes Mal adelte. Aber Ema war mehr als das, sie war eine perfekte Kopie des Originals. Niemand würde ihre Echtheit jemals anzweifeln können. 30 000 Euro war unter diesem Gesichtspunkt ein geradezu respektloser Preis für meine Arbeit. Aber Rocco und Pedro stand derselbe Anteil zu und mehr als ein Drittel des Schätzwertes ist für ein gestohlenes Meisterwerk auf dem Schwarzmarkt nun mal nicht zu erzielen.

Motorengeräusch verstummt, zwei Autotüren fallen fast im Einklang zu und verkünden den Augenblick des Abschieds. Zehn Minuten später verstauen sichtlich zufriedene Davinchy-Brüder meine Ema in eine lieblose Holzkiste. Noch am Abend wird sie im Frachtraum der LH1804 der spanischen Hauptstadt entgegenfliegen. Ein Gerhard Richter-Bild verschickt man nicht mit der Post, meinen die beiden. Außerdem ist Eile geboten, denn die dreisten Diebe aus Petersburg dürften ihrerseits bereits eifrig darum bemüht sein, einen Käufer zu finden. Señor Martinez wird bei ihrem Angebot nur müde lächeln, denn echter als dieses Werk kann keine Ema der Welt sein.

Gleich am nächsten Morgen bin ich in die Stadt gefahren, um meine Gustl rechtzeitig zu ihrem Geburtstag von dem Dilemma zu befreien, als einzige Frau in ihrem Kaffeekränzchen nicht im schicken kleinen Cabriolet auf Shoppingtour fahren zu können. Ich winke meiner Gattin hinterher, die sich mit Kopftuch bekleidet zu einer ersten Spritztour aufmacht. Dann setze ich mich mit einer Tasse Kaffee und einer ordentlichen Portion Sentimentalität an den Rechner. Von dem Bewusstsein erdrückt, diese Ema nie mehr wieder zu sehen, habe ich sie dutzendfach fotografiert. Ich öffne eine Aufnahme, die ich geschossen habe, bevor der milchige, fantasieanregende Schleier ihren makellosen Körper mit dem kleinen Babybauch für immer verhüllte.

Wie gerne wäre ich es gewesen, der damals den Fotoapparat im Anschlag hatte, als die nackte Marianne Eufinger unvergleichlich lasziv die Treppe hinabwandelte. Wie gerne hätte ich sie auf der letzten Stufe angehalten und ihren Körper über und über mit verlangenden Küssen bedeckt. Der bloße Gedanke daran, dass ich es bin, der dafür sorgt, dass Ema auf den Trödelmärkten am Niederrhein von Dilettanten angestarrt wird, legt einen schmutzigen Schatten auf mein Gemüt. Ich klicke auf das Symbol mit der Lupe. Mehrmals, bis die Treppe verschwindet und ihre Brüste den Bildschirm füllen. Langsam scrolle ich abwärts, lasse meinen Blick über ihren Bauch gleiten, in dem sich die heranwachsende Babette befindet. Ich fahre weiter hinab, das rötliche Schamhaar taucht ins Bild. Da plötzlich setzt mein Herz für den Bruchteil einer Sekunde aus. NEIN! Ich Idiot! Wie konnte ich nur?

Es sind diese Gewohnheiten, die sich so lange in die Handlungen der Menschen einschleichen, bis sie von ihnen bestimmt werden. Ich habe Ema bislang gemalt, weil ich sie malen wollte. Von einer Handvoll Sammlern und einem Museum abgesehen, war sie nie für höhere Ziele auserkoren. Irgendwann habe ich gesehen, dass eines ihrer feinen Schamhaare geschlungen war wie der Buchstabe »G«. Ich habe diese Schlinge um einen hauchdünnen Pinselstrich verstärkt und aus einem Härchen einen Zentimeter daneben den zweiten Buchstaben meiner Initialen, das »R«, gemacht.

Von einer Mischung aus Hektik und Wut auf mich selbst getrieben, schließe ich das Bild und klicke eine Aufnahme der versandfertigen Ema an. Ich muss das Foto fast zur Pixelgrenze vergrößern, um die Buchstaben durch den hellen Nebel zu erkennen. Man sieht sie nur, wenn man weiß, dass es sie gibt, versuche ich mich zu beruhigen. Aber man kann sie sehen. Auch durch den Schleier. Señor Martinez wird sie für die geschickt eingewobene Signatur von Gerhard Richter halten, versuche ich mich zu beruhigen. Der Gedanke daran, dass er diese Erkenntnis wohl kaum für sich behalten dürfte, bringt die Nervosität umgehend zurück.

Um zu retten, was noch zu retten ist, rufe ich die Davinchys an. Ich erreiche sie am Flughafen in Madrid und teile ihnen mit, dass ich Ema möglicherweise – vielleicht in einem unkonzentrierten Augenblick – signiert habe. Eine Stunde später ruft Rocco mich zurück.

»Beruhige dich, Alter. Pedro ist im Hotel eine halbe Stunde mit der Lupe über deine Ema gerutscht. Da ist nix. Heute Abend findet die Übergabe statt, mach Dir keinen Kopf.«

Um mich abzulenken, nehme ich Gustls Vorschlag an, sie zum Trödelmarkt in Krefeld zu begleiten. Davon hat mich bis dahin alleine schon der Name abgehalten. »Kitsch, Kunst & Co.« ist nicht gerade das, was mein Interesse hervorruft. Aber ich wollte nicht länger dem drohenden Anruf der Davinchys entgegenzittern.

Dass dieser nicht lange auf sich warten lassen dürfte, machte mir ein Nachrichtensprecher im Radio vor wenigen Augenblicken schmerzhaft deutlich. Wir hatten gerade die Autobahnabfahrt Gartenstadt passiert, als der Radio-Onkel eine Spur zu angeheitert erläutert, dass polnische Polizisten bei einem Hehler in Krakau das vor Kurzem gestohlene Gerhard Richter-Gemälde »Ema – Akt auf der Treppe« sicherstellen konnten. Sowohl Richter als auch der Direktor der Eremitage in Petersburg äußerten sich aufs Höchste erleichtert.

Verdammter Mist!

Es dauerte keine zehn Minuten, als mein Handy mir das Bild des grinsenden Pedros präsentierte.

»Gustav«, er klang aufgeregt, »Martinez hat mich gerade angerufen ...«

»Habe ich schon gehört. Schöne Scheiße«, würge ich ihn ab.

»Ja, aber da stimmt was nicht. Ich habe meine Kontakte spielen lassen. Freddy und seine fantastischen Vier haben das Bild immer noch. Ihr Käufer sei abgesprungen, sagt mein Informant. Was hat das zu bedeuten?«

»Das man entweder Freddy und seine Gang oder die Petersburger gelinkt hat, was sonst.«

»Und was sage ich Martinez?«

»Ich lasse mir was einfallen.«

Ich beende das Gespräch in der beklemmenden Gewissheit, meilenweit von einem solchen Einfall entfernt zu sein.

»Du hast ja gar nicht hingesehen«, beschwert sich Gustl mit einem Filzhut auf dem Kopf, dessen Farbenpracht auf Dauer Augenkrebs verursachen dürfte. Ich muss zugeben, dass mir die Konzentration auf dem Weg durch die mit Menschen und Plunder vollgestopften Gassen schwer fällt.

Nach einer Stunde erreichen wir die Tapeziertische von Walther, die um diese Zeit bereits einiges von ihrem bekleckerten Holz preisgeben. Nach einem kurzen Small Talk fällt mein Blick auf eine große Kiste auf dem Boden. Vor allem deshalb, weil Ema mich daraus anlacht. Meine Ema. Oder eine meiner Emas, denn es stellt sich heraus, dass Walther noch vier der Ladies aus meinem Atelier vorrätig hat. Instinktiv nehme ich mir das erste heraus und führe den Ausschnitt mit der Schambehaarung dicht an meine Augen. Konzentriert betrachte ich die feinen Härchen in Emas Schoß und anschließend die tiefen Furchen auf der Stirn einer älteren Dame neben mir. »G« und »R«, eindeutig von mir. Ich lege es weg und widme mich der nächsten Ema und ihrer Intimbehaarung. Mittlerweile steht ein ganzer Pulk älterer Damen lästernd um mich herum. Gustls Gesicht nimmt das Purpurrot ihrer Hutkrempe an.

»Ich muss nur kurz was kontrollieren, Schatz«, beruhige ich sie.

»Das sehe ich!«

Als die Damen weitergehen, schleiche ich mich wieder unauffällig an die Kiste heran. Es ist der Mut der Verzweiflung, die Hoffnung auf das Wunder. Aber auch die anderen Bilder tragen meine Signatur.

Wir befinden uns bereits auf der Zielgeraden. Meine Laune hat einen Punkt erreicht, mit dem sie mühelos unter meine Schuhsohlen passen dürfte. Während Gustl eine altmodische Übergardine hochhält, an der sich zu meiner Überraschung zwei Ärmel befinden, erkenne ich auf dem Campingtisch nebenan hellrote Schamhaare unter einem Haufen Kindersocken. Ich schiebe die Ringelware zur Seite und beuge mich tief über das erotische Dreieck. Mein Atem stockt, für einen Moment glaube ich, meinen Puls zu hören. Ich gehe noch tiefer heran. Nichts als Haare – Und kein Buchstabe! Während mein Verstand tröpfchenweise von der Bedeutung gefüllt wird, die sich in der makellosen Haarpracht abzeichnet, greift meine rechte Hand wie in Trance zum Portemonnaie.

»Das ist ja Wahnsinn, den Schinken schleppe ich schon seit drei Monaten zu jedem Trödelmarkt mit«, erklärt mir die Blondine wenig geschäftstüchtig und ruft zwanzig Euro dafür auf. Ich gebe ihr Hundert, ziehe sie an den Ohren sanft zu mir herüber und küsse sie auf den Mund. Gustl sieht mich an, als suche sie in Gedanken nach der Nummer des psychiatrischen Notdienstes.

»I Should Be So Lucky, Lucky, Lucky, Lucky«, singe ich auf dem Beifahrersitz, Ema mit beiden Händen umklammernd. Gustl ist nach einigen Schimpftiraden längst in ein Stadium resignierten Kopfschüttelns verfallen.

Nachdem ich Ema über das alte Plumpsklo in der Diele gehängt habe, einen Ort, den Gustl verabscheut und der Ema somit vor weiteren Trödelmärkten bewahren dürfte, wird es Zeit für ein bedeutsames Telefonat.

Mit dem Rest des 2009er Cabernet Sauvignon setze ich mich am Abend erwartungsvoll in den Fernsehsessel. Ich kann mich nicht daran erinnern, wann ich mich zuletzt so sehr auf die Tagesschau gefreut habe. Nach den üblichen Desastern der großen Koalition und den unterschiedlichsten Auseinandersetzungen im Rest der Welt kam der Sprecher endlich zum Wesentlichen.

Petersburg. Wie heute bekannt wurde, handelt es sich bei dem in der Eremitage gestohlenen und kürzlich von polnischen Behörden sichergestellten Gerhard Richter Bild »Ema – Akt auf der Treppe« um eine Fälschung. Aus gut unterrichteten Polizeikreisen wurde mitgeteilt, dass sich das Original im Besitz eines spanischen Geschäftsmannes befinden soll.

Das Wetter: Vor allem am Niederrhein wird es in den nächsten Tagen heiter bis sonnig.

Das andere Fenster

NIKLAUS SCHMID

Über Tote soll man nur Gutes sagen. Außer sie sind schon lange tot. So hat doch jüngst *Der Spiegel* jene bewundernswerte Nonne kritisiert, die das Heilmittel Klosterfrau Melissengeist erfunden hat, das auch in meinem Medizinschränkchen steht. Von frommen Lügen und einem Plagiat war in dem Artikel die Rede, übertriebenen Geschäftssinn, ja Geldgier hat man der ehrenwerten Maria Clementine Martin, bekannt als Schwester Melisse, vorgeworfen. Na, ich weiß nicht. Vielleicht ist da was dran, vielleicht aber auch nicht.

Ganz sicher bin ich mir in meinem Urteil bei Tante Edda. Uneigennützig war sie und hilfsbereit. In einem Weltladen hat sie gearbeitet, für Hilfswerke gesammelt und bei verschiedenen Tafeln ausgeholfen. Um es kurz zu fassen, im gewissen Sinne hat Tante Edda, auch wenn sie für kurze Zeit mal verheiratet gewesen war, wie eine Nonne gelebt. Oder fast. Ein guter Mensch, das war sie auf jeden Fall.

Vor einer Woche ist sie gestorben.

Da sie keine Kinder hatte, kam das Thema Wohnungsauflösung auf mich zu. Uwe sollte mir helfen. Er ist ein Profi auf dem Gebiet. Uwe hat einen Blick dafür, was auf Flohmärkten noch zu verwerten ist, und für alles andere hat er seine Helfer, ausgerüstet mit ein paar Flaschen Bier und einem Vorschlaghammer.

»Betten, Wandschränke, all das sperrige Zeug bringt doch nichts, das tragen wir nur als Kleinholz die Treppen runter«, sagte er, als ich ihm den Job anbot. »Doch bevor wir antraben, Kumpel, schau dich mal in der Wohnung der alten Dame um, lang mit der flachen Hand zwischen die Polster, vielleicht findest du da noch einen Umschlag mit blauen Kacheln.«

»Blaue Kachel?«

»Na, die Hunderter aus D-Mark-Zeiten.« Er lachte.

Ich folgte seinem Rat. Schaute mich um, hob die Matratze, blickte hinter die Gemälde mit den Landschaftsmotiven. Nichts. Hob die Teppichkante. Nichts. Dann stand ich vor dem schweren Wandschrank, der, obwohl er wie neu aussah, bald mit dem Vorschlaghammer zu Kleinholz gemacht würde.

Ich zog die Schubladen heraus. In der ersten sah ich silberne Bestecke einschließlich einer Zuckerzange und in der zweiten ordentlich gefaltete Tischdeckchen. Ich legte sie und die anderen Kleinteile in die Kiste für den Flohmarkt, sollte Uwe sich darum kümmern. Die ersten beiden Schubladen waren mit geblümtem Seidenpapier ausgelegt, die dritte mit einer Zeitung. Ein Regionalblatt, wie ich auf dem ersten Blick bemerkte. Druckerschwärze, Jahrzehnte alt. Weil es mich stets interessierte, was den Redakteuren damals eine Meldung wert war, nahm ich die Zeitung heraus – und bemerkte, dass zwischen den vergilbten Zeitungsseiten ein Stapel Briefe lag.

Aus Uwes Erzählungen wusste ich, dass Fundstücke dieser Art, seien es Urkunden oder Zeugnisse, Fotografien oder Briefe, bei Wohnungsauflösungen nicht ungewöhnlich sind. Dennoch war ich erstaunt, als ich auf die mit einem rosa Schleifchen umwickelten Umschläge stieß, dazu ein halbes Dutzend Durchschriften, die nicht unterzeichnet waren, doch offensichtlich von Tante Edda stammten.

Noch erstaunter war ich dann, als mich bei flüchtiger Durchsicht Wörter wie Leidenschaft und Rache geradezu ansprangen. Ich begann zu lesen ...

Der 1. Brief

Sehr geehrter Herr Moderator,

gerade habe ich Ihre Sendung »Das andere Fenster« gesehen, und ich schreibe Ihnen ganz schnell, bevor mich der Mut wieder verlässt.

Ich bin noch immer aufgewühlt. Denn das, was Sie in Ihrem Bericht gesagt haben, spricht mir aus dem Herzen. Besonders Ihr Satz von den Mauern, die wir um unsere Seelen ziehen, hat mich tief getroffen. Auch ich habe solche Schutzwälle aus Misstrauen, Scheu, Scham, Angst und Vorsicht um mich errichtet. Nur selten verlasse ich das Haus, und so gut wie nie besucht mich jemand. Das Bild von dem »verschlossenen Persönlichkeitsfenster«, das Sie so anschaulich gezeichnet haben, entspricht genau meiner Lage. Auch ich bin einsam, besonders seit dem Tod meines Mannes, der auf so tragische Weise von mir gegangen ist. Fast zwei Jahre ist es nun her ...

Aber, ach, ich komme ins Plaudern. Dabei wollte ich Ihnen nur sagen, wie sehr mir Ihre Sendung gefällt. In der Hoffnung, Sie noch häufiger auf dem Bildschirm zu sehen, verbleibe ich

mit freundlichen Grüßen,

Ihre

Nachschrift: Darf ich auf eine Antwort hoffen?

Der 2. Brief

Sehr geehrte Frau Burgas,

aber sicher antworte ich Ihnen. Über Ihre freundliche Zuschrift habe ich mich nämlich sehr gefreut.

Ihr Brief zeigt, dass die Sendung »Das andere Fenster« Ihre Zustimmung gefunden hat. Womöglich hilft Ihnen unser kleiner Exkurs über Psychologie im Alltag, eventuelle eigene Probleme oder die anderer Menschen zu erkennen und diese womöglich gar zu lösen.

Ich würde mich freuen, Sie auch weiterhin zu unseren treuen Zuschauerinnen zählen zu dürfen.

Mit freundlichen Grüßen,

Georg Schenk

Moderation Familie und Freizeit

Der 3. Brief

Sehr geehrter Herr Schenk,

Ihre äußerst liebenswürdige Antwort hat mich ermuntert, Ihnen erneut zu schreiben. Ich muss Ihnen gestehen, dass ich eigentlich gar nicht damit gerechnet hatte, einen Brief von Ihnen zu erhalten. Sicher sind Sie ein viel beschäftigter Mann, und im Nachhinein plagen mich Selbstvorwürfe, Ihnen etwas von Ihrer kostbaren Zeit abgenötigt zu haben.

Andererseits habe ich das Gefühl, dass auch Sie – trotz der anstrengenden Arbeit und der vielen Menschen, die ständig um Sie herum sind – in Ihrem Innersten ein klitzekleines bisschen einsam sind. Als Sie in der heutigen Sendung von der »Verlorenheit in der Masse« sprachen, schoss mir jäh der Gedanke durch den Kopf, dass Sie dabei auch aus eigener Erfahrung sprachen. Ja, ich bin mir nahezu sicher, dass da ein wehmütiges Zucken um Ihre Mundwinkel war. Habe ich das richtig erkannt?

Wie gerne, lieber Herr Schenk, würde ich jetzt mit Ihnen über Ihre Einsamkeit sprechen! Räumlich sind wir ja gar nicht so weit voneinander entfernt. Von meinem Fernsehsessel bis zum Bildschirm sind es kaum drei Meter. Näher ist in den letzten Monaten kein Mann an mich herangekommen. Ist es albern von mir, Ihnen so etwas zu gestehen?

Es wäre schön, wieder von Ihnen zu hören – das wünscht sich

Ihre

Nachschrift: Ich erwäge den Kauf eines Videogeräts, um Ihre Sendungen aufzeichnen zu können. Zum Glück hat mir mein verstorbener Mann ein kleines Sümmchen hinterlassen.

Der 4. Brief

Lieber Herr Schenk,

seit Tagen warte ich auf die Beantwortung meines letzten Schreibens. Jeden Morgen öffne ich voller Hoffnung den Briefkasten, finde nur Reklamesendungen und fühle mich danach für den Rest des Tages ganz elend. Nein, das Recht auf eine Antwort habe ich nicht, und ich will Ihnen auch keine Vorhaltungen machen. Nur, Sie selbst haben einmal gesagt, dass wir unsere Wünsche ruhig offenen aussprechen sollen.

Es waren also Ihre eigenen Worte, die mir letztlich den Mut gaben, zum Telefonhörer zu greifen. Mein Gott! Meine Finger haben gezittert, denn das Telefonieren ist sowieso nicht meine Stärke. Ich will Ihrer Mitarbeiterin, bei der ich nach mehreren Anläufen landete, nichts Schlechtes nachsagen. Sicher gehört es zu den Aufgaben einer Sekretärin, Anrufer nach Möglichkeit abzuwimmeln. Sie hat das auch recht geschickt gemacht; und falls die Besprechung, in der Sie sich angeblich befanden, eine kleine Notlüge war, so macht das nichts. Immerhin habe ich auf diese Weise erfahren, dass Sie, lieber Herr Schenk, wohlauf sind. Allein dafür hat sich die Versuch schon gelohnt.

Nein, keine Angst, anrufen werde ich Sie bestimmt nicht mehr. Die Stimme der Dame in Ihrem Vorzimmer, so kühl und von oben herab, klingt mir noch im Ohr: Ist es privat, Frau … wie war doch gleich der Name? Eine Sekunde lang hatte ich auf der Zunge, mich als Ihre Frau auszugeben. Absurd, nicht wahr? Ich weiß ja nicht einmal, ob Sie eine Ehefrau haben. In der Scheu, Ihnen zu nahe zu treten, wage ich auch gar nicht, Sie danach zu fragen.

Für heute schließe ich mit den besten Wünschen,
Ihre

Nachschrift: Ich habe über den Schluss meines Briefes nachgedacht, und er kommt mir beim erneuten Durchlesen ziemlich barsch vor. Ein Brief aber sollte weich enden und den Empfänger froh stimmen. Anbei deshalb ein Gedicht, das ich so aus dem Bauch heraus geschrieben habe.

Der 5. Brief

Sehr geehrte Frau Burgas,

aus Ihrem Brief ersehe ich, wie aufmerksam Sie unsere Magazinsendung verfolgen. Als Moderator fühle ich mich geschmeichelt – einerseits. Andererseits bin ich tatsächlich, wie Sie zu Beginn vermuteten, ein »viel beschäftigter Mann«. Ich bemerke das in Hinblick auf Ihren Anruf und auf die erstaunliche Aufmerksamkeit, die Sie mir »persönlich« widmen.

Um irgendwelcher Geheimniskrämerei vorzubeugen, will ich Ihnen zu der halb unterdrückten, halb ausgesprochenen Frage rundheraus antworten: Nein, ich bin nicht verheiratet. Gleichwohl möchte ich Sie bitten, von weiteren Beweisen Ihrer Bewunderung Abstand zu nehmen. Nachfolgende Zuschriften von Ihnen müsste ich leider durch das Sekretariat beantworten lassen.

Bitte nehmen Sie mir meine Zurückweisung nicht übel, und bleiben Sie auch in Zukunft unserer Sendung »Das andere Fenster« treu.

Mit freundlichen Grüßen,

Georg Schenk

PS: Vielen Dank für Ihr Gedicht, das ein gewisses Talent verrät. Allerdings handelt es sich um ein, ich möchte mal sagen, sehr gefühlvolles Werk. Aus diesem Grunde sehe ich mich veranlasst, Ihnen mitzuteilen, dass die Zuschauerpost oft durch mehrere Hände geht, ehe sie den eigentlichen Empfänger erreicht.

Der 6. Brief

Lieber Herr Schenk,

ich habe verstanden. Natürlich konnten Sie mir gar nicht anders antworten, ich meine, offiziell. Einen Moment lang allerdings hatte ich schon befürchtet, dass unsere schöne Verbindung auseinanderbrechen würde.

Doch dann kam mir die Eingebung, dass Sie mich nur prüfen wollten. Ja, genauso erkläre ich mir Ihre Zurückweisung. Hatten Sie nicht in einer der Folgen von »Das andere Fenster« allen Zuschauern, also auch mir, den ausdrücklichen Ratschlag gegeben: »Nur wenn wir gegen eigene Widerstände und gegen die Widerstände unserer Mitmenschen ankämpfen, können wir die Einsamkeit überwinden.«

Und gemäß Ihrem Rat habe ich gehandelt. Es hat mich Mühe und auch Geld gekostet, aber nun ist es so weit. Ich habe Ihre Privatadresse. Die Gelegenheit, Ihnen ab sofort ganz offen schreiben zu können, will ich gleich nutzen. Denn zu Ihnen, lieber Herr Schenk, kann und darf ich ehrlich sein. In meinen geheimsten Gedanken bin ich manchmal ein schlimmes Mädchen, in Gedanken, wohlgemerkt.

Gewiss habe ich damals nach dem Tode meines lieben Ehemannes oft an Rache gedacht, habe mir ausgemalt, wie ich den Sportwagenfahrer, der den Unfall verursacht hat, bestrafen könnte – zumal ja diese Halunken heutzutage meist mit einer Geldstrafe davonkommen. Zugegeben, ich hatte sogar die Wohnung dieses Wahnsinnsrasers ausfindig gemacht und bin einige Male um sein Haus geschlichen. (Ich bin nun mal eine leidenschaftliche Frau, die für den Mann, den sie liebt, alles tun würde.) Aber getötet habe ich den Unfallfahrer nicht. Das müssen Sie mir glauben, lieber Herr Schenk.

Immerhin sind sowohl die Polizei als auch das Gericht zu eben diesem Schluss gekommen – und das sogar, obschon mein Verteidiger eine wirklich schwache Vorstellung gegeben hatte. Zum Glück gab es da diese Aussage eines Augenzeugen, der den Täter als einen »kräftig gebauten, jüngeren Mann in Lederkleidung« beschrieben hat. Den Satz habe ich deshalb gut im Gedächtnis, weil er genau so von der Lokalzeitung wiedergegeben wurde.

Ach, lieber Georg, langweile ich Sie eigentlich mit meinen Geschichten? Aber wem, wenn nicht Ihnen, soll ich mein Herz ausschütten?

Übrigens habe ich den Fernsehapparat in mein

Schlafzimmer gestellt. Bei der nächsten Sendung schauen Sie direkt auf mein Bett.

Es grüßt Sie voller Vorfreude,
Ihre

Der 7. Brief

Liebe Frau Edda Burgas,

nein, Sie langweilen mich nicht. Im Gegenteil, der Tod Ihres Gatten und die Folgen, die daraus entstanden sind, haben mein Interesse geweckt, das rein wissenschaftlicher Natur ist. Falls Sie den Zeitungsartikel zur Hand haben, schicken Sie mir ruhig eine Kopie davon.

Das wär's für heute.

Wie üblich in Eile,
Ihr

Der 8. Brief

Lieber Georg,

Sie glauben gar nicht, was es für mich bedeutet, endlich mit einem Menschen über diese unglückselige Geschichte sprechen zu können. Auch wenn Ihr Interesse nur wissenschaftlicher Natur ist, fühle ich mich doch sehr geehrt. Vielen Dank!

Hier nun ist der Zeitungsbericht, den ich Ihnen gerne überreiche. Lassen Sie sich nicht verwirren. Ich habe nach dem Prozess meinen Mädchennamen angenommen, so wie ich ja auch in einen anderen Ort umgezogen bin, einfach um vor möglichen Verdächtigungen sicher zu sein. Vielleicht aber auch, um ein neues Leben zu beginnen, irgendwann an der Seite eines verständnisvollen Partners.

Das Foto in dem Zeitungsartikel gibt mich undeutlich und, wie ich behaupten möchte, sehr unvorteilhaft wieder. Damit Sie sich ein besseres Bild von mir machen können, lege ich ein neues Foto in den Umschlag. Ich habe es vor dem Schlafzimmerspiegel mit einer Sofortbildkamera gemacht. Auf diese Weise vermeide ich, dass die Burschen in den Entwicklungslabors sich schmutzige Gedanken machen. Aber, lieber Georg, sagen Sie mir bitte, was Sie von dem halten, was das Foto zeigt!

O je, mir fällt auf, dass ich wieder einmal ununterbrochen von mir selbst spreche. Sicher hängt das damit zusammen, dass Sie mal gesagt haben, eine Portion Egoismus sei für jeden Menschen gesund. Sie sehen, ich bin eine gelehrige Schülerin. Dabei möchte ich nicht nur Schülerin sein, sondern …

In Ihrem letzten Brief, das kommt mir gerade wieder in den Sinn, fehlte die Unterschrift. Nein, nein, das macht nichts. Ich erwähne es auch nur, um Ihnen zu zeigen, wie sorgfältig ich Ihre Briefe lese. Mir ist ja sogar aufgefallen, dass Sie eine andere Schreibmaschine benutzt haben und Ihre Anschrift nun postlagernd ist.

Und noch etwas habe ich bemerkt: Auf dem Bildschirm wirkten Sie längst nicht so sicher wie gewohnt. Bereitet Ihnen irgendetwas Sorgen? Privat? Beruflich?

Noch einmal tausend Dank für Ihr Interesse und viele liebe Grüße,
Ihre

Der 9. Brief

Liebe Edda,

Ihr Foto liegt vor mir auf dem Schreibtisch. Ich habe es lange betrachtet und bin angenehm überrascht: Ihr junges Gesicht, die kurzen schwarzen Haare, die ausgeprägten Formen Ihres Körpers, die festen Konturen Ihrer ganzen Gestalt – all das lässt auf einen starken, zu Großzügigkeit und Entschlossenheit neigenden Charakter schließen.

Treiben Sie eigentlich eine Menge Sport?

Den Zeitungsbericht habe ich inzwischen studiert. Höchst aufschlussreich fand ich diesen Absatz: »Lange Zeit hatte sich die Ermittlungsarbeit der Kriminalpolizei auf Edda K. konzentriert, die angeblich ein Motiv hatte, nämlich das der Vergeltung. Andere Spuren wurden erst gar nicht verfolgt, mit dem Ergebnis, dass sich der Täter noch immer auf freiem Fuß befindet.«

Liebe Edda, Sie haben großes Glück gehabt. Mir scheint, man wollte Sie zum Sündenbock machen, um die Schlampereien der Polizeibeamten zu vertuschen. Aber so ist es ja heute: Rasterdenken statt Fantasie, Maschinen statt Menschlichkeit, Computer ersetzen das psychologische Fingerspitzengefühl, und nicht selten bleibt das Recht auf der Strecke. Sollten Sie Groll gegen die Ordnungskräfte hegen, mich würde es nicht wundern. Denn meiner Meinung nach haben Sie ein ausgeprägtes Gerechtigkeitsempfinden.

Zu der Bemerkung am Schluss Ihres Briefes kann ich nur sagen, dass Sie ein aufmerksamer Beobachter sind. In der Tat habe ich momentan mit Schwierigkeiten zu kämpfen. Die sind hauptsächlich beruflicher Art, spielen aber, wie das üblich ist, mit in den privaten Bereich hinein.

Nun, Ihnen kann ich es ja anvertrauen: Ein neuer Chef im Hause macht mir das Leben schwer. Er ist einer dieser Karrieretypen, die nur ihr eigenes Wohl im Auge haben und auf dem Weg dorthin, wenn es sein muss, über Leichen gehen. Pardon, ich wollte Sie nicht erschrecken. Nur sieht es leider so aus, dass dieser Chef schon mehr oder weniger offen verkündet, er könne auf meine Mitarbeit verzichten. Persönlich könnte ich diese Herabsetzung noch verkraften; aber der Gedanke, dass dadurch vielen Menschen der Trost genommen würde, den sie aus meiner Arbeit ziehen, macht mich ganz krank.

Doch genug davon! Lassen Sie uns über Erfreulicheres reden. Während ich Ihnen schreibe, wandert mein Blick zu Ihrem Bild, und ich muss gestehen, mein Interesse ist nicht nur wissenschaftlicher Natur.

Liebe Edda, ich muss schnell schließen, bevor ich Dinge ausspreche, die an und für sich nur einem schwärmerischen Jüngling anstehen.

Für heute meine besten Wünsche,

Ihr Tristan

(So nennen mich meine Freunde, die wissen, dass ich ein Wagner-Verehrer bin.)

Der 10. Brief

Lieber Georg-Tristan,

wie dumm und ungebildet ich doch bin. Erst in einem Musikgeschäft habe ich erfahren, dass »Tristan und Isolde« eine Oper von Richard Wagner ist. Ich habe mir die Schallplatte gekauft, sie öfters abgespielt, und jedes Mal gefällt sie mir besser. Unsere Gemeinsamkeiten wachsen. Noch schöner wäre es, wenn wir die Musik zusammen anhören könnten.

Du – jetzt ist es mir herausgerutscht, das Du, und ich lasse es stehen, als Zeichen unserer Vertrautheit. Also, Du fragst, ob ich viel Sport treibe. Früher ja, da war ich in einem Verein, bin viel gelaufen und geschwommen. Mittlerweile habe ich den Vereinssport aufgegeben, halte mich jedoch immer noch an Heimgeräten in Form. Manchmal bis zur Erschöpfung. Das verjagt die Einsamkeit und die sehnsuchtsvollen Gedanken.

Immer ist es derselbe Wachtraum, der mich abends heimsucht – oder soll ich sagen, beglückt? Ich stelle mir vor, dass Du mir auf dem Bildschirm zuzwinkerst und, wie in einem Trickfilm, aus dem Fernsehapparat heraussteigst. Dann wirst Du immer größer, setzt Dich zu mir auf die Bettkante, streichelst mich – mehr nicht – und ich schlafe ein, zufrieden wie ein Kind.

Woran denkst Du vor dem Einschlafen, womit füllst Du Deine Freizeit aus? Wieder einmal wird mir bewusst, wie wenig ich im Grund genommen von Dir weiß. Von einem Menschen etwas wissen zu wollen, auch Belanglosigkeiten, aber heißt, dass man ihn mag.

Habe ich Dir eigentlich schon gesagt, dass es besonders Deine Hände sind, die ich an Dir schön finde? Sie sind für Männerhände ungewöhnlich schlank, aber ausdrucksstark und können sicher sehr zärtlich sein.

Ach, ich freue mich schon auf die kommende Sendung, wenn Du zu gewohnter Stunde in mein Zimmer kommst. Allein der Gedanke daran erregt mich.

Von Herzen grüßt Dich,

Deine

Der 11. Brief

Liebe Edda-Isolde,

was für ein Prachtmädel Sie sind! Wenn ich's genau überlege, verkörperst Du genau das Vollblutweib, das sich viele Männer – insbesondere Schreibtischtäter wie ich (hahaha!) – erträumen.

Meine Hobbys? Nun, ich bin kein ausgesprochen sportlicher Mann. Was aber nicht heißt, dass ich nicht fit bin, wenn es um gewisse körperliche Betätigungen geht. (Entschuldige, aber da ist etwas in Dir, das bei mir, der ich sonst so ernsthaft bin, frivole Gedankengänge aufkommen lässt.) Zurück zu den anderen Freizeitbeschäftigungen: Lange Spaziergänge, Abende bei Kerzenschein und Musik, Reisen ins Ausland – ja, das ist meine Richtung.

Was mir bislang noch fehlt, ist die richtige Partnerin. Denn zu zweit würden diese Tätigkeiten doppelt Spaß machen. Nein, ich will nicht drum herum reden. Auch ich habe schon an ein Treffen mit Dir gedacht. Leider ist das nicht möglich, zumindest nicht in nächster Zeit, solange meine berufliche Zukunft ungeklärt ist. Für ein entspanntes Zusammentreffen hätte ich einfach nicht den Kopf frei. Sicher wirst Du das verstehen.

Zum Glück bleibt uns die Verbindung via Bildschirm, den ich ja manchmal, wie Du es so nett geschildert hast, für kleine Besuche bei Dir verlasse. Liebe Edda-Isolde, diese Tele-Verbindung ist mehr als das, was viele Menschen haben, die auf engem Raum zusammenleben.

Nicht vergessen! Ich komme pünktlich und werde nur für Dich da sein –

Dein Tristan

Der 12. Brief

Lieber Tristan,

was hast Du mit mir gemacht? Ich fühle mich verwirrt, möchte lachen und weinen zugleich. Was ist passiert? Ich will es Dir schildern:

Mit Herzklopfen hatte ich auf Dein Erscheinen gewartet, noch sehnsüchtiger als sonst. Denn für dieses Mal hatte ich mir etwas Besonderes ausgedacht. Auf dem Nachtschränkchen stand eine gute Flasche Wein. Ich hatte Räucherstäbchen angezündet und ein neues, etwas freches Nachthemd mit Spitzen angezogen. Als dann endlich Dein Gesicht auf dem Bildschirm erschien, habe ich mich auf Deine Augen und auf Deinen Mund konzentriert. Auf einmal hörte ich Worte, die allein mir galten:

»Du bist schön«, hast Du gesagt. Da habe ich mich selbst schön gefunden, zum ersten Mal. »Schau auf meine Hände!«, hast Du gesagt. Als ich es tat, hatte ich das Gefühl, als ob Du mich berührst. »Nicht bewegen!«, hast Du gesagt. »Warte, bis ich bei dir bin!« Und dann, so wahr mir Gott helfe, habe ich gespürt, wie Du zu mir gekommen bist. Lach mich nicht aus, mein Liebling, schon möglich, dass es nur ein Wachtraum war, der Minuten oder gar nur Sekunden gedauert hat, egal, Zeit und Raum hatten aufgehört zu existieren, ich war zusammen mit Dir. Ist das nicht wunderbar?

Bitte schreib mir umgehend, was Du an diesem Abend gefühlt hast!

In Liebe,

Deine

Der 13. Brief

Mein Schatz,

Glück und Leid, Jubel und Enttäuschung – wie dicht das häufig beieinanderliegt. Am Morgen nach unserem glücklichen Abend habe ich das wieder einmal erfahren müssen. Ich will Dir auch sagen, warum.

Wenn nicht ein Wunder geschieht, bin ich schon bald beruflich gesehen ein toter Mann oder zumindest »weg vom Fenster«, wie man es umgangssprachlich so treffend ausdrückt. Also: keine telepathischen Besuche mehr in Deinem Schlafzimmer. Sehr schade!

Unseren brieflichen Kontakt können wir natürlich weiterführen; das heißt, sofern man mich nicht in irgendeinen abgelegenen Teil der Welt verbannt, beispielsweise als Korrespondent in ein Krisengebiet – Bewährung im Fronteinsatz nennt man das bei uns.

Herzliche Grüße von Deinem leider gar nicht so glücklichen

Tristan

Der 14. Brief

Tristan, mein armer Liebling,

ich muss mit Dir sprechen. Dein Brief klingt wie ein Hilferuf und ich mache mir Sorgen, Du könntest Dir, weil man Dir so übel mitspielt, etwas antun.

Über Telefonbuch und Auskunft habe ich versucht, Deine private Telefonnummer herauszufinden – ohne Erfolg. Deswegen, bitte verzeih mir, werde ich es doch noch einmal wagen, Dich im Sender anzurufen.

Hab Vertrauen zu mir,

zu Deiner

Der 15. Brief

Mein hilfreicher Schatz,

sicher hast Du mit bester Absicht gehandelt. Du wolltest mich am Telefon aufmuntern, wie lieb von Dir. Dennoch muss ich darauf bestehen, dass Du mich unter keinen Umständen je wieder anrufst.

Es ist einfach zu gefährlich. Die Ohren von Neidern und Intriganten sind überall dabei, aus harmlosen Gesprächen werden Ränke geschmiedet. In meiner augenblicklichen Lage gilt dies ganz besonders. Das zur Erklärung, warum ich Dich ein wenig schroff und unpersönlich am Telefon behandelt habe. Ich hoffe auf Dein Verständnis.

Dass besagte Situation sich doch noch zum Besseren wenden könnte, wie Du mich zu trösten versucht hast, entspricht bedauerlicherweise nicht der Wirklichkeit. Den Grund will ich Dir nicht vorenthalten. Er! ist in seiner Stellung praktisch unkündbar, und erfreut sich zudem einer ausgezeichneten Gesundheit. Ein durchtrainierter Ellbogentyp, wie er im Buche steht. Hart zu sich selbst, brutal zu anderen. Darüber hinaus gehört er zu jenen Vorgesetzten, die ihre Macht dazu benutzen, ihnen genehme Leute, sprich Duckmäuser, zu fördern und in höhere Positionen zu heben. Im konkreten Fall heißt das, dass bald eine Speichel leckende Null die Nachrichten moderieren wird.

Stell dir vor, mein Schatz, dabei war eigentlich ich für diesen Posten vorgesehen, jedenfalls bis zu dem Zeitpunkt, als dieser »feine« Herr S. hier auftauchte. Fast täglich hättest Du mich dann auf dem Bildschirm sehen können – nun, es hat nicht sein sollen.

Dein Foto, das gerahmt vor mir steht, verleiht mir Kraft. Ich werde es mit nach Südostasien nehmen, als Andenken und als einzig sichtbaren Beweis, dass meine Arbeit nicht ganz umsonst gewesen ist.

Isolde, Isolde, in Deinem Namen schwingt viel von Erlösung und Erfüllung. Ich zögere, Dich so zu nennen, denn – Vorsicht! – Namen können auf ihre Träger verpflichtend wirken.

Im Vertrauen auf Deine Kraft,
Dein Tristan

Der 16. Brief

Mein Geliebter,

Dir verdanke ich, dass ich die Mauern meiner Einsamkeit durchbrechen konnte. Dir verdanke ich mein schönstes Erlebnis. Wie konntest Du nur zweifeln, dass ich Dir helfen würde! Oder hast Du im Stillen doch damit gerechnet?

Dieser Gedanke kam mir eben, als ich Dein liebes Gesicht auf dem Bildschirm sah. Ein, wie soll ich's sagen, wissender Zug umspielte Deine Lippen. Dein Gesicht war so männlich, so ernsthaft, so voller Tragik; und dennoch spiegelte es die heitere Gelassenheit eines Priesters wider, der um die Vergänglichkeit alles Irdischen weiß. Ja, ohne Zweifel, so wie ich sind bestimmt auch viele Tausende Zuschauer der Meinung, dass es keinen geeigneteren Menschen als Dich geben konnte, um den Tod Deines Chefs in den Nachrichten bekannt zu geben.

Deine Worte sind mir regelrecht ins Gedächtnis gebrannt: »… wurde unser Kollege ermordet. Die Polizei tappt bisher im Dunkeln. Einziger Anhaltspunkt ist die Aussage eines Augenzeugen. Demnach handelt es sich bei dem Täter um einen kräftig gebauten jüngeren Mann in Lederkleidung, der dem Opfer aufgelauert hat. Ein Tatmotiv ist nach dem derzeitigen Ermittlungsstand der Kriminalpolizei nicht zu erkennen.«

Gut hast Du das gesagt, lieber Tristan. Ich freue mich mit Dir über Deinen neuen Posten. Nun, da Du nicht mehr nach Südostasien musst, werden wir uns ja sicher bald treffen.

Jetzt können wir unsere Zukunft planen.
In Liebe und tiefster Verbundenheit,
Deine

* * *

Das war Tante Eddas letzter Brief. Er blieb unbeantwortet.

Kaum hatte ich ihn gelesen, ertönte die Türklingel. Uwe. Ich betätigte den Öffner. Schritte im Treppenhaus. Sie waren zu dritt. Im Flur blieben sie stehen. Uwe legte den Kopf schräg.

»He, Kumpel, wie siehst du denn aus! Was Wertvolles gefunden?« Er lachte.

»Nein, nein, nur ein paar alte Briefe, nichts von Bedeutung.«

»Na dann.« Uwe wandte sich an seine Helfer, zeigte auf den Wandschrank und sagte: »Kleinholz!«

Kiras Krempel

RENATE MÜLLER-PIPER

Komm mit!«, verlangt Karl-Dieter und schiebt seine Angetraute Kira weg vom ovalen, schon gedeckten Abendbrottisch. Hin zur Kellertreppe. Hinunter. Und dann durch die fünf modrigen Räume unten.

Schweigend öffnet er weit die Türen der hier abgestellten wurmstichigen Schränke, zieht demonstrativ knarrende Kommodenschubladen auf und deutet missbilligend auf überfüllte Regale. Überall bestickte Deckchen. Vasen für Rosen, für Gladiolen, Flieder und Veilchen. Handbemalte Sammeltässchen und zierliche Zuckerdosen. Gläser für Likör, Weine und Sekt. Bierkrüge. Und Bücher, Bücher, Bücher.

Karl-Dieter fährt mit dem Zeigefinger der rechten Hand an einer der Buchreihen entlang. »Diese Errungenschaften kenne ich nicht. Neu?«

Bloß nicht ducken, befiehlt Kira sich, hebt das Kinn. »Ach, das ist der Grundstock für meine wunderbare, lange geplante Krimisammlung. Lauter atemberaubende Stories. Nur Schnäppchen übrigens«, verkündet sie kühl. »Praktisch geschenkt.« Sie zieht bedeutsam Bände von Agatha Christie, Henry Slesar und ihrem Favoriten Jack Ritchie aus einer der Reihen und hält sie Karl-Dieter vor den rostroten Schnauzbart. Der weicht ungestüm zurück, als stecke er sich mit der Pest an, stürzt beinahe in den blinden hohen Wandspiegel von der an Antiquitäten reichen Frankfurter Oma Lina.

Verärgert klopft er sich Hemd, Hose und Jacke ab und fordert:

»Du behältst all das hier vor Augen und ziehst endlich daraus die richtigen Schlüsse. Wie viel willst du denn noch ankaufen? Also, morgen keine Haushaltsauflösung auf deinem Tagesprogramm!«

Kira schlägt die Augen nieder. Ich bin so ein Glückskind, triumphiert sie in Gedanken, während sie tänzelnd den Keller verlässt. Er hat nicht in das bunt verglaste Pfeifenschränkchen gesehen. Der dekorative Granat-Schmuck, die Silberbroschen, die Elfenbeinarmbänder. All das hätte er nicht gewürdigt. Sicher hält er nichts von einer Sammlung alten Schmucks. Banause. Und der Flohmarkt morgen? Davon war keine Rede. Also, los!

Trotz Kiras mit Kalkül zum Abendessen servierter Lieblingsspeise, den superknusprigen Bratkartoffeln mit Schinkenwürfeln, will keine unbeschwerte Stimmung aufkommen. Dass das Schreibtischtelefon dreimal lärmt, jedoch niemand auf den Anrufbeantworter spricht, lässt Karl-Dieters Miene noch düsterer werden. Immerhin aber bleibt es dabei, dass der Hausherr am morgigen Samstag, um 6 Uhr morgens, von Freunden abgeholt werden wird, zu einer hochsommerlichen Segeltour auf dem Steinhuder Meer. Vor Einbruch der Dunkelheit wird er nicht zurück sein.

In den ersten Ehejahren hatte er auf solche Vergnügen verzichtet, ihrer Zweisamkeit wegen. Inzwischen ist das anders. Steinhude fasziniert ihn offenbar. Auch Kira hat sich auf ihre früheren Liebhabereien besonnen, sie ausgebaut und sich mit einer Clique umgeben. Der

Kunst- und Kitschladen mit bezauberndem kleinen Plüsch-Café ist ihr ganz geheimes Ziel.

Gerade, als Karl-Dieter, den Kira in erster Verliebtheit, vor acht Jahren, zärtlich ›Kadie‹ nannte, sich das zweite Herrenhäuser Pils einschenkt, spürt Kira die Signale ihres Handys in der Rocktasche. Sie flüchtet unter einem Vorwand in die winzige Küche.

»Alles klar?«, will Piano-Pit mit heiserer Stimme wissen. »Wir haben Gustav und seinen klapprigen VW-Bus für morgen zur Verfügung. Da passt viel rein.«

»Wird Schmuck-Eva an ihrem Flohmarktplatz sitzen?«, drängt Kira. »Hast du das rausgekriegt? Und der böhmische Kristall-Leuchter?«

»Müssen wir abwarten«, druckst Pit herum. »Wird schon werden. Hauptsache ist dein volles Portemonnaie. Ich hole erst Tine ab, wir warten dann bei dir um die Ecke. Wie gehabt. Der dicke Gustav parkt ab 5 Uhr den VW-Bus an einem günstigen Platz, zum Verladen unserer Einkäufe. Ich muss wieder ans Klavier. Die Leute wollen unterhalten werden. Servus, meine Schöne!«

Zurück Richtung Abendessen! Handy in die Tasche. Pokerface. Blick in den holzgerahmten Jugendstil-Flurspiegel. Pits überraschendes *meine Schöne* klingt nach. Ja, stimmt noch immer: strahlende graugrüne Augen unter sonnenblondem Haar. Und Kiras umwerfendes Lächeln schmückt ungemein.

Karl-Dieter ist inzwischen auf das rote Ledersofa hinübergewechselt und überprüft stirnrunzelnd die aktuellen Fußballspiel-Ergebnisse auf dem Bildschirm.

Es gibt Kira einen sie überraschenden kleinen Stich, dass er sie alleine weiteressen lässt, sie schürzt die Lippen. Na, wenn schon, sagt sie sich dann, stopft letzte Bissen in den Mund und räumt in Windeseile den Tisch ab. Unauffällig ordnet sie dann ihre Utensilien für morgen: Geld in den Brustbeutel, die schäbige Umhängetasche, der mausgraue Regenmantel, Handy aufladen, Proviant.

Kira kämpft gegen ihren aufsteigenden Ärger darüber, dass die kesse Tine wieder ihre Kreise stören wird. Immer ist sie auf dieselben Dinge wie Kira scharf, hat mehr Geld, wird schneller handelseinig. Außerdem hat Tine sich beim letzten Grillfest auf Karl-Dieters Schoß gesetzt. Ob Pit sie auch *meine Schöne* nennt? Wehe ihm!

Samstagmorgen. Der Hannoversche Flohmarkt *Am Hohen Ufer*, am Leinefluss. Ein idyllischer, zugleich schauriger Ort. Wenige Minuten nur zum Wohn- und Wirkungsort des Massenmörders Fritz Haarmann. Ein paar Schritte zum früheren Leineschloss der Welfen, wo der *Barockkavalier* Graf Philipp Christoph Königsmarck 1694 in einer Sommernacht verschwand und nie mehr gesehen wurde. Weder lebendig, noch tot.

Viele Anbieter haben entlang der Leine und oberhalb auf der Promenade ihre Stände bereits aufgebaut. Alte Sessel, Hocker, eine Jugendstil-Staffelei, Etageren und Gemälde werden von stämmigen Kerlen an ihren Verkaufsplatz gewuchtet und bedrängen die mit Spitzentuch bedeckten Tapeziertische der Schmuckverkäuferinnen und der Porzellan- und Glasanbieterinnen.

Kira spürt ihren schneller werdenden Herzschlag, als sie mit Tine und dem Pianisten Pit, der als Erstes zärtlich über ein Spinett streicht, hier ankommt. Wo soll sie ihren Beuterundgang beginnen? Systematisch von Stand zu Stand? Oder gleich gezielt zu Schmuck-Eva und zu dem bärtigen Jüngling, der in Aussicht gestellt hat, heute einen prachtvollen böhmischen Kristall-Leuchter mitzubringen und Kontakt mit Gustav hält? Sie schickt erst einmal flirrende Blicke auf die Suche und bleibt hängen bei Schmuck-Eva, die ihr heftig zuwinkt.

Kira raunt »Bis später«, nimmt Kurs auf Evas Schätze. Umarmung. Küsschen.

Schnell mustert Kira die auf dem Tisch ausgebreiteten Ringe, Anhänger, Ketten, Armbänder und Uhren. Eine Auswahl arrangiert Eva auf einem mit kirschrotem Samt ausgelegten kleinen Tablett und schließt dann schmunzelnd den gläsernen Schrank mit Hochwertigerem auf. Andächtige Blicke von Kira. Lustvolles Anprobieren und Zögern. Der schnelle Griff nach einem zerbeulten fettigen Pappschächtelchen unter dem Tisch, gerade rechtzeitig, um dieses vor Tines Zugriff zu schützen. Tine? Tatsächlich!

Kira schiebt Tine unsanft ein Stück weiter, wendet sich ab und öffnet das Kästchen, zieht darin liegendes fleckiges Papier auseinander und hält einen verdreckten kleinen Gegenstand zwischen den Fingern. Sie brennt vor Neugier, geht einen weiteren Schritt zur Seite. Ein Fund, einer dieser seltenen Glücksfälle? Oder nur Schund? Gesäubert erweist sich ihre Entdeckung als ein 333 Karat goldenes, aufklappbares Medaillon, mit veilchenblau emailliertem Deckel und kleiner Zuchtperle.

Kira stockt der Atem, zittrig klappt sie den Deckel auf und sieht ungläubig ihrem Karl-Dieter in die schönen braunen Augen! Ihr Blick saugt sich fest an diesem kleinformatigen Fotoporträt. Kein Zweifel, was den Abgebildeten betrifft. Kira kennt das nachtschwarze T-

Shirt mit blauem Rand, das ihr Kadie hier trägt. Es ist ihm heute zu eng, aber er wehrt sich gegen ihren Vorschlag, es zu entsorgen. Überflutet von Fragen, ratlos lässt sie sich auf einen klapprigen Holzstuhl fallen.

»Du hast ein Auge auf dieses Medaillon geworfen? Es sieht schäbig aus«, meint Eva und zückt ihr Poliertuch.

»Woher hast du das?«, fragt Kira heiser und schließt die Faust um ihren Fund.

Eva bietet vorwiegend Dinge aus ihrer dörflichen Umgebung um Steinhude herum an. Sie kennt die ursprünglichen Besitzer. Das ist ihrer Kundschaft bekannt und angenehm.

»Das Medaillon kommt von meiner Steinhuder Cousine Helene. Die hat ihre Schränke ausgeräumt und alles Unwichtige und Unerwünschte in einem großen Sack bei mir abgeliefert«, erklärt Eva. »Helene feiert Hochzeit in vier Wochen. In dem neuen Haus am Ostenmeer will sie nicht so viel rumliegen haben. Und schon gar nicht Geschenke von ihrem ausrangierten Liebhaber. Kann man verstehen, oder?« Eva kichert.

»Eine spannende Geschichte«, sagt Kira stockend. »Was ist jetzt mit dem Liebhaber?«

»Da hinten, bei den Bilderrahmen steht Helene gerade«, erklärt Eva und deutet auf eine hochgewachsene, dunkelhaarige Schönheit. Langes weißes Kleid. Weißer Riesenhut. Viel Silberschmuck blinkt an Hals und Händen.

Kira befiehlt sich, ruhig zu atmen, langsam zu sprechen. »Und?«, fragt sie.

»Nachher weiter«, bestimmt Eva. »Helene kommt auf uns zu.«

Kira drängt schnell auf den Preis des Medaillons, schiebt das Geld über den Verkaufstisch und hält Helene ihren Fund hin.

»Von Ihnen?«, vergewissert sie sich. »Woher haben Sie es?«

»Vielleicht weiß ich gar nichts darüber«, orakelt Helene und reagiert verblüfft, als Kira ihre Hand ergreift und sie mit sich zieht.

»Trinken wir einen Tee bei *Bodo am Ballhof*?«, fragt Kira heiser. Helene stutzt, nickt dann.

Im überfüllten Lokal wird gerade ein Tisch frei. Pit am Klavier nickt herüber und haut in die Tasten. Chopin verjazzt. Pit hat mal Musik studiert und beinah den Abschluss geschafft. Er hatte die Chance, bei Hazy Osterwald und Max Greger engagiert zu werden, aber irgendwie klappte es doch nicht.

Von der Theke her wirft Wirt Bodo Luftküsse in den Raum, ehe er für Sekunden innehält und dann unvermittelt Rilke und Hesse rezitiert. Bodo hat zwanzig Semester Philosophie und Germanistik studiert – eine Zeit, die nachwirkt.

Der dicke Gustav schiebt sich zu Kira und Helene auf das zerschlissene Rundsofa, zeigt eindrucksvolle Farbfotos von Kiras großem Wunsch-Lüster, den Gustav inzwischen schon im VW-Bus hat, günstig für Kira erstanden.

»Ich hänge den Leuchter erst einmal in euren Keller. Jetzt gleich«, bietet Gustav an. »Er nimmt Schaden, wenn er irgendwo rumliegt.«

»Okay«, freut Kira sich, zieht einen Hausschlüssel aus der Tasche. »Am besten in den Waschkeller, an den Platz am Fenster«, entscheidet sie. »Vorübergehend.

Also, befestige ihn nicht für alle Ewigkeit – ist das klar? Nur provisorisch.«

Gustav nickt. »Ich nehme einen Freund mit, der Leuchter ist schwer – ich brauche zusätzlich zwei starke Hände, die ihn sicher halten.«

Endlich Zeit für Helene, der Kira nicht nur Darjeeling-Tee bestellt hat, sondern auch eine Karaffe mit Dornfelder Spätlese. Löst das die Zunge? Was wird sie erfahren? Soll sie das Geheimnis nicht klugerweise im Dunkeln lassen? Kira weiß plötzlich, spürt genau, dass sie ihren Kadie nicht verlieren will, dass sie – notfalls – kämpfen wird und siegen will. Was auch immer sie erfahren wird, sie wird ihm einfach verzeihen. Basta.

Sie zwingt sich zu leichtem Plauderton, kommt erst nach einigen Minuten zum für sie Wesentlichen.

»Woher stammt das Medaillon?«

»Ach, ist das so wichtig? Warum?« Helene schüttelt den Kopf, lacht übermütig.

Kira bietet all ihre Überredungskünste auf. Und beim Abschied weiß sie, dass ihr Kadie und die schöne Helene eine lange Liaison hatten, eine Segel-Liebe. Sie atmet auf, als sie hört, dass die Liebe erloschen ist, und realisiert, dass Kadie, der Untreue, sie aber keineswegs verlassen wollte. Aus Liebe, denkt sie, er liebt mich länger und stärker. Deshalb bleibt er bei mir.

Es drängt sie, übereilt zu zahlen. Nichts hält sie mehr auf ihrem Platz. Hastig wirft sie sich Mantel und Schal um, schnappt ihre Tasche, erhebt sich. Schneller Abschied.

»Warten Sie«, drängt Helene, vergeblich.

In Kiras Kopf kreisen die Gedanken um Kadie. Um sie beide. Ich werde einen Segelschein machen, beschließt sie euphorisch. Ich werde mich für Fußball interessieren und Kadie mit weiteren Käufen verschonen. Erst mal. Sie schiebt jeden Gedanken an Hindernisse beiseite, besteigt das nächstbeste Taxi und begeistert sich an dem Vorsatz, gleich zu Hause alles bereitzustellen, was ihrem Karl-Dieter behagt. Vor allem wird sie auf ihn warten, warten, bis er durch die Haustür tritt. Er wird früher als geplant kommen. Ein Gewitter liegt in der Luft.

Die Tür! Kira wundert sich, dass die Haustür nicht abgeschlossen ist, nur zugezogen. Gustav? Ja, er hat das versäumt, als er den Lüster ins Haus brachte, offenbar. Dieser Lüster! Sie hätte ihn nicht kaufen sollen. Es wird Ärger geben. Er ist zu groß, zu wuchtig für ein Privathaus. Was tun? Das große rote Seidentuch darüberhängen!

Kira stürmt, das flatternde Tuch in der Hand, in den Keller, zur Waschküche. Das Seitenlicht über dem Ausguss brennt hier. War Gustav so unkonzentriert? Irritiert hält Kira inne, lässt ihren Blick durch den Raum schweifen. Der Kronleuchter? Zögernd, mit immer kleiner werdenden Schritten, nähert sie sich dem für ihre Neuerwerbung vorgesehenen Platz. Sie kann nicht glauben, was sie sieht. Ein großes Loch in der Decke. Darunter, auf dem Steinboden, das schwere, bronzene Lüster-Gestell, inmitten eines Scherbenhaufens von Kristallen. Sie haben unter sich einen Mann begraben, einen jetzt leblosen Mann: Karl-Dieter, ihren Kadie.

Sperrmüll mit Bob und Roger

SASCHA GUTZEIT

Für Burkhard

Als ich um die Ecke bog, fiel mir sofort auf, dass in der kleinen Nebenstraße mehr Betrieb als sonst war.

Die Dämmerung senkte sich über die Stadt und ich schlug den Kragen meiner speckigen Wildlederjacke hoch, wie ein Gangster in einem dieser schwarz-weißen Spätfilme. Na ja, wenn man es genau nahm, dann war ich ja ein Gangster. Zumindest ein Einbrecher, kurz vor seiner Premiere.

Mir blieb überhaupt nichts anderes übrig, als bei meinem Onkel einzubrechen, sonst würde ich wohl kaum an mein Erbe kommen. Erstens war Onkel Alfred das schwarze Schaf der Familie und zweitens hatte er mir ein Geheimnis anvertraut, von dem sonst niemand wusste.

Außerdem brauchte ich die Kohle dringend!

Unter meinen Schuhsohlen klirrte etwas und im Schein der Straßenlaterne sah ich, dass ich auf einen Schminkspiegel getreten war. Man hatte ihn zusammen mit anderem Krimskrams aus einem blauen Müllsack geschüttet.

Überhaupt sah der ganze Bürgersteig aus wie ein Schlachtfeld. Da, wo einem nicht der Weg von Regalen,

Sofas, Sesseln und Elektrogeräten versperrt wurde, standen Säcke, Kartons und Tüten. Von Leuten, die den ganzen Plunder durchforsteten, ganz zu schweigen. Eine junge Frau begutachtete gerade einen Mikrowellenofen, so als wäre er das Schnäppchen der Woche.

Ich begriff, was los war. Sperrmüll.

Nachdem ich fast über eine umgestürzte Stehlampe gefallen wäre, überquerte ich die Straße. Ich musste ja sowieso rüber. Das Haus Nummer 18 war das sechste Haus auf der rechten Seite, ein fünfstöckiger Mehrfamilienklotz, in dem Onkel Alfred bis vor zwei Tagen gewohnt hatte.

Ausgerechnet heute Abend musste es hier zugehen wie auf dem Flohmarkt, wo doch in dieser Seitenstraße normalerweise der Hund begraben war. Aber Sperrmüll war nun mal wie Flohmarkt, nur ohne Geld.

Ein weißer Transporter stand in zweiter Reihe vor Nummer 18, die Hecktüren weit offen. Der Beifahrer, der aussah wie Bob Dylan auf der Plattenhülle von »Blonde on blonde«, streckte seinen braun gelockten Wuschelkopf aus dem Fenster und nickte einem stämmigen Mann zu, der auf dem Bürgersteig stand und einen Elektroherd ins Visier genommen hatte. Den Elektroherd meines Onkels!

Die schwarzen Brandflecke direkt oberhalb der Backofenklappe waren unverkennbar. Die waren schon immer da gewesen.

Bereits als Kind hatte ich nämlich meinen Onkel Alfred so oft besucht wie möglich. Auch wenn meine Eltern ihn nicht leiden konnten. Einmal hatte meine Mutter mir erzählt, er wäre wegen Diebstahls sogar ein paarmal im Knast gewesen. Falls das stimmte, war es vor meiner Zeit gewesen. Außerdem war es mir egal, denn Onkel Alfred hatte eine große Schallplattensammlung. Sie war so riesig, dass er drei ganze Regalwände brauchte, um sie unterzubringen. So viele Scheiben hatten sie nicht mal in dem großen Musikgeschäft in der Fußgängerzone.

Bei jedem Besuch hockte ich vor seiner Stereoanlage im Wohnzimmer, zog neugierig die Langspielplatten aus den Regalen, roch an ihnen und studierte die Fotos und Texte auf den Innenhüllen. Nur als ich einmal zu doll am Reißverschluss eines bestimmten Rolling-Stones-Covers ruckelte, klatschte mir mein Onkel auf die klebrigen Finger.

Im Wohnzimmer meines Onkels tauchte ich schon als Dreikäsehoch in die Klangwelten von Miles Davis, The Who, Rory Gallagher und dem Hazy-Osterwald-Sextett ab, während meine Schulkameraden fast nichts anderes außer Modern Talking kannten. Alphabetisch sortiert, existierte in der Sammlung meines Onkels Motörhead problemlos Rücken an Rücken mit Mozart, stand AC/DC neben Alexandra, und Black Sabbath bei den Bläck Fööss. Und ich durfte verrücktes Zeug entdecken, wie King Crimson, Karel Gott oder die Filmmusik zu »Fluchtweg St. Pauli«.

Und selbst wenn es längst CDs und mp3s gab, Onkel Alfred hatte bis zuletzt Vinyl gesammelt. »Eine Schallplatte ist nicht nur Musik«, hatte er immer gesagt, »eine Schallplatte ist ein Gesamtkunstwerk«.

Seine größten Schätze hatte mein Onkel hingegen nicht in die Regale einsortiert, die befanden sich in einer Holzkiste neben der Stereoanlage. Seinem heiligen Schrein.

Ungefähr so groß wie ein kleiner Umzugskarton, waren darin nicht nur die Schallplatten, die Alfred am wichtigsten waren, sondern auch wahre Raritäten.

* * *

Ein Rumpeln riss mich aus meinen Gedanken. Das Bob-Dylan-Double war aus dem weißen Transit gestiegen und ging nun seinem stämmigen Kumpel zur Hand, der von der Statur her wie ein Sumo-ringender Möbelpacker wirkte, im Gesicht aber aussah wie Roger Whittaker auf dem Cover seines 1982er Albums »Typisch …«.

Gemeinsam mit Herrn Dylan wuchtete er gerade Onkel Alfreds Elektroherd in den Laderaum des Transporters.

Erst jetzt bemerkte ich, dass die Haustür von Nummer 18 weit offen stand. Sehr gut, dachte ich, so würde ich also schon mal problemlos ins Gebäude kommen.

Der Stapel Bretter an der Hauswand machte mich stutzig. Wenn mich nicht alles täuschte, waren das einmal Onkel Alfreds Schallplattenregale gewesen. Daneben seine Spüle, der vorsintflutliche Kühlschrank, der zusammengerollte Teppich aus der Diele, die Stehlampe mit dem beigebraunen Schirm aus dem Schlafzimmer. Und durch die Müllsäcke, die an der Hauswand lehnten, schimmerte Alfreds geblümte Bettwäsche!

Fassungslos stand ich da und schluckte. Da war mein Onkel keine zwei Tage unter der Erde, schon räumte meine reizende Familie die Bude aus. Nicht zu fassen! Besonders meine grässliche Tante, die schon vor Jahren ausgezogen war, konnte es anscheinend nicht erwarten, klar Schiff zu machen.

Ich konnte nur hoffen, dass die Holzkiste noch oben in der Wohnung war.

Es half alles nichts – ich musste dringender denn je bei meinem Onkel auf der ersten Etage einbrechen und nachsehen!

Gerade wollte ich aufs Haus zugehen, da tauchte eine Frau im Türrahmen auf. Wenn mich nicht alles täuschte, Frau Brand aus dem vierten Stock. Die trug ihren Plunder raus und musste mich nicht unbedingt sehen. Immerhin war ich ein Einbrecher. Oder würde in Kürze einer sein.

Ich duckte mich hinter einen parkenden Pkw und guckte zu, wie sie einen Bilderrahmen und ein abgewetztes Bügelbrett ins Freie schleppte und es zum Hausstand meines Onkels stellte.

Dylan und Whittaker waren unterdessen in den Transporter gekrabbelt und schoben den Elektroherd so weit es ging nach hinten durch. Wie ich im Dämmerlicht sah, hatten sie sich schon einiges unter den Nagel gerissen. Die Umrisse eines Küchenbuffets waren zu erkennen, mehrere Lattenroste, ein Nachtschränkchen, Kartons und diverser Kleinkram.

Bob und Sumo-Roger kletterten jetzt wieder aus dem Wagen und nahmen sich routinemäßig die Müllsäcke vor.

Nachdem Whittaker die Säcke enttäuscht zur Seite gepfeffert hatte, weil ja bloß Bettwäsche drin war, rückte er seine Brille gerade und bückte sich nach irgendetwas. Diese Gelegenheit nutzte ich und huschte ungesehen über den Bürgersteig ins Treppenhaus.

»Lass doch die blöden Platten stehen!«, hörte ich Bob Dylan sagen. »Vermutlich nur Wham, die BeeGees, Metallica, Neue Deutsche Welle und zig mal Simon und Furunkel. Das Zeug kriegen wir doch wieder nicht los.«

Wie angewurzelt blieb ich am Fuß der Treppe stehen. Platten?

»Diese hier werden wir ganz bestimmt los!«, sagte Whittaker und gab ein Glucksen von sich.

»Okay«, brummte Bob. » Dann pack die Kiste halt ein.«

Die … Kiste? Ich fuhr herum. Aus dem düsteren Treppenhaus beobachtete ich, wie Roger seinen Fund nun in den Transporter packte. Mein Jackenkragen war mit einem Mal schweißnass und ich fing an zu zittern.

Mein diebischer Plan war dabei, gehörig in die Hose zu gehen … erst war ich nicht zum Einbruch gekommen und jetzt drohte meine schuldenfreie Zukunft auch noch entführt zu werden!

Während Herr Dylan seinen Trödelpartner zu sich winkte und beide aus meinem Blickfeld verschwanden, linste ich vorsichtig aus der Haustür. Ich musste die Holzkiste aus dem Wagen holen, zumindest die eine Schallplatte!

Die beiden Typen kehrten mir nun die Rücken zu und diskutierten über den Zustand des Wäschetrockners, der vor Haus Nummer 22 stand. Also lief ich aus dem Haus und sprang unbemerkt in den Laderaum des Transporters.

Hier drin war es ziemlich finster, doch die Holzkiste war nicht zu übersehen. Roger hatte sie vor Onkel Alfreds Elektroherd geschoben. Ich wollte just den Deckel hochheben, da näherten sich Stimmen.

»Nee, lass den Trockner mal«, quakte Dylan. »Der hat untenrum schon Rost angesetzt.«

»Alles klar!«, entgegnete Roger Whittaker und tauchte plötzlich vor der Ladefläche auf.

Gerade noch rechtzeitig schaffte ich es, mich hinter den E-Herd meines Onkels zu ducken.

»Weiter geht's!«, hörte ich Roger rufen, dann warf er mit einem Knall die Laderaumtüren zu.

* * *

Da hockte ich nun im Stockdunklen, mit den Knien gegen den Herd gedrückt. Die Luft war zum Schneiden.

Der Motor wurde angeworfen und der Transporter setzte sich in Bewegung. Ich krabbelte wieder hinter dem Herd hervor und tastete mich auf allen vieren am Küchenbuffet vorbei.

Da Roger und Bob wohl die Bürgersteige sondierten, fuhr der Wagen langsam, nur das Rappeln der Lattenroste klang bedrohlich.

Ich fischte mein Feuerzeug aus der Hosentasche. Im Licht der flackernden Flamme fand ich die Holzkiste und klappte mit einer Hand den Deckel auf.

Ich blickte auf die rund dreißig Schallplatten wie ein Forscher, der das Bernsteinzimmer entdeckt hat. Aber ich brauchte nur eine davon.

Mein Puls legte einen Zahn zu, als ich anfing zu blättern. Ich ließ meine Finger prüfend zwischen die Cover gleiten, denn die Platte, die ich suchte, war kleiner als eine LP und steckte lediglich in einer Schutzhülle. Die Schätze, die mein Onkel Alfred in dieser Kiste vereint hatte, waren ein Vermögen wert. Zum Beispiel die Testpressung der ersten Livescheibe von Genesis. Damals noch als Doppelalbum gedacht und »Live in Leicester (& Manchester)« betitelt. Maximal 50 Stück existierten angeblich davon, vermutlich waren es aber nur zehn.

Oder Alice Coopers »School's out«. Der Erstauflage der LP, deren Hülle zum Schulpult auseinandergeklappt werden konnte, lag jeweils ein Schlüpfer bei – mal in babyblau, mal in rosa. Das wurde nach nur wenigen Tagen verboten und entsprechend war diese Ausgabe extrem rar.

Doch was ich wollte, war das Juwel in Onkel Alfreds Sammlung.

Die Feuerzeugflamme sengte mittlerweile meinen rechten Daumen an, doch ich blätterte weiter, während der Transporter sanft vor sich hinschaukelte. Und dann entdeckte ich endlich, was ich suchte! Eine Schellackplatte mit 25cm Durchmesser, abzuspielen mit 78 Umdrehungen.

Mein Herz setzte einen Takt aus.

Vorsichtig zog ich die Schutzhülle aus der Kiste und hielt die Flamme so, dass ich das gelblich schimmernde Etikett lesen konnte.

Recorded by P.F. Phillips
KENSINGTON
»In Spite Of All The Danger«
Play with light-weight pick-up

Darunter stand auch, wer den Song komponiert hatte: McCartney und Harrison!

Den Namen der Gruppe verriet das Etikett nicht. Aber natürlich hatte mir Onkel Alfred erklärt, dass es sich um die »Quarrymen« handelte, der ersten Band von John Lennon, George Harrison und Paul McCartney. Zusammen mit der Buddy-Holly-Nummer »That'll be the day« auf der anderen Seite der Scheibe, handelte es sich um die allererste Aufnahme der zukünftigen Beatles aus dem Jahr 1958.

Und wie mein Onkel mir versicherte, gab es nur dieses eine Originalexemplar!

Jetzt war ich also fast am Ziel und musste nur noch aus diesem verfluchten Transporter raus, der in diesem Moment plötzlich in die Eisen ging. Es gab einen Ruck, ich knallte mit dem Schädel gegen die Backofenklappe des Elektroherds und ließ die Platte fallen. Die Feuerzeugflamme erlosch.

Vorne schlugen die Autotüren und ich konnte unverständliche Stimmen ausmachen, während der Motor weitersurrte.

Benommen tastete ich mich an der Holzkiste vorbei und rutschte hinter den Herd zurück. Dann gingen auch schon die Laderaumtüren auf.

Silbriges Straßenlaternenlicht strömte herein.

»Wir packen das Ding einfach mal ein«, sagte Herr Dylan. »Falls es nicht mehr funktioniert, kann ich es vielleicht reparieren.«

»Und dann völlig überteuert an irgendeinen Antiquitätenfuzzi verkloppen, was?!« ergänzte Herr Whittaker und lachte dreckig.

Ich hielt unterdessen den Atem an und sah, was Sumo-Roger nun in den Laderaum schob. Ein Grammophon!

Fast hätte ich mich an meiner eigenen Spucke verschluckt.

Wollten die Typen mich verarschen? War das Zufall? Oder sollten die beiden etwa mitbekommen haben, dass ich zwischen ihrem Sperrmüll steckte, und wollten mir die Möglichkeit bieten, ganz gemütlich in die »Quarrymen«-Platte reinzuhören?

»Hey, guck dir die mal an!«, hörte ich Bob nun rufen und Roger verschwand mit neugierigem Blick von der Bildfläche. An den Häusern erkannte ich, dass wir uns fast am Stadtrand befanden, aber auch hier der Sperrmüllbär steppte.

Zu gerne hätte ich die Gelegenheit genutzt und wäre vom Wagen gesprungen, doch leider hatte ich keinen blassen Schimmer, wo die Schallplatte gelandet war. Sie konnte aber nicht weit sein. Obwohl es riskant war, ließ ich das Feuerzeug aufflammen und suchte so gut es ging den Boden um mich herum ab. Und hatte Glück! Unter dem Nachtschränkchen sah ich die Folie der Schutzhülle schillern. Wenn ich schnell war, dann konnte ich ...

»Was die Leute so alles wegwerfen ...«, keuchte Bob Dylan und tauchte mit Roger Whittaker am Heck des Transporters auf. »Na, dann hoch mit dem Teil!«

Blitzschnell löschte ich das Feuerzeug und warf mich erneut hinter Onkel Alfreds Ofen.

Gottlob wurde mein Poltern von dem ganzen Rumpeln und Stöhnen übertönt, das Bob und Roger veranstalteten, als sie die historische Nähmaschine in den Wagen hievten.

So langsam wurde es eng hier drin, stellte ich fest, und höchste Zeit, dass ich an die frische Luft kam. Doch Roger machte just den Laderaum dicht und wieder saß ich im Dunkeln.

»Genug für heute!«, hörte ich Bobs gedämpfte Stimme von draußen. »Abmarsch!«

»Alles Roger«, entgegnete Whittaker. »In anderthalb Stunden sind wir zu Hause.«

Dann rummsten vorne die Autotüren und der Transporter setzte sich in Bewegung.

Ich machte kurz das Feuerzeug an, beugte mich zum Nachtschränkchen hinüber und holte die wohl wertvollste Platte der Welt darunter hervor.

Ein ganz gewöhnlicher Einbruch bei Onkel Alfred wäre mir wesentlich lieber gewesen, dachte ich, statt dieser Reise durch den Mittelpunkt des Trödels. Aber so oder so hatte ich, was ich wollte, und schob die Schellackplatte unter meine Wildlederjacke.

Der Transporter ging nun in eine Kurve und die Wucht warf mich gegen die Außenwand. Außerdem wurde der Wagen nun zunehmend schneller, das Dröhnen des Motors wurde lauter und es schien, als wären wir jetzt auf der Autobahn. Moment mal ... anderthalb Stunden bis nach Hause, hatte Roger Whittaker gesagt?

Wo zum Teufel ging die Fahrt denn hin?!

* * *

Wir mussten mittlerweile eine halbe Stunde unterwegs sein. Mindestens. Noch immer hinter dem Elektroherd eingeklemmt, lauschte ich dem gleichmäßigen Fahrgeräusch.

Bevor mein Nacken vollends steif wurde, rollte ich zur Seite, stützte mich auf dem Nachtschränkchen ab und kam auf die Füße. Ich fummelte am Rädchen meines Feuerzeugs herum, bis die Flamme Licht machte, dann wankte ich durch den ganzen Trödel und taumelte wie ein seekranker Kapitän, der durch sein gebeuteltes U-Boot strauchelt, Richtung Heck.

Auf den nächsten Stopp wollte ich gut vorbereitet sein ... wenn Bob und Roger nämlich das nächste Mal hielten und den Laderaum öffneten, würde ich sofort herausspringen und mich schnurstracks vom Acker machen!

Gerade gelangte ich in die Nähe der Nähmaschine, da verringerte der Transporter auf einmal seine Geschwindigkeit und fuhr in eine Rechtskurve. Ich wurde zur Seite geschleudert, das Feuerzeug flutschte mir aus der Hand, und ich prallte gegen die Lattenroste.

Als ich mich an ihnen festhielt und hochzog, hörte ich Holz splittern. Nur mit Glück bekam ich den Nähmaschinenkoloss zu packen, an den ich mich klammern konnte.

Sollten wir überhaupt jemals auf der Autobahn gewesen sein, so waren wir jetzt bestimmt wieder von ihr runter, denn die Fahrt ging gemächlicher weiter. Kurze Zeit später hielten wir an, vorne knallten die Autotüren.

Sicherheitshalber kontrollierte ich noch einmal die Schallplatte unter meiner Jacke und war nun auf alles vorbereitet.

Doch nichts geschah.

Ich hörte nur das Blut in meinen Schläfen pochen. Außer, dass ich im Stockdunkeln inmitten von Plunder an einer alten Nähmaschine lehnte, hatte ich keine Ahnung, wo ich mich befand.

Nachdem eine gefühlte Ewigkeit vergangen war, holte ich den Schraubendreher aus der Jackentasche. Irgendwie würde ich die Laderaumtüren schon auf bekommen. Einbrecher, Ausbrecher – wo war der Unterschied? Dann fiel mir ein, dass die Hohlbirnen ja gar nicht abgeschlossen hatten. Dennoch wusste ich nicht, ob es innen irgendwelche Klinken oder Griffe gab, ich hatte nicht drauf geachtet.

Langsam tastete ich mich zu den Türen vor, fummelte und stocherte wild mit dem Werkzeug in den Ritzen herum und – Bingo! Das war leichter gegangen, als ich dachte.

Als ich hinausspähte, schlug mir frische Nachtluft entgegen. Zwischen zwei Sattelschleppern, die im Neonschein einer nahe gelegenen Autobahnraststätte friedlich schliefen, hüpfte ich ins Freie.

Viel zu spät bemerkte ich Bob Dylan.

»Ach, das ist ja interessant«, rief er und schüttelte seinen Lockenkopf. »Einfach in unseren Laster einbrechen, was?«

»Nein«, sagte ich. »Ich komm da *raus*.«

»Wie bitte?«, fragte nun Roger Whittaker, der ebenfalls hinter einem Brummi aufgetaucht war und seine

Sumoringerstatur vor mir entfaltete. »Du warst die ganze Zeit hinten drin?«

Ich nickte.

»Hast du kleiner Gauner etwa was mitgehen lassen?«, fragte Bob und ich schüttelte den Kopf. »Glaubt ihr vielleicht, ich hätte Sperrmüll unterm Hemd?« Ich setzte mein unschuldigstes Gesicht auf. »Ich bin nur durch Zufall auf eure Ladefläche geraten und würde jetzt gerne gehen, Herr Dylan ...«

»Was ist los?«, unterbrach mich der Lockenkopf grantig.

»Entschuldigung«, fuhr ich fort. »Aber Sie sehen original aus wie Bob Dylan auf der ›Blonde on blonde‹-Plattenhülle von 1966.«

»Das kriegt er von mir ständig zu hören«, grinste Roger, während mich Bob ernst fixierte. »Was hältst du deine Hand so komisch vor den Bauch?«, wollte er wissen. »Erwartest du ein Kind?«

»Mir ist nur ein bisschen übel von der Fahrt«, log ich und sah, wie in Roger Whittakers Hand plötzlich eine Klinge aufblitzte. »Quatsch kein Blech!«, fauchte er und fuchtelte mit dem Klappmesser vor meiner Nase herum. »Lass sehen, was du da hast, oder ich mach dich alle.«

Zähneknirschend griff ich jetzt unter meine Wildlederjoppe und zog das gute Stück hervor.

Rogers Augen leuchteten jetzt mit der Messerklinge um die Wette. »Die »Quarrymen«-Platte!«, japste er. »Die hab ich vorhin gefunden. Mit mindestens hunderttausend Pfund die wohl wertvollste Platte der Welt, aber natürlich für einen Sammler und Fan unbezahlbar«, legte Roger los. »Paul McCartney besaß das einzige Original, bis es vor einigen Jahren aus seinem Tresor gestohlen wurde«, erzählte Roger weiter. »Als die drei Beatles in spe die Songs im Kasten hatten, hat Percy Phillips, in dessen Haus in der Kensington Road 38 in Liverpool die Aufnahmen gemacht wurden, das Tonband wieder gelöscht, nachdem sie auf Schellack überspielt waren. Natürlich sind beide Songs im Jahre 1995 offiziell veröffentlicht worden, allerdings wurde »In spite of all the danger« von 3:25 Spielzeit auf 2:44 gekürzt ...«

»Augenblickchen mal!«, unterbrach ich den Monolog des Mannes, dessen Roger-Whittaker-Brille nun vor lauter Erregung völlig beschlagen war. »Dir geht es also tatsächlich nur um die Schallplatte?«

»Natürlich.« Wieder schnellte Rogers Messer in meine Richtung. »Und jetzt her damit!«

»Warum hast du das nicht gleich gesagt?«, entgegnete ich erleichtert, ließ meine Hand in die Schutzhülle der Platte gleiten und fischte einen Briefumschlag heraus. »Ich hingegen will nur die Ersparnisse meines Onkels«, grinste ich und reichte Roger die Schellackscheibe.

Selig ließ dieser das Klappmesser sinken und nahm seinen Schatz entgegen. »Dann hau jetzt ab!«, sagte er und tätschelte die Schallplatte wie einen Teddybären.

Verunsichert sah ich Bob Dylan an.

»Don't think twice, it's alright«, näselte der Lockenkopf und machte eine Handbewegung, als wolle er lästige Tauben verscheuchen.

»Habe verstanden«, nickte ich und steckte den Umschlag in die Innentasche meiner speckigen Jacke.

Whittaker winkte, bevor er mit Bob Dylan in den Transporter stieg. Typisch Roger Whittaker, dachte ich und winkte zurück.

Als ich wenig später zur Autobahn marschierte, pfiff ich »Abschied ist ein scharfes Schwert« vor mich hin, und hielt meinen angesengten Daumen in die Luft.

Sehnsucht

ELLA THEISS

Es war doch … ist doch … Liebe, oder? Was sonst! Annalena würde es genauso sehen. »Love is strange«, singt sie in ihrer Coverversion eines Fünfzigerjahre-Titels. Mit den Geigen im Hintergrund und den Tremolos im Refrain klingt es melancholischer als das Original. – Ach was, zum Heulen traurig klingt das Lied, wenn sie es singt.

Ich kenne Annalena von früher. Sie wohnte in einem der Mietshäuser auf der anderen Straßenseite und war eine Freundin meiner großen Schwester. Zigmal stand sie wie verhakt vor unserer Wohnungstür: »Hallo … ähh … ich will … ähh … zu Kerstin«. Statt reinzukommen, spähte sie über mich weg und zupfte an den Spitzen ihrer fisseligen Mähne. Ich drehte mich um und ließ sie stehen. Bis Kerstin kam, und beide kichernd in deren Zimmer verschwanden.

Schon mit dreizehn, vierzehn konnte Annalena auffallend gut singen, trat manchmal mit der Schulband auf. Freund hatte sie keinen, zu rundes Gesicht, zu viele Pickel. Am uncoolsten war ihr Hintern. In den angesagten Jeans sah sie wie ein Flusspferd aus. Fand ich jedenfalls – damals.

Alles änderte sich, als ich fast fünfzehn war und sie noch nicht ganz sechzehn. Mein Opa starb überraschend und hinterließ eine Wohnung voller Trödel. Meine Eltern, Kerstin und ich durchkämmten sein verwohntes

Mobiliar in der Hoffnung, ein paar wertvolle Antiquitäten zu finden. Vater gab die Losung aus: »Jeder darf ein Erinnerungsstück behalten, der Rest wird verscherbelt, und wir leisten uns eine Reise nach London.«

Das war motivierend, und ich wühlte mich durch Schränke und Kommoden, stöberte in Schubladen und Regalen, fand zwischen Bergen alter Ansichtspostkarten und karierter Stofftaschentücher immerhin eine defekte vergoldete Armbanduhr, ein Eisernes Kreuz am Bande und ein Paar Manschettenknöpfe mit eingefassten Opalen. Ein zerschlissener Koffer mit Jagdzubehör, den Opa in einer Abseite aufbewahrt hatte, erschien mir wenig interessant, zumal ausgerechnet die Flinte fehlte und das einzige Jagdmesser komplett verrostet war. Aber das Spektiv gefiel mir auf Anhieb, armeegrün lackiert und mit einem fliegenden Habicht als Emblem. Dazu gehörte ein Lederfutteral samt Verschlusskappe, Tragegeschirr, Schulterpolster und so weiter. Ich setzte das Okular ans Auge, spähte durch und besah mir meine gezoomten Sneakers. »Toll, sagte ich, »damit erscheint alles viel größer.«

Kerstin lachte dämlich. »Dann behalte es doch.« Sie entschied sich für eine rosa gewandete Porzellanballerina von Rosenthal. Meine Eltern brachten die restlichen Fundstücke – ein bisschen Goldschmuck, einen Satz Silberbesteck, ein paar Bleikristallschalen und Hummelfiguren – zum Antiquitätenhändler. Aus London wurde nichts. Wenn ich mich richtig erinnere, gab die Ausbeute nicht mal Opas Beerdigungskosten her.

Tage drauf merkte ich, dass ich das Beste aus Opas Nachlass gefischt hatte. Das Spektiv stammte von Swarovski, nannte sich Habicht CT, und obwohl es museumsreif aussah, funktionierte es einwandfrei, vergrößerte Objekte in weiter Entfernung auf das Zwanzig- bis Sechzigfache. Wahnsinn! Wenn das Wetter günstig war, beobachtete ich stundenlang Wolken und Flugzeuge, Vögel, Eichhörnchen, Kräne, Dachdecker bei der Arbeit ... Am Abend suchte ich erst den Sternenhimmel, dann die erleuchteten Fenster der Nachbarn ab.

Dabei passierte es. Ich habe Annalena gesehen. Entdeckt sozusagen. Im Haus gegenüber, zweiter Stock links, war ihr Zimmer. Eine breite Straße und viel Vorgartengrün zwischen uns. Mit bloßem Auge hätte ich allenfalls einen Schatten erkannt. Aber mit dem Spektiv – ha! Sie musste gerade aus dem Bad gekommen sein, tupfte mit einem Handtuch ihre Kullerbrüste ab, stellte ein Bein höher, bückte sich, strich mit dem Handtuch langsam ihre Schenkel hinauf, erst außen, dann innen, erst ein Bein, dann das andere, und über allem wölbte sich ein fantastisch ebenmäßiges Doppel-Oval. Schlagartig erkannte ich, dass gar nicht ihr Hintern falsch war, sondern die Jeans, die sie immerzu trug. Das Bild sprang mich an und ließ mich nicht mehr los.

Ich räumte mein Zimmer um, stellte meinen Schreibtisch vors Fenster, täuschte meiner Familie gegenüber Hausaufgaben vor, die ich am Abend zu machen hätte. Und wirklich – ich konnte Annalena noch oft beobachten, konnte zusehen, wie sie sich auszog, den BH, die Höschen, wie sie sich abtrocknete, eincremte, *überall* eincremte ... Selbst wenn sie die Lamellenjalousie an ihrem Fenster heruntergelassen hatte, konnte ich genug erahnen, um die halbe Nacht feucht zu träumen. Um pitschnass zu träumen. Meine Mutter verkniff sich beim Bettwäschewechseln jedwede Bemerkung.

Tagsüber umkreiste ich Annalena wie die Katze den Vogelkäfig: umsichtig, lautlos, wie beiläufig. Klar litt ich darunter, dass sie durch mich hindurchsah wie durch aufgewirbelten Staub. Nicht auszudenken, wenn sie mich verlacht hätte, wenn sie herumerzählt hätte: »Stellt euch vor, Grumpy will mich angraben!« – Grumpy, so nannten sie mich damals in der Schule. Alle. All die Jahre. Niemand konnte mehr sagen, wer den Namen aufgebracht hatte. Ich tat, als mache es mir nichts aus.

Wenn Annalena verreist war, kam ich mir vor wie ein ausgesetzter Hund. Ich schrieb ihr Gedichte, die ich unter »Deutsch/Lyrik« abspeicherte, für den Fall dass meine Eltern oder meine Schwester sie fanden. Einmal, nach den großen Ferien, hielt ich es nicht mehr aus, ich musste einen Kontakt herstellen, irgendeinen, schickte ihr meine gereimten Ergüsse anonym über Internet aufs Handy. Die müssen Eindruck auf sie gemacht haben. Sie begann sich zu schminken, färbte sich die Haare heller und stylte sie zu üppigen Locken. Immer öfter ging sie nachmittags allein im Park joggen oder spazieren, sah sich verstohlen nach allen Seiten um. Nach mir, ja, wahrhaftig nach mir suchte sie die Wege und Rasenflächen ab, während ich ihr von der Bank am Ententeich aus zusah.

Einmal, im Sommer, trug sie statt der Jeans einen Flatterrock, der bei jedem Schritt ihre Pobacken streichelte. Das machte mich verrückt, und ich schrieb ihr das. Von da an trug sie meistens Röcke und Kleider, manchmal ziemlich kurze.

Die Sache fing an, mir Spaß zu machen. Ich meldete mich bei facebook an, nannte mich Alexander XL, setzte ein Konterfei aus der Männerkosmetikwerbung dazu und schickte ihr Herzchen-Gifs ins Postfach. Sie antwortete manchmal mit einem Like.

Ob sie einen Schleimer wie diesen Alexander XL treffen würde? Irgendwann wollte ich es unbedingt wissen und bestellte sie zur stillgelegten Nordseite des Frachthafens, abends um halb neun. Erst wollte ich nur testen, ob sie kommt und mich rechtzeitig verziehen, dann hatte ich eine andere Idee. Ich verabredete mich mit zwei Kerlen aus einem Skateclub, versprach jedem zwanzig Euro, wenn sie mir auf dem abgeschiedenen Gelände das Skateboarden beibringen würden. Die beiden fanden mein Angebot urkomisch, feixten eine Weile rum, waren aber am Ende einverstanden.

Ich glaubte, Annalena würde verschwinden, sobald sie uns entdeckt. War ja sonst kein Mensch da, und es dämmerte schon. Aber sie blieb, stöckelte in ihren Riemchen-Pumps und mit schlenkerndem Schultertäschchen über den Asphalt, setzte sich auf eine Abmauerung und starrte den Zufahrtsweg runter. Unter dem Flatterrock blitzten ihre Schenkel. Der eine Typ, Boris hieß er, steuerte auf sie los, der andere, Patrick, hinterher. Ich hielt mich zurück, konnte nicht hören, was sie mit ihr redeten, sah bloß, wie sie eine Schnute zog und sich wegdrehte, aber sitzen blieb. Das war natürlich ein Fehler.

Ich weiß, ich hätte früher eingreifen sollen. Schließlich schrie sie laut genug. Aber ihr Anblick legte mich völlig lahm. Die hatten ihr das T-Shirt hochgezogen und den Rock runtergerissen. Dieser Kullerbusen, der pralle kleine Bauch ... ich brauchte gar kein Spektiv, plötzlich war alles so echt. Erst als sie sie in ein Holundergebüsch zerren wollten, wurde ich wieder klar im Kopf, grölte rum, wie fett und picklig und hässlich sie wäre. Boris und Patrick waren nicht sonderlich clever, sie lockerten ihre Griffe, glotzten an ihr runter, glotzten zu mir rüber ... Annalena konnte sich losreißen und rannte um Hilfe kreischend in Richtung Straße, wo prompt ein Transporter vorbeikam und anhielt. Boris und Patrick hauten ab.

Annalenas Riemchen-Pumps lagen im Dreck, genauso die Handtasche und ein rausgefallener Lippenstift. Ich säuberte die Sachen mit dem Innenfutter meiner Jacke und legte sie ihr vor die Wohnungstür. Klar gab es Ärger, denn ihre Eltern gingen zur Polizei. Aber letztlich war nicht viel passiert. Und weil Annalena dem Gericht verschwieg, was sie mit Pumps und kurzem Rock abends am Frachthafen wollte, kamen Boris und Patrick mit einer Ermahnung davon.

Die Geschichte stand groß in der Zeitung und war Dauerthema an unserer Schule. Ich galt als Annalenas Retter, fand unverhofft viel Anerkennung, und sie bekam die Häme ab. Ich hätte sie gern wissen lassen, dass ich sie nicht hässlich finde, dass ich das nur gesagt hatte, damit die beiden Deppen sie in Ruhe lassen. Doch damit hätte ich mich womöglich verraten. Ihre Familie zog weg. Nicht mal Kerstin erfuhr die Adresse.

Es hat Jahre gedauert, bis ich Annalena wiedersah – im Fernsehen. Sie hatte einen Song-Contest gewonnen und wurde über Nacht zum Star: Anna Lenz. *Die* Anna Lenz.

Das passte. Ich hatte unterdessen die Schule geschmissen, mir ein paar Hacker-Tricks reingezogen und bei People-X-Press als Reporter angeheuert. Beziehungsweise als das, was bei solchen Magazinen Reporter heißt. Mein Job war es, Promis zu belauern und Infos über sie zu beschaffen, in Heimarbeit am eigenen Rechner. Mein Spektiv habe ich samt seinem Tragegeschirr als Wanddekoration über meinen Schreibtisch gehängt – und gegen eine Bridge-Kamera mit Superzoom 60X ausgetauscht.

Wie und womit ich arbeitete, war meinen Auftraggebern egal. Ich sollte bloß den Stoff in der Redaktion abliefern, wo sie die Storys draus bastelten. Anna Lenz war ein schwieriger Fall. Sie lebte allein im ersten Stock einer dieser Westend-Villen und bekam kaum Besuch, erst recht nicht von Männern. Lieber schien sie sich um Hunde aus dem Tierheim zu kümmern, nahm manchmal einen übers Wochenende zu sich nach Hause. Ich dachte, das wäre brauchbar für einen Rührschinken und schickte der Zeitung mein Material. Aber die nannten sie nur »die Nonne«, argwöhnten, sie könnte sodomitisch veranlagt sein. Ich fand heraus, dass sie regelmäßig zu einem Therapeuten ging und brachte das mit der versuchten Vergewaltigung am Frachthafen in Verbindung. Daraus strickte der Redakteur eine »schwere Sexualmacke seit frühester Jugend«. Ich avancierte zum Zulieferer für weitere Medien, sogar für Yellow-TV. Trotz dünner Recherche konnte ich eine Menge Geld machen – und Annalena wurde richtig berühmt.

Einmal habe ich ihr das Leben gerettet. Ich hatte sie beim Chatten angezapft und erfahren, dass sie unter Depressionen litt, an Selbstmord dachte. Also legte ich mich auf die Lauer. Wochenlang nichts. Erst als ich ihre Telefonnummer in die Masseuse-Spalten eines Anzeigenblättchens setzte, kam Bewegung in das Projekt, sie drehte durch. Ich klinkte mich in den Chatroom des von ihr bevorzugten Suizidportals ein und bot mich ihr als diskreter Beschaffer verschreibungspflichtiger Schlaftabletten an. So war es kein Problem, das Kamerateam von Yellow-TV gleichzeitig mit dem Krankenwagen hinzubestellen.

Ein vereitelter Selbstmord – so viel weiß ich inzwischen – ist schlecht für die Publicity. Zwar gab es anfangs einen Mordsbohei und überall Kommentare, in denen Anna Lenz als Opfer ihrer Popularität bemitleidet wurde. Aber dann wurde es still um sie. Sehr still. Zumal sie nach ihrer Reha in einer Nervenklinik noch zurückgezogener lebte als zuvor. Allenfalls über ihren Agenten ließ sie wissen, wann sie wo auftrat und mit wem sie Plattenaufnahmen plante. Interviews gab sie keine mehr. Manchmal setzte sie sich für Wochen in die Provence ab. Natürlich folgte ich ihr.

Letzten Sommer, in der Nähe von Aix, ist dann das Unglück passiert. Ich legte mich mit einem Kamerateam auf die Lauer, als Annalena eine Handvoll Leute in ihr Ferienhaus eingeladen hatte. Es war eine Gartenparty wie jede andere, nichts was als Sensation hätte herhalten können. Wir wollten schon zusammenpacken, da ging sie mit so einem südländischen Beau ins Haus – und kam nicht zurück. Ich gebe zu, es war unprofessionell, absolut unprofessionell, dass ich, ohne mich zu sichern und mit der Bridge um den Hals, eine Pinie raufgeklettert bin, um in ihr Schlafzimmerfenster sehen zu können. Absurde Idee bei meiner Statur. Ich verfehlte einen Ast, fiel drei Meter tief und schlug auf einem Gesteinsbrocken auf.

Sie muss was mitbekommen haben. Vielleicht hat sie mich sogar liegen sehen. Von Ferne. Sie hat die Sanitäter kommen lassen, aber sie hat nicht weiter nach mir gefragt.

Mein Schwerbeschädigtenpass weist mir einen Behinderungsgrad von 100 aus. Weil zu der Mikrosomie – zu Deutsch Zwergenwuchs –, die bei meinen Einsfünfunddreißig Körperlänge mit 40 Grad berechnet wird, die Gehbehinderung dazukommt. Die allerdings gilt als Folge eines Arbeitsunfalls, sodass ich eine großzügige Rente bekomme und mir ein Pflegeheim in Annalenas Nähe leisten kann. Von meinem Zimmer im sechsten Stock aus habe ich freie Sicht zu ihrer Penthouse-Wohnung einen Block weiter. Ich bitte die Schwestern oft, meinen Rollstuhl ans Fenster zu schieben. »Damit ich die Skyline sehen kann«, sage ich. So schöpft niemand Verdacht. Und manchmal kann ich sie beobachten, wie sie auf der Dachterrasse frühstückt und ihren jungen Collie tätschelt. Dann lege ich mir ihre neue CD auf: »Love is strange«, mit Geigenmusik … zum Heulen traurig.

Klar war es Liebe – was sonst? Unglückliche Liebe, verschmähte Liebe …, Hassliebe vielleicht. Dass sie immer über mich hinweg sah, dass sie mich mied, wie alle anderen, hätte ich verwinden können. Nur nicht, dass sie mich »Grumpy« nannte. Nach einem der Zwerge aus Walt Disneys Schneewittchen-Verfilmung. Ausgerecht nach diesem grämlichen, eigenbrötlerischen Zwerg Grumpy, über den das Kinopublikum am meisten lacht. Niemand wusste, wer den Namen aufgebracht hatte. Außer Kerstin. Sie hat es mir verraten, nachdem ich ihr die Rosenthal-Ballerina zerhauen und eine Scherbe davon an den Hals gesetzt hatte.

Morgen besuchen mich meine Eltern. Sie haben versprochen, mir meinen alten Laptop vorbeizubringen. Darauf müsste ein noch immer taugliches Spyware-Programm installiert sein. Die Bridge ist irreparabel kaputt, aber Opas Spektiv ist intakt – gute Schweizer Wertarbeit halt. Das Spektiv wollen die Eltern mir auch mitbringen. Ich kann's kaum erwarten.

Anderthalb alte Leichen

KAI MAGNUS STING

Zu dritt standen sie im Wald auf einer Lichtung, mitten in der Nacht: A, B und C.

A stand in ungefähr 30 Metern Entfernung, in einem Winkel von 40 Grad zu B und C.

Nach 7 Minuten ging B auf die Knie und C schoss von oben herab B in den Kopf, woraufhin B leblos in sich zusammensackte.

Dann drehte sich A um, entfernte sich von der Lichtung und verschwand im Dickicht.

C sah zu, dass er zeitnah das Weite suchte.

Was wie eine seltsame Mathematikaufgabe anmuten könnte, ist eine simple Mordgeschichte und entwickelte sich im Laufe der Jahrzehnte zu einer kleinen, aber feinen Tragödie.

Vorausgegangen war dieser Situation folgender Dialog:

»Sie müssen das etwas großzügiger denken: Wenn Sie mir meine Frau umbringen, kommen wir ungeschoren aus der Sache raus.«

»Wieso?«

»Kennen Sie ›Zwei Fremde im Zug‹?«

»Nein. Sonst wären es ja auch keine Fremden mehr.«

»Ich meine den Film. Also das Buch ...«

»Was denn jetzt?«

»Von der Amerikanerin in der Schweiz.«

»Ich verstehe Sie nicht.«

»Strangers on a Train.«

»Ah, das sagt mir was. Bert Kaempfert.«

»Nein, das war in the Night.«

»Wenn Sie das sagen ...«

»Was ich meine, ist: Wir kennen uns doch gar nicht.«

»Natürlich kennen wir uns. Wir sitzen hier zusammen und reden.«

»Ja, aber nur dieser einen Sache wegen. Ganz zielgerichtet. Es besteht eigentlich keine Verbindung zwischen uns. Wir waren nicht zusammen auf der Schule, haben nicht gemeinsam studiert, nicht zusammen Sport gemacht, es gibt einfach nichts, was auf eine Verbindung schließen lassen könnte. Wieso also sollten Sie meine Frau töten?«

»Weil Sie es mir angeboten haben.«

»Ja, durchaus, aber das weiß doch niemand. Weil keiner weiß, dass wir uns kennen. Deshalb: Warum sollten Sie einen Grund haben, meine Frau umzubringen?«

»Warum denn nicht? Schließlich kann ich doch töten wen ich will. Wir leben ja schließlich in einem freien Land.«

»Ja, aber so begreifen Sie doch: Es gibt keinen Grund! Wir sind nicht befreundet, nicht verfeindet, wir kennen uns einfach nicht. Also woher sollten Sie meine Frau kennen?«

»Hm ... Ich bin ihr vielleicht zufällig begegnet.«

»Meine Frau geht kaum noch aus dem Haus.«

»Ja, aber wenn ... Es könnte ein Lustmord sein.«

A schüttelte vehement den Kopf: »Nein, unmöglich. Sie kennen meine Frau nicht. Aber das kann man ausschließen.«

»Man müsste sie sehen ...«

A wurde ungeduldig: »Was ist jetzt: Tun Sie's oder tun Sie's nicht?«

»Ich muss darüber nachdenken.«

»Sie sitzen jetzt mit im Boot, da kommen Sie leider nicht mehr raus. Sie haben sich auf diese Anzeige hin gemeldet. Sie sind bereit, einen Mord zu begehen. Ich habe Sie in der Hand.«

* * *

Alfons Friedrichsberg, seines Zeichens schwergewichtiger Rentner – Freunde bezeichneten ihn als überaus dick und verfressen – und Amateurkriminologe, war zum wiederholten Mal über ein Inserat gestolpert. Er saß beim Frühstück am Küchentisch, blätterte in aller Ruhe in der Tageszeitung und las: »Toten Opa zu vertrödeln. Im Gegenzug Interesse an verstorbener Frau.«

Er rümpfte die Nase: Das war jedenfalls mal etwas anderes als dieses ständige »Suche Vase, biete Schrankwand«, »Chippendale-Möbel abzugeben« oder bei Kontaktanzeigen »Flotte Oma, verh. NR mit Tagesfreizeit sucht heißen Alten für gelegentliche Treffs, keine finanziellen Interessen« oder »Junggebliebener Student sucht Traumfrau aus dem Umkreis Unna«.

Hier stand, und das bereits zum dritten Mal: »Toten Opa zu vertrödeln. Im Gegenzug Interesse an verstorbener Frau.«

Friedrichsberg schlürfte am Milchkaffee. War das ein Scherz, ein makabrer? Oder ein seltsames Spiel, das er nicht verstand? Oder musste man die gewählten Worte für bare Münze nehmen? Er wusste es nicht. Aber es machte ihn neugierig.

Genau drei Wochen später stand er am Wohnzimmerfenster, schaute auf die regennasse Straße und kratzte sich am Kopf. Regen peitschte von draußen gegen das Fenster, vereinzelte Passanten eilten durchnässt über die Straße, Autos rasten durch Pfützen und jagten das Wasser gegen Fassaden, Windböen schlugen aufgespannte Regenschirme um ... Hätte sich die Welt einen Tag für ihren Untergang aussuchen wollen, heute wäre ein guter Termin dafür gewesen.

Sollte er hingehen oder sollte er es bleiben lassen? Also zum Treff auf dem Trödel. Er hätte einfach drüber hinweglesen können. Aber nein, er musste seine dicke Nase immer wieder in Angelegenheiten stecken, die ihn einen Scheißdreck angingen.

Die Anzeige »Toten Opa zu vertrödeln. Im Gegenzug Interesse an verstorbener Frau.« War noch zweimal erschienen.

In der Woche drauf kam eine »Antwort«, so interpretierte Friedrichsberg jedenfalls diese seltsame Anzeige. Da stand in der Zeitung Folgendes: »Interesse an Opa. Treffen nächsten Samstag um 11 auf dem Hafentrödel. Kennzeichen: blaue Plastiktüte mit Vase. Stillschweigen.«

Über Friedrichsbergs Mund zog sich ein breites Grinsen und er strich sich über seinen Schnurrbart. Warum sollte er nicht hingehen? Er musste ja nicht auf viel Acht geben. Nur auf zwei Menschen mit blauer Plastiktüte und Vase.

Von draußen war ein lautes Quietschen zu hören, ein langes Hupen, ein greller Schrei. Fast hätte es einen dunkelgekleideten Fußgänger weniger gegeben. Während der sich mit dem Autofahrer wild gestikulierend stritt, traf Friedrichsberg eine Entscheidung: morgen ging es auf den Trödel.

* * *

Der Mann mit der blauen Tüte lief vor einem Zuckerwattestand auf und ab. Er schien recht nervös zu sein.

Es war nicht der erste Mann mit blauer Tüte, aber der einzige, dessen Tüteninhalt eine Vase zu sein schien.

Friedrichsberg war schon kurz nach 10 auf dem Hafentrödel gewesen. Die üblichen Stände: Tand, Nippes, Firlefanz: Von der defekten Deckenleuchte über alte Videorekorder, Gesellschaftsspiele, Anziehsachen, Rasierklingen, aber auch Silberbestecke, Modeschmuck, Bücher, dazwischen Reibekuchen, Bratwürste und Süßigkeiten.

Im Kopf war er alle denkbaren Möglichkeiten durchgegangen: Was würde er gleich antreffen? Sollte er die beiden Tütenmänner sehen, welchem seltsamen Schauspiel würde er beiwohnen? Oder konnte er zwei Killern dabei zusehen, wie sie sich gegenseitig über den Haufen schießen würden? Oder wanderten die gleichen Tüten nur von Hand zu Hand, fand also ein Austausch statt? Aber was hatte das alles dann mit toten Großvätern und ebensolchen Gattinnen zu tun?

Mittlerweile war es kurz nach 11 und er hatte noch niemanden mit Tüte und Vase entdeckt. Er schaute sich die Auslage eines Süßigkeitswagens an, drehte sich um, ließ seinen Blick über den Flohmarkt schweifen und da sah er ihn: einen alten, unscheinbaren Mann in einem schweren grünen Mantel, der die Last der Welt auf seinen Schultern zu tragen schien und auf dessen kleinem Kopf ein viel zu großer Hut saß.

Der Alte schaute sich weiter hektisch um, drehte eine Runde über den Markt, Friedrichsberg in gebührendem Abstand hinter ihm. Dann aß der Alte eine Bratwurst mit Senf, drehte eine weitere Runde; dann verließ er den Flohmarkt und machte sich auf den Weg zur Straßenbahnhaltestelle. Dort angekommen schaute sich der Alte zunächst um, warf einen Blick auf den Fahrplan, guckte auf seine Armbanduhr, schaute sich wieder um und setzte sich auf einen der Sitzplätze im Wartehäuschen.

Niemand war ihm gefolgt. Auch keine blaue Plastiktüte mit Vase.

Nur Alfons Friedrichsberg. Der nahm neben ihm auf einem der Sitzplätze Platz und schnaufte laut.

»Na, sagen Sie mal, Sie haben ja ein ordentliches Tempo drauf, Respekt.«

Der Alte schaute irritiert auf. »Wieso? Sind Sie mir gefolgt?«

»Das bin ich«, nickte Friedrichsberg. »Und wenn man es genau nehmen will, ich tue das schon seit fünf Wochen.«

Der Alte merkte auf. »Dann bist du es, Lothar?« Seine Miene verfinsterte sich.

Friedrichsberg kramte aus seiner Manteltasche eine Zigarre hervor, roch daran, steckte sie sich in den Mund, holte Streichhölzer hervor, setzte sie in Brand und paffte genussvoll.

»Sie haben doch nichts dagegen ...« Friedrichsberg wedelte mit der Zigarre vor der Nase des Alten herum.

»Ich bin Asthmatiker«, hustete der.

»Na, immer noch besser als Veganer. Dann atmen Sie mal bitte hübsch an meiner Zigarre vorbei, sonst werden Sie das hier ja wohl nicht überleben, oder?«

Der Alte schüttelte den Kopf: »Was wollen Sie überhaupt von mir? Und wer sind Sie?«

»Zunächst einmal das Biographische: mein Name ist Alfons Friedrichsberg. Das sollte genügen. Mehr weiß ich über mich manchmal auch nicht. Und zu dem Grund, warum ich Sie hier so salopp anquatsche: Toten Opa zu vertrödeln. Im Gegenzug Interesse an verstorbener Frau. Na, klingelt's?«

Der Alte schaute ihn nur verdutzt an.

»Also eigentlich dürfte es bei Ihnen nicht klingeln. Bei Ihnen müsste es schon scheppern.«

»Aber du ... der ...«, stotterte der Alte, » ... du bist nicht Lothar, oder?«

»Dankenswerterweise nein. Ich kenne noch nicht mal einen Lothar. Weshalb fragen Sie denn? Hört der andere Tütenträger etwa auf den Namen Lothar?«

Eine Straßenbahn kam. Leute stiegen aus, andere stiegen ein, die Türen schlossen sich wieder, die Bahn fuhr davon.

Der Alte schwieg eine ganze Weile. Derweil paffte Friedrichsberg zurückgelehnt seine Zigarre.

»Wenn Sie nicht Lothar sind«, fing der Alte plötzlich an, »warum sind Sie dann hier?«

»Schön und gut, dann eben erst zu mir. Ich bin hier, weil ich in der Zeitung über Ihr Inserat gestolpert bin. Und seit Langem habe ich im Anzeigenteil nichts gelesen, was mich so hellhörig hat werden lassen. Und dabei, ganz unter uns, bin ich auf dem rechten Ohr so gut wie taub. Ich habe dann die knappe Korrespondenz verfolgen dürfen und war brennend daran interessiert, wer hinter toten Opas, Eheweibern und blauen Tüten nebst Vasen steckt. Und da ich auf dem Flohmarkt grad eben ganz zu meinem Leidwesen nicht Zeuge eines Übern-haufenschießens oder sonst einer Tätigkeit – und sei es nur eine schnöde Übergabe – geworden bin, dachte ich mir, ich folge Ihnen mal und biete ein Gespräch an. Und an diesem Punkt sind wir beide gerade.«

»Hat Lothar Sie geschickt?«

»Also wenn Sie mir noch einmal mit Ihrem blöden Lothar kommen, dann trete ich Ihnen vors Schienbein.«

»Das ist aber schmerzhaft.«

»Deswegen drohe ich Ihnen ja auch damit. So. Ich habe genug geplaudert. Jetzt sind Sie dran. Und wenn Sie mir nicht bald berichten, worum es hier eigentlich geht, dann schleppe ich Sie in eine Raucherkneipe. Da werden Sie ganz schnell gesprächig, das kann ich Ihnen aber flüstern.«

Der Alte schwieg wieder eine Weile, dann nickte er. »Also gut. Haben Sie Zeit mitgebracht?«

»Solange die Zigarre hält.«

»Das ist eine lange Geschichte und sie geht vierzig Jahre in die Vergangenheit zurück.«

Friedrichsberg besah sich kritisch das glimmende Ende seiner Zigarre. »Nun, so viel Zeit habe ich nicht, sputen Sie sich also.«

»Ich werde mich kurz fassen. Ich heiße Karl Hofgarten. Ich bin Beamter. Beim Finanzamt. Ich war 26 Jahre verheiratet. Dann ist meine Frau gestorben. Wir haben keine Kinder. Freunde habe ich auch nicht wirklich. Ich bin alles in allem eine unscheinbare graue Existenz. Und ich lebe seit vielen Jahren alleine. In einer viel zu großen Villa. Und das ist auch ein wichtiger Aspekt in meiner Geschichte.« Er machte eine lange Pause, so, als müsste er sich noch mal überlegen, was er wie erzählen sollte; Friedrichberg ruderte mit den Armen, um sein Nebenan zum Erzählen aufzumuntern. »Nun gut. Also ... Ich fasse mich kurz. Der Ursprung der ganzen Geschichte ist jetzt ungefähr vierzig Jahre her, ich war damals Mitte 30. Verbeamtet, verheiratet, Kegelclub, kleine Wohnung, ein paar Freunde, Skatrunden, das übliche. Und ich war unzufrieden. Hatte wohl so was Ähnliches wie eine Krise. Meine Frau arbeitete halbtags in einem Steuerbüro, machte den Haushalt. Ich wollte nicht wahrhaben, dass das schon alles gewesen sein sollte. Eigentlich hatte ich gar keinen Grund, mich zu beschweren. Aber ich tat es. Ich war glücklich mit meiner Frau, aber ich hatte wohl die Angst, dass ich ... dass wir im Alltag untergehen könnten. Ich träumte zum Beispiel von einer Villa. Ich wollte immer, schon als Kind, in einer großen Villa leben mit großem Grundstück, viel Rasen, Blumen, Bäumen. Mein Vater war einfacher Handwerker gewesen, meine Mutter Hausfrau. Wir hatten nichts. Ich wollte, dass es mir besser gehen sollte. Eines Tages las ich auf der Arbeit in der Mittagspause die Tageszeitung, und da stand, ganz klein und schmal gesetzt, ein Inserat mit dem Inhalt, wer meine Frau endgültig beseitigt, dem schenke ich mein Haus. Ich dachte, ich sehe nicht recht. Ich war perplex.«

»Und haben sich auf das Inserat hin gemeldet«, schloss Friedrichsberg.

Karl Hofgarten nickte. »Genau so war es. Ich dachte, da kann es sich ja nur um einen Scherz handeln. Ich meine, wer setzt schon in die Zeitung, dass er den Auftrag gibt, jemanden umzubringen?! Ich habe mich dann mit dem Mann getroffen. Ein paar Tage später. Abends in einer Kneipe. Es war ein kurzes Treffen. Der Mann meinte das vollkommen ernst. Der war der absoluten Überzeugung, dass das ein guter Plan sei: Ein Fremder, der in keinem Verhältnis zum Opfer steht, begeht die Tat. Wenn er sich bei der Durchführung des Mordes geschickt genug anstellt und keine Spuren hinterlässt, wird die Polizei nicht auf den Täter kommen.«

»Und da Sie sich beide nicht kannten, sollten Sie diesen Mord begehen?«

»Genau so sollte es sein. Ich sollte seine Frau erschießen.«

Friedrichsberg paffte vor sich hin. »Und im Gegenzug sollten Sie seine Villa bekommen.«

»So war es. Der Mann, dessen Frau ich töten sollte, hieß oder heißt Lothar Eggert. Und Eggert bewohnte mit seiner Frau eine luxuriöse Villa in einem gediegenen Vorort dieser Stadt. Aber Eggert wollte dieses Leben nicht mehr. Er hatte eine Geliebte und wollte mit ihr über alle Berge. Da waren ihm Villa und Gattin im Wege. Aber Eggerts Frau hatte von Haus aus Geld an den Füßen, Eggert hatte also reich geheiratet, eine Scheidung kam nicht infrage. Und selber töten konnte er sie nicht. Wollte er auch nicht. Er wollte jemanden damit beauftragen, und sich selbst für den Tatzeitraum ein felsenfestes Alibi verschaffen. Das hätte er auch an dem geplanten Tatabend geschafft: Er war mit den Honoratioren der Stadt im Theater, Opernpremiere mit anschließendem geselligen Beisammensein. Die Feier ging bis kurz nach Mitternacht. Bis dahin hatte ich vier Stunden Zeit, seine Frau zu erschießen.«

»Und wie haben Sie das angestellt?«

»Das war ein Mittwochabend, ich werde das nicht vergessen. Mittwochs ging sie immer zum Sport, von sieben bis neun. Sie war zu Fuß unterwegs und ging nach dem Sport alleine nach Hause. Der Weg führt am Rande eines Waldes vorbei, generell nicht ungefährlich für eine Frau, die abends alleine unterwegs ist. Noch dazu im November, wo es schon recht früh dunkel ist. Und auf diesem Weg sollte ich sie abschnappen und erschießen.«

»Gestatten Sie mir eine Zwischenfrage: Woher hatten Sie die Waffe?«

»Von Eggert. Er hatte mir bei unserem ersten Treffen die Waffe heimlich zugesteckt und gesagt, dass es damit passieren soll. Er bräuchte die Waffe auch nicht zurück, ich könne sie behalten oder wegwerfen.«

»Haben Sie sie weggeworfen?«

»Nein. Ich habe sie immer noch. Ich wusste auch nicht, wohin. Also wie ich sie am besten für immer verschwinden lassen sollte. Ich habe damit ja auch niemanden umgebracht.«

Friedrichsberg spitzte die Lippen. »Wie bitte? Ich dachte ...«

»Sie dachten doch nicht allen Ernstes, dass Sie neben einem Mörder sitzen.«

»Ehrlicherweise, doch. So etwas hatte ich vermutet.«

Hofgarten lachte auf und winkte ab. »Nein, nein, ganz so lief es dann doch nicht.«

»Na, dann erzählen Sie mal. Das wird ja immer besser.« Friedrichsberg rieb sich die Hände.

»Ich sah die Frau von Eggert vom Sport kommen, ich bin ihr auch gefolgt. Sie bemerkte mich irgendwann, lief etwas schneller, ich wurde auch schneller, aber dann blieb sie plötzlich abrupt stehen, drehte sich zu mir um und fragte mich, was ich von ihr wolle. Ich war perplex, damit hatte ich nicht gerechnet. Und so groß meine Gewissensbisse, so groß mein Zögern und Zaudern vorher auch war, jetzt, hier im Angesicht meines potenziellen Opfers wusste ich, dass ich sie nie und nimmer hätte töten können.«

»Ja, und dann? Sie standen sich da auf der Straße gegenüber. Haben Sie das Weite gesucht?«

Hofgarten schüttelte den Kopf: »Nein, ich habe mit ihr geredet.«

»Sie haben was?!«

»Wir sind in eine Kneipe gegangen und dann habe ich ihr erzählt, dass ihr Mann mich beauftragt hat, sie umzubringen.«

»Aha. Und dann?«

»Sie war entsetzt. Aber auch begeistert.«

Friedrichsberg zog die Augenbrauen hoch. »Wieso das denn?«

»Der Vater von Frau Eggert war einige Monate vorher verstorben. Der hatte ein großes Unternehmen geführt, das hoch verschuldet war. Und nach seinem Tod fielen die Schulden auf Frau Eggert. Die Villa gehörte ihrem Mann, die hatte er von seinen Eltern, da hatte Frau Eggert nichts mit zu tun, das hatten sie so auch schriftlich fixiert. Aber Frau Eggert war finanziell ruiniert.«

»Und sie war von der Idee ihres theoretischen Todes begeistert, weil sie damit ihren ungeliebten Mann, von dessen zahllosen Affären sie – wie ich annehme – wusste, und auch ihre Schulden los gewesen wäre und ebenfalls neu irgendwo anders hätte anfangen können.«

»Sie haben's auf den Punkt genau getroffen.«

»Wie ging die Geschichte denn jetzt weiter?«, wollte Friedrichsberg an seinem Zigarrenstumpen vorbei wissen.

»Frau Eggert und ich hatten einen Plan. Herr Eggert kam nachts nach Hause und war natürlich geschockt, dass seine Frau im Bett lag. Lebend. Am nächsten Morgen erzählte sie ihm, dass sie sich unwohl gefühlt hatte am Abend vorher und deswegen nicht zum Sport gegangen wäre. Von der Arbeit aus rief Eggert dann mich an. Ich sagte ihm, dass ich beim Sportzentrum war, aber nirgends seine Frau entdeckt hätte. Eggert war unruhig, das merkte ich sofort. Er wollte die ganze Sache so schnell wie möglich hinter sich bringen. Er schlug ein Treffen in der kommenden Nacht vor. Um 23.30 Uhr im Stadtwald, auf einer Lichtung, wo früher ab und an Waldgottesdienste stattgefunden hatten. Und da bin ich dann nachts um Viertel nach elf hin. Die beiden Eggerts waren noch nicht da, die kamen erst um kurz nach halb zwölf. Und Frau Eggert spielte ihre Rolle gut. Die der Panischen, die nicht weiß, was mit ihr geschehen soll und die voll Todesangst ist. Ich stand also da mit Frau Eggert. Lothar entfernte sich etwas, ich denke, so etwas über zwanzig Meter, vielleicht auch dreißig, keine Ahnung. Ich nickte Frau Eggert beruhigend zu. Ich bedeutete ihr irgendwann auf die Knie zu gehen, was sie dann auch tat. Ich zog mir dünne Lederhandschuhe über, holte die Pistole hervor, die ich von Eggert bekommen hatte und zielte auf Frau Eggerts Kopf. Herr Friedrichsberg, Sie können mir glauben, so schlecht ist es mir noch nie in meinem Leben gegangen. Vorher und hinterher nicht. Ich hätte mich am liebsten übergeben. Mir zitterten die Beine, auch meinen ausgestreckten Arm, in dem ich die Waffe hielt, konnte ich nicht mehr ruhig halten. Und dann schoss ich von oben herab in Richtung Frau Eggert, aber einen guten Meter daneben. Der Schuss ertönte in die Stille der Nacht hinein, die Kugel ging in den Waldboden, Frau Eggert sackte in sich zusammen.«

»Und was machte Eggert?«

»Der hatte sich, bevor ich in ihre Richtung geschossen habe, weggedreht und haute dann ab.«

»Und Sie?«

»Ich blieb noch eine Weile so stehen, wartete etwas. Ich schätze mal, so zwanzig Minuten. Dann gab ich Frau Eggert zu verstehen, sie könne gleich aufstehen. Für sie konnte jetzt ein neues Leben beginnen. Dann bin ich gegangen.«

»Nicht schlecht. Und Eggert?«

»Von dem hörte ich eine Weile lang nichts. Dann nahm er zu mir Kontakt auf, zum einen, weil er nichts von der Polizei gehört hatte. Ich teilte ihm mit, dass ich seine Frau in eine Plastikplane gewickelt, mit Steinen beschwert und sie dann in einem nahe gelegenen See versenkt hätte. Ein paar Tage später fand die Schenkung des Hauses statt, seitdem lebe ich darin.«

»Und was ist mit Eggert?«

»Der ist mit seiner Geliebten weg. Ich habe nie wieder etwas von ihm gehört.«

»Und Frau Eggert?«

Über Hofgartens Mund huschte der Anflug eines Lächelns: »Ich habe sie gefunden. Vor zwei Wochen.«

Friedrichsberg war überrascht. »Ach. Und?«

»Später«, Hofgarten schüttelte den Kopf. »Zunächst etwas anderes: Ich hatte einen Rohrbruch im Keller. Da mussten die Handwerker ran. Und bei diesen ganzen Renovierungsarbeiten entdeckte ich im Keller der Villa hinter einem gut getarnten Verschlag eine große Truhe. Ich habe diesen Verschlag vierzig Jahre lang nicht bemerkt, ob Sie mir das glauben wollen oder nicht.«

»Ich glaube Ihnen das mal. Und was war in der Truhe?«

»Eine männliche Leiche. Also das, was von ihr übrig geblieben ist. Der muss da jahrzehntelang drin gelegen haben. Ein scheußlicher Anblick.«

»Kein schlechter Fund. Manche stoßen beim Entrümpeln auf Schätze, Sie auf Leichen. Doll. Und? Ist das Ihr Toter? Höchstwahrscheinlich nicht, sonst hätten Sie ja nicht von ihm erzählt, oder?«

Hofgarten nickte: »Richtig. Den wollte mir jemand in die Schuhe schieben.«

»Hm ... Und, um wen hat es sich bei dem Truhentoten gehandelt?«

»Der Mörder hat das Portemonnaie des Toten bei ihm gelassen. Mit all seinen Papieren drin.«

»Sie haben da nachgesehen?« Friedrichsberg verzog angewidert das Gesicht.

Hofgarten nickte nur: »Es war der alte Eggert. Also der Vater von Lothar. Es gab wohl vor vielen Jahren Erbstreitigkeiten wegen der Firma und der Villa zwischen Vater und Sohn. Die waren auch stadtbekannt. Und irgendwann galt der Vater als verschollen. Der alte Eggert war weit über 80, dazu noch passionierter Jäger ...«

»Ach so, ich verstehe«, grinste Friedrichsberg, »und man vermutete, dass ihn eines Tages der Forst verschluckt habe.«

»So was in der Art.«

Mittlerweile war Friedrichsbergs Zigarre zu ihrem Ende gekommen, er legte sie beiseite und strich sich über den Schnurrbart. »Eine interessante Geschichte. Lothar Eggert dezimiert sein nervendes und ihm im Wege stehendes Umfeld, holt zu dieser Umsetzung noch Sie mit ins Boot, überlässt Ihnen dafür die Villa, in der er seinen ermordeten Vater versteckt, und Sie wären jetzt eigentlich Mörder und stolzer Besitzer einer Truhenleiche. Und jetzt lassen Sie mich mal raten: Aus Angst vor eventuellen Komplikationen oder falschen Rückschlüssen haben Sie sich der Pistole von damals nicht entledigt.« Hofgarten nickte nur. »Sehen Sie. Und jetzt sage ich Ihnen mal was: Ich wette mit Ihnen, dass die Leiche in der Kiste ein Einschussloch im Schädel hat. Stimmt's?«

»Sie haben recht.«

»Dann sitz ich hier neben einem augenscheinlichen Doppelmörder.«

Hofgarten wurde hektisch: »Aber ich habe ...«

»Ich weiß. Sie haben nichts. Aber es sieht so aus. Das Ganze ist recht geschickt eingefädelt worden.«

Karl Hofgarten holte ein Stofftaschentuch aus seiner Manteltasche hervor und wischte sich damit den Schweiß von der Stirn. »Ich lasse mir doch nicht so eine alte Leiche in die Schuhe schieben! Habe doch extra das Inserat aufgegeben. Weil ich den toten Alten in der Truhe gefunden habe. Und damit wollte ich Eggert konfrontieren. Und eben klarstellen, dass seine angeblich verstorbene Frau doch nicht tot ist. Ich will da nichts mehr mit zu tun haben.«

Friedrichsberg erhob sich schwerfällig und streckte seinen dicken Bauch raus. »Und Eggert ist auf Ihr Inserat eingegangen, aber auf dem Trödel nicht erschienen. Jedenfalls nicht mit blauer Tüte und Vase, dass wir ihn hätten erkennen können.«

Verzweifelt schaute Hofgarten zu Friedrichsberg hinauf. »Und was machen wir jetzt?«

Friedrichsberg zuckte mit den Schultern. »Ich mach nichts. Fahr nach Hause. Schließlich kenne ich ja jetzt die Geschichte. Mehr wollte ich nicht.« Er drehte sich zum Gehen weg.

»Aber Sie können mich jetzt doch nicht alleine lassen mit alldem ...«

Friedrichsberg drehte sich wieder um und schaute Hofgarten an. »Hmhmhm ... Eggert willigt einem Treffen zu. An einem öffentlichen Ort. Da haben wir ihn jedoch nicht gesehen. Aber ihm geht's ans Leder ... Der ist bestimmt hier irgendwo. Und wenn er nicht auf dem Trödel gewesen ist, dann hat er bestimmt Lunte gerochen und wähnt sich in Gefahr. Wir müssen uns was einfallen lassen.«

»Ja, und was?«

»Wir gehen zu Ihrer Villa und warten dort. Schließlich weiß er, wo Sie wohnen: in seinem alten Haus. Haben Sie die Telefonnummer von Frau Eggert?«

»Ja, warum?«

»Dann sollten wir dort mal anrufen.«

* * *

Er hatte die Schlüssel zu seiner Villa nie weggeworfen. Und jetzt konnte er sie ein letztes Mal gebrauchen. Er musste vorsichtig vorgehen: das Haus stand in einer sehr ruhigen Gegend, in der jedes fremde Auto sofort auffiel; er wusste auch nicht, ob Hofgarten zu Hause war, und wenn ja, ob er bereits schlief, es war mittlerweile kurz nach Mitternacht, der Mond tauchte die Szene in ein fahles Licht. Die Villa war dunkel, nichts deutete darauf hin, dass noch jemand wach war.

Er hatte sich über die Haustüre Zugang verschafft. In seiner Rechten hielt er eine Taschenlampe, in seiner Linken zwei große Mülltüten und eine Axt. Er wollte die Truhe im Keller und die darin liegende Leiche klein hacken und in den Tüten entsorgen.

Aus sentimentalen Gründen hatte er sein Abo von der Lokalzeitung behalten und sie sich all die Jahre in die neue Heimat schicken lassen. Er hatte das Inserat sofort verstanden; nur hatte er noch keine Ahnung, wie er reagieren sollte. Er hatte Hofgarten auch auf dem Trödelmarkt gesehen in seinem alten Mantel mit der blauen Tüte in der Hand. Er wollte sich ein Bild von ihm machen, wissen, worauf er sich einlassen würde.

Es war absolut still in der Villa, nichts war zu hören. Er lauschte die Treppe hinauf in den ersten Stock: nichts.

Er leuchtete mit der Taschenlampe von der Haustüre aus alles ab: er sah niemanden. Dann wandte er sich nach links, dort befand sich die Türe, die zur Kellertreppe führte. Er öffnete sie vorsichtig und mit einem leisen Knarren öffnete sie sich.

Vorsichtig setzte er seinen Fuß auf die leicht nach rechts geschwungene Holztreppe, die unter seinem Gewicht aufächzte. Er stieg die Treppe bedächtig hinunter, leuchtete dabei vor sich her, und als er endlich unten war und die letzte Stufe geschafft hatte, hörte er das Klacken eines Lichtschalters und das ganze Kellergewölbe war hell illuminiert.

In einem Reflex schloss Eggert die Augen und hielt wie zur Abwehr seine Hand vors Gesicht.

»Einen schönen guten Abend, Herr Eggert.«

»Wer zum Teufel sind Sie?«

Vor ihm stand ein ihm unbekannter dicker Mann, der ihn feist angrinste und in seiner Hand einen Revolver hielt.

Der Dicke sagte: »Mein Name ist Alfons Friedrichsberg. Ich stelle mich Ihnen gerne vor, schließlich bin ich der einzige in diesem Raum, den Sie nicht kennen dürften. Ihren Vater«, hier deutete Friedrichsberg vage mit dem Revolver auf eine dunkle Truhe in der Ecke, »muss ich Ihnen wohl nicht vorstellen, also jedenfalls nicht das, was noch von ihm übrig geblieben ist, ebenso wenig Herrn Hofgarten und Ihre angeblich verstorbene Frau Gisela.«

In dem Moment traten die beiden Erwähnten aus einer Kellerecke hervor und ließen Lothar Eggert erbleichen wie Kalksandstein.

»Das ... Das ... Das ist nicht ... Das ist unmöglich! Das kann nicht wahr sein!«

»Doch, das ist möglich und überaus wahr!«

Eggert lief auf seine Frau zu, blieb kurz vor ihr stehen und schrie ihr ins Gesicht: »Aber das gibt es nicht! Du bist doch tot! Tot! Seit vierzig Jahren bist du tot!«

Ungerührt stand seine Frau direkt vor ihm und sagte ganz leise: »Du bist ein dreckiger, schäbiger kleiner Mörder! Und jetzt machen wir dich fertig!«

»Genau das machen wir!«, sagte jetzt auch Karl Hofgarten.

Verwirrt schaute Lothar Eggert zwischen den beiden hin und her. »Aber der hat doch damals ... meine Frau ... Ich hab das doch gesehen! Ich war doch dabei, wie du ihr in den Kopf ...«

»Sie waren zwar dabei«, mischte sich Friedrichsberg ein, »aber wirklich gesehen haben Sie es nicht. Sie haben nur das gesehen, was Sie sehen wollten.«

Gisela Eggert schaute ihrem Mann böse in die Augen: »Du wolltest mich umbringen.«

»Ja, ja«, lachte Friedrichsberg auf, »Sie haben verhältnismäßig schlechte Karten. Wir haben hier den, den Sie beauftragt haben, Ihre Frau umzubringen, wir haben Ihre eigentlich tote Frau, die das bestätigen kann, wir haben Ihren toten Vater und wir haben die Waffe mit Ihren Fingerabdrücken drauf, mit der Sie Ihren Vater damals erschossen haben. Spuren von Hofgarten sind nicht auf der Waffe, der hat damals Handschuhe getragen. Also ich an Ihrer Stelle wäre jetzt verzweifelt. Aber das nur nebenbei.«

Erschöpft ließ sich Eggert auf einem Umzugskarton nieder, der unter seinem Gewicht nachgab und Eggert noch ein bisschen tiefer sacken ließ.

»Wo ... wo ist die Waffe von damals?«

Hofgarten zog sich seine alten Lederhandschuhe über, holte die Pistole aus einer Aktentasche hervor und wedelte mit der Waffe hin und her: »Ich habe sie hier.«

Eggert schüttelte ermattet den Kopf und stammelte nur: »Das darf doch alles nicht wahr sein ... Das kann doch alles nicht wahr sein ...«

Verzweifelt schlug sich Eggert die Hände vor den Kopf, den er unentwegt schüttelte. Für einen Moment kehrte Ruhe in die Szene ein.

Doch plötzlich sprang Eggert auf, stürzte auf Hofgarten zu, beide Männer gingen zu Boden, rangen miteinander um die Waffe. Vor Schreck blieb Gisela Eggert wie angewurzelt stehen und schaute nur auf die beiden kämpfenden Männer am Boden hinunter. Nach einer Schrecksekunde eilte Friedrichsberg auf die beiden zu, als sich auch schon ein Schuss löste. Beide Männer hielten inne, starrten sich aus weit aufgerissenen Augen an. Dann sackte Lothar Eggert tödlich getroffen in sich zusammen.

»Das ... Das wollte ... wollte ich ... nicht«, stammelte Hofgarten, stand auf und ließ die Waffe zu Boden fallen.

Die drei schauten auf den Toten zu ihren Füßen.

Friedrichsberg steckte seinen Revolver in die Manteltasche und blies laut Luft aus: »Ein durchaus zufriedenstellendes Ergebnis dieser Unternehmung. Hätte sich der Schuss zu seinem Nachteil nicht gelöst, würden wir drei hier jetzt tot liegen. Das hier«, er zeigte auf den toten Lothar Eggert, »ist doch bei Weitem die bessere Variante.«

»Und was machen wir jetzt mit ihm?«, wollte Hofgarten wissen.

»Wieso?«, fragte Friedrichsberg. »Ich wäre dafür, wir gehen erst mal nach oben und genehmigen uns einen schönen Schnaps. Oder zwei. Wegrennen kann der uns ja schon mal nicht. Und dann gibt's zwei Möglichkeiten: entweder wir rufen die Polizei und zeigen denen diesen Schlamassel hier. Das wird Stunden dauern und etliche blöde überflüssige Fragen nach sich ziehen. Das braucht kein Mensch. Oder, und das ist meine bevorzugte Lieblingsvariante: wir werfen den zu seinem toten Vater in die Kiste. Hat zwei Vorteile: erstens: Vater und Sohn sind sich endlich mal nah, und zweitens: wir sind ihn los.«

Gisela Eggert war die erste, die ihre Sprache wieder fand: »Von mir aus ab mit ihm in die Kiste.«

»Und ich persönlich«, sagte Hofgarten, »kann ganz gut auf Polizei im Haus verzichten. Das brauch ich nicht.«

Friedrichsberg nickte: »Und eine Leiche beherbergen Sie ja eh schon viele Jahre hier. Warum nicht eine zweite? Macht den Kohl auch nicht fett. Also, dann lassen Sie uns mal nach oben gehen. Jetzt können es auch vier Schnäpse werden. Wir haben Zeit.«

Ein Lächeln zeichnete sich auf Hofgartens Gesicht ab: »Und ich hätte demnächst eine Truhe zu vertrödeln. Sogar mit Inhalt.«

Friedrichsberg grunzte auf: »Interessenten wird's bestimmt dafür geben. Und wer weiß, wie diese Geschichte dann noch weitergeht.«

Opa Heinz

RALF KRAMP

Ich kenn mich nicht aus mit Alzheimer. Die alte Flessenschmitt hat jedenfalls bei Haushaltsgegenstand mit acht Buchstaben waagerecht geschrieben: Engadin. Und bei Karibikinsel mit vier Buchstaben senkrecht: Nutella. In ein Kästchen quetscht die zwei bis drei Buchstaben.

Sie summt die ganze Zeit leise vor sich hin und krakelt in ihrem Kreuzworträtsel rum. Und riecht fies.

Ich mache das nur für Holgi und Tüte. Das sind ihre beiden missratenen Enkel, die jetzt die ganze Bude hier ausräumen sollen, weil die Flessenschmitt ins Heim kommt.

Wenn ich mir die Möbel so angucke, denke ich mir, dass das bald alles wiederkommt. Ist ja so mit der Mode. Erst total weg vom Fenster, und wenn man lang genug wartet, kommt das alles wieder. Gut, das hier ist schon ein paarmal wiedergekommen, glaub ich. Aber die von der Caritas nehmen das. Da ist bestimmt noch das ein oder andere bei.

Wenn ich ehrlich bin, mache ich das auch nicht für Holgi und Tüte, die zwei sind nämlich doof. Holgi kommt jetzt in die Küche und hat sich einen Lampenschirm über den Kopf gestülpt. Die alte Flessenschmitt sagt, ohne von ihrem Kreuzworträtsel aufzugucken: »Kommen Sie ruhig rein, Herr Doktor. Ich zieh mich gleich aus.« Unter dem Lampenschirm macht Holgi alberne Furzgeräusche.

»Ist nicht der Doktor«, ruft Tüte von nebenan. »Ist der Abdecker.«

»Ja, ich zieh mich gleich aus.«

Holgi, die Stehlampe prustet und rennt beim Versuch, durch die Tür zu verschwinden, volles Rohr gegen den Rahmen.

Nee, ich mach das nicht wegen den beiden. Ich mach das, weil das Briefmarkenalbum da auf dem Küchentisch sicher was wert ist. Hat ihr Mann früher gesammelt. Der Opa Heinz. Die krall ich mir. Und die Porzellanfigur auf dem Fernseher im Wohnzimmer geht auch mit. Ich könnte der Alten noch die Goldzähne rausbrechen, aber da würde sie wahrscheinlich nicht mitspielen.

Dann mach ich mich mal an die Arbeit und trage zwei Küchenstühle im Treppenhaus runter. Draußen parkt der Transporter, in den wir die Sachen reinräumen. Als ich wieder reinkomme, fängt mich der Hauswirt ab. Drygalski hat Tränensäcke wie Alditüten und einen Mundgeruch, bei dem die Tapete Wellen wirft. »Nur Irre hier im Haus«, raunzt er. Wenn Sie mir Ecken in den Putz hauen mit den Drecksmöbeln, hol ich meine Flinte, dass das klar ist.«

»Is klar.« Das meint der ernst. Der war früher schon so, als ich manchmal mit Holgi und Tüte oben zu den Großeltern spielen ging.

Über uns poltert es. Man hört Tüte gackern.

»Ich hol die Flinte!«, brüllt Drygalski. Und dann schickt er knarzend hinterher: »Die zwei Doofen und die irre Alte. Und die dreckelige Kümmeltürkenbande aus dem ersten Stock, die dauernd den Fußball durchs

Treppenhaus dellert ... Alles Bekloppte.« Bevor er in seiner Wohnung verschwindet, raunzt er noch mal: »Da hilft nur die Flinte.«

Als ich wieder oben bin, höre ich Tütes Stimme vom Dachboden: »Komma rauf!«

Da oben ist noch mehr Kram. Viel mehr. Sessel, Teppiche, Beistelltischchen, Kleiderständer ...

»Nee, nicht noch mehr!«, stöhne ich.

»Ach Quatsch«, sagt Holgi grinsend. »Das versorgen wir schon selbst. Da is noch was ...«

»Was denn?«

»Sag du's ihm«, feixt Holgi.

»Nee, du.«

»Nee, mach du!«

Die beiden sind so bescheuert, dass ich manchmal denke, ihnen müsste die Grütze aus den Ohren laufen.

»Was denn jetzt, Leute?«

Sie hüpfen in eine dunkle Ecke des mit Mobiliar vollgestellten Dachbodens und ziehen ein Laken weg. Auf dem Fußboden wird etwas sichtbar. Ein Skelett. Kein schöner, weißer, blank polierter Schulknochenmann, sondern irgendwie zerfleddert, mit ein paar modrigen Stofffetzen um die Gelenke.

»Eh, Scheiße«, sag ich.

»Muss Opa Heinz sein«, sagt Tüte. »Der ist vor zwanzig Jahren einfach verschwunden.«

»Oma hat den kalt gemacht, garantiert.« Holgi kichert dämlich. »Früher war die ziemlich rabiat. Hat immer erzählt, Opa Heinz hätte dauernd Frauengeschichten gehabt. Irgendwann hieß es, er wäre mit ner Friseurin durchgebrannt. Mit so Riesenhupen.«

»Ja, von wegen«, murmelt Tüte und tippt mit dem Fuß gegen den Schädel. »Opa Heinz, Mensch. Du hier, tot aufm Boden.«

Holgi erklärt: »Ham wir gestern hier gefunden. Hammer, oder? Hat die hier jahrelang versteckt.«

Nee, ohne mich. Ich werde mir die Finger an so was nicht verbrennen. Ich bin für jedes krumme Ding zu haben, aber das hier ist mir zu heiß.

Ich sage: »Leute, das macht ihr mal hübsch selber.«

»Kannst du uns nicht helfen?«, sagt Tüte so, als würde er sagen: »Darf ich noch was aufbleiben?«

»Nee, kann ich nicht.«

»Wo du doch schon mal so was gemacht hast.«

Scheiße, die Sache mit Toppmöller von vor zwei Jahren hätte ich den beiden echt nicht erzählen dürfen. Die tun ja so, als wäre ich ein offizieller Leichenbeseitiger oder so was.

»Der Toppmöller! Vor zwei Jahren. Hast du uns doch erzählt.«

»Ja, das war was anderes. Den hab ich selbst umgenietet.«

»Und verschwinden lassen!«

»Spurlos!«

Die zwei gucken mich an wie zwei Erdmännchen. Die können einem fast schon leidtun.

»Och bittööööö«, sagt Tüte. Gleich heulen sie.

Diese Nummer mit Toppmöller war einfach so passiert. Der hat mich damals mit seiner Lydia erwischt und fast erschlagen. Dann war ich aber schneller. Messer rein, fertig. Die Bullen haben mich ganz schön in die Mangel genommen, aber die konnten mir nix. Der war einfach weg. Schön zusammengeschnürt in einer Truhe auf dem Sperrmüll.

Mensch, die Lydia, die war schon 'n Schuss. ... will ich aber jetzt nicht dran denken.

Eine Etage tiefer kreischt die alte Flessenschmitt: »Fliegeralarm!«, und aus dem Erdgeschoss brüllt Drygalski: »Ruhe noch mal, verdammte Scheiße!«

Ich gebe mir einen Ruck. Die beiden können ja nix dafür. »Okay, wir falten den zusammen und tun ihn ins Betttuch.

Die zwei sind auf einmal ganz eifrig und fummeln an den Knochen rum.

»Supi!«

»Nee, wartet mal ...« Ich bücke mich. Es sind nur zwei Handgriffe, dann habe ich die drei Goldzähne aus dem morschen Kiefer herausgebrochen. »So sieht der Deal aus, Leute.«

»Klar«, sagt Holgi eifrig. »Den Ring auch?«

»Ach Quatsch, lass mal. Ist sowieso nur Tinnef. Seh ich von hier.«

Sie verknoten das Tuch um den Knochenmann und heben ihn umständlich vom Boden auf. Es klappert in dem Bündel.

Während wir die Treppe runtertapern, Holgi und Tüte mit dem Knäuel und ich mit einem Kommödchen, denke ich: Ein Skelett, na Mahlzeit, da hätte ich nicht mit gerechnet. Irgendwie werd ich das schon quitt werden. Vielleicht an der Baustelle am Bahnhof, oder in der Kiesgrube. Das wird schon irgendwie klappen.

Plötzlich rummst es wieder dumpf. Ich will mich gerade zu den beiden umdrehen, als mich der Totenschädel links überholt. Er titscht auf jeder Stufe auf, wird auf dem Absatz über Bande gespielt und poltert weiter die Treppe runter. »Nur immer herein, Frau Schölermann«, flötet die alte Flessenschmitt. »Heute gibt es gedeckten Apfel!«

»Mit dem Drecks-Fußball aufgehört, ihr Drecks-Türkenmischpoke!«, röhrt Drygalski. Ich hechte hinter dem Schädel her und renne dabei fast die alte Flessenschmitt um, die feierlich die Porzellanfigur vor sich herträgt. Die Meißner Schäferin dreht einen Salto in der Luft und geht dann abrupt in den Sturzflug über. Es klirrt, und weiter unten dreht Drygalski endgültig durch: »Ihr wollt es ja nicht anders, ihr Kanaken!« Dann kracht ein Schuss durchs Treppenhaus. Im ersten Stock renne ich an der türkischen Frau vorbei, die ein Telefon ans Ohr hält. »Ja, wirklich. Er schießen! Mit Gewehr! Ich haben Angst, kommen schnell. Nazi!«

Sie sieht den Schädel nicht, Gott sei Dank. Bevor er im Erdgeschoss angekommen ist, kann ich ihn gerade noch abfangen, indem ich mich auf ihn werfe. Scheiße, tut das weh! Provisorisch verstecke ich den Schädel unter meinem Sweatshirt und humple die letzten Stufen runter. Aus Drygalskis Nasenlöchern scheint Qualm zu kommen. »Jetzt ist aber Zappenduster«, knurrt er und lädt die Flinte nach. »Jetzt räume ich auf.«

»Machen wir doch schon«, ruft Holgi eilig. »Alles im Griff, Herr Drygalski. Freuen Sie sich doch, der ganze Speicher wird leer.«

»Und eure tüdelige Oma nehmt ihr auch mit?«

»Klar«, beeilt sich Tüte zu sagen. »Kommt heute noch ins Heim.«

»Und euer ganzes beschissenes Möbellager verschwindet auch?«

Sie nicken eifrig, während sie das weiße Bündel an ihm vorbeitragen. »Das hatten wir ja alles nur zusammengesammelt, um es bei Ebay zu verticken.«

»Hä? Der Rotz ist doch bloß Sperrmüll!«

»War mal so 'ne Idee. Hat ja nix gekostet. War ja genug Platz da oben.«

Draußen schiebe ich den Schädel auf die Ladefläche und stülpe einen Eimer drüber. Die beiden folgen mir und nehmen Anlauf, um das Knochenbündel in den Transporter zu pfeffern, da hält Holgi plötzlich inne. Sein Blick wandert die Straße hinauf. Da hinten kommt langsam jemand über den Gehsteig auf uns zugewackelt. Ein alter Mann. »Das ist doch …«

An der Seite des Mannes ist ein kleines Hündchen zu sehen.

»Nee, das kann doch nicht …« staunt jetzt auch Tüte. Und in diesem Moment stößt über uns die alte Flessenschmitt am offenen Fenster einen Jubelschrei aus und lässt lauter kleine Papierschnipsel durch die Luft tanzen, als wär der Lindbergh über den Ozean gekommen. »Heinz! Mein Heinz!«, krakeelt sie. Sie hat sich für den Doktor bereits ihrer Kleidung entledigt. »Ich wusste, dass du zurückkommst!«

Es sind Hunderte von Briefmarken, die um uns herum zu Boden tanzen. Verfluchte Kacke! Holgi und Tüte stehen mit weit offenen Mündern da und merken nicht, wie ihnen das Bündel aus der Hand gleitet. »Opa Heinz«, sagen sie im Chor. Im nächsten Augenblick scheppern die Knochen über den Asphalt.

Ich lüfte vorsichtig den Eimer und gucke zwischen dem Schädel und dem sich nähernden Opa hin und her. Gibt's doch gar nicht. Und plötzlich muss ich an exakt drei Goldzähne denken, die Toppmöller damals im Mund hatte, als ich ihn umgenietet hab. »Wo war das Skelett versteckt?«, frage ich leise.

»In so 'ner ollen Truhe, die wir vor'n paar Jahren mal vom Straßenrand aufgesammelt haben«, brabbelt Tüte und kann die Augen nicht von Opa Heinz abwenden. Der Hund kommt jetzt fröhlich auf uns zugehoppelt. Ein ondulierter Pudel. Auch Opa Heinz sieht richtig gut frisiert aus. Hat bestimmt die Friseuse mit den dicken Hupen gemacht.

»Ne Truhe?«, frage ich leise. »Wann?«

»Vor zwei Jahren.«

Ich kann plötzlich nicht mehr sprechen. Die Flüche und Schimpfwörter wollen alle gleichzeitig raus, und ich hab Stau im Mund.

»Ja, die haben wir nicht aufgekriegt damals. Aber die Oma hat ja dann irgendwie doch den Opa Heinz da reingekriegt. Dachten wir jedenfalls gestern.« Holgi verschwendet offenbar keinen Gedanken daran, wer da in Wirklichkeit jahrelang skelettiert auf dem Dachboden gelegen hat.

Opa Heinz ist stehen geblieben, starrt zu seiner Frau hinauf, die jetzt ein Kirchenlied schmettert. Er hat den Mund weit offenstehen. Ich auch. Und auch der Pudel, der jetzt gut gelaunt um die Knochen rumwuselt, schnüffelt und sabbert und sich schließlich die rechte Knochenhand schnappt und damit davongaloppiert. In diesem Moment sehe ich noch mal den Ring an einem der bleichen Finger glänzen, und jetzt weiß ich sogar, dass darin ein Name eingraviert sein muss: Lydia.

Gerade als der nächste Schuss aus Drygalskis Gewehr die Luft zerreißt, schreit die Türkin wieder los und kommt schreiend aus dem Hauseingang gestolpert. Laut heulend läuft sie die Straße entlang, genau auf das Polizeifahrzeug zu, das in diesem Moment um die nächste Ecke biegt. Der schön geföhnte Pudel begleitet sie dabei schwanzwedelnd. Er will den Bullen jetzt sicher ganz stolz seinen leckeren Fund zeigen.

Die Autorinnen und Autoren

Nessa Altura hat viele Storys für Anthologien, 2 Kurzprosabände, 6 eBooks und den Roman *Die 13. Klasse* veröffentlicht. Unter anderem gewann Nessa Altura den *Friedrich-Glauser-Kurzkrimipreis* und den *Kurzgeschichtenpreis* von *Quo Vadis*, der Vereinigung deutschsprachiger Verfasser historischer Romane. Seit 2011 vertreibt sie literarische Textgeschenke und schreibt ein Blog unter: www.autorenexpress.de. Hier im Netz können Brief- und Story-Abonnements (zum Beispiel *Luftpost*, *PostFürSie!*, *Frivolini*) zum Verschenken und zum Selberlesen gekauft sowie Lesungen gebucht werden. Sie lebt in Süddeutschland. Bibliografie, Presse und ausführliche Vita unter: www.nessaaltura.de

Raoul Biltgen, geboren 1974 in Luxemburg. Lebt als Schriftsteller, Schauspieler, Theatermacher und Psychotherapeut (in Ausbildung unter Supervision) in Wien. Autor einer Liebes- und Sex-Kolumne (www.adamspricht.com). 2014 für den *Friedrich-Glauser-Preis* Sparte »Kurzkrimi« nominiert. Seine an die 40 Theaterstücke wurden bisher in Europa, China und Mexiko gespielt. Zuletzt erschien der Roman *Jahrhundertsommer* beim Verlag Wortreich. www.raoulbiltgen.com

Jürgen Ehlers, geboren 1948, schreibt seit 1992 Kurzkrimis auf Deutsch und Englisch. Im Oktober 2015 erschien *The fifth Browning* in Maxim Jakubowski's Anthologie *The*

Mammoth Book of the Adventures of Moriarty: The Secret Life of Sherlock Holmes's Nemesis. Für den Kurzkrimi *Weltspartag in Hamminkeln* erhielt Ehlers 2006 den *Friedrich-Glauser-Preis.* Darüber hinaus schreibt er historische Krimis und Thriller. Zuletzt erschien *Die Hyäne von Hamburg* (KBV, 2016). www.juergen-ehlers.com

Sascha Gutzeit, geboren 1972, ist Autor, Musiker, Schauspieler und Entertainer. Er schreibt Krimis, Hörspiele, Songs und Theaterstücke, in denen er alle Rollen spielt. Mit seinen Musikshows, Krimi-Kabarettprogrammen, Lesungen und Konzerten absolviert er über 100 Auftritte im Jahr. Sein schräger Retro-Ermittler Kommissar Engelmann ist mittlerweile Kult. Sascha arbeitet auch als Sprecher (u. a. *Die Drei ???*), hat seit 1993 elf CDs mit eigenen Songs veröffentlicht, erhielt 1997 den *Bergischen Kabarett- und Satirepreis* und nahm 2009 ein Duett mit Wolfgang Niedecken auf. Er liebt Tomate mit Mozzarella und isst nachts heimlich Nutella mit dem Löffel. Wenn Sascha nicht gerade durch die Lande tourt, lebt er mit Frau und Hund in der Vulkaneifel. www.SaschaGutzeit.de

Almuth Heuner, geboren 1962, ist Schriftstellerin und Diplom-Übersetzerin und lebt in Bochum. 1999 erschien ihre erste eigene Kriminalstory in dem Band *Mord zwischen Messer und Gabel.* Sie gab mehrere Kurzkrimibände heraus, zuletzt den preisgekrönten Band *Mord im Weinkeller* sowie *Küche, Diele, Mord.* Daneben forscht sie zur deutschsprachigen und internationalen Kriminalliteratur. Die vorliegende Geschichte entstand an einem Schreibschrank, der dem im Text beschriebenen sehr ähnelt. www.heuner.de

Karr und Wehner, geboren 1955 und 1949 in Saalfeld und Werdohl, leben im Ruhrgebiet und schrieben bisher zahlreiche Storys, Hörspiele und unter anderem die »Gonzo«-Thriller *Geierfrühling*, *Rattensommer*, *Hühnerherbst* und *Bullenwinter*. 1996 erhielten sie den *Friedrich-Glauser-Preis* für den besten Krimi des Jahres und 2000 den *Literaturpreis Ruhrgebiet*. Zuletzt erschien von ihnen der Jugendkrimi *Schneekönige*, die historische Kriminalerzählung *ALBUS* und der Storyband *Essener Geschichten* (2015). www.karr-wehner.de

Erwin Kohl, wurde 1961 in Alpen am Niederrhein geboren und hat diese herrliche Tiefebene seither nicht verlassen. Heute wohnt er mit seiner Familie in Wesel-Ginderich. Neben der Produktion diverser Hörfunkbeiträge schreibt Kohl als freier Journalist für die *NRZ/WAZ* und die *Rheinische Post*. Grundlage von bislang elf Kriminalromanen und zahlreichen Kurzgeschichten sind zumeist reale Begebenheiten. Die Soziologie der Niederrheiner und ihre vielschichtigen Charaktere bilden häufig den Hintergrund der Geschichten. Im November 2015 erschien im Bastei-Lübbe-Verlag der Krimi *Verdammt lang tot*. www.erwinkohl.de

Regine Kölpin ist eine vielseitige Schriftstellerin, die in verschiedenen Genres ihr Zuhause gefunden hat. Die Autorin hat zahlreiche Romane und Kurztexte publiziert, gibt auch Anthologien heraus und leitet als Dozentin

Schreibseminare für alle Altersklassen. Unter Regine Fiedler schreibt sie für Kinder. Die Autorin wurde mehrfach ausgezeichnet, u. a. mit dem Stipendium *Tatort Töwerland*, der Auszeichnung zur *Starken Frau Frieslands*, dem Jahrespreis der Ostfriesischen Autoren, u. v. m. Ihre Lesungen gestaltet sie auch mit musikalischem Beiprogramm des Gitarrenduos »Rostfrei«, wo die Autorin auch als Backgroundsängerin zu hören ist. Regine Kölpin ist verheiratet mit dem Musiker Frank Kölpin. Sie haben 5 Kinder und zwei Enkel und leben ihr Großfamiliendasein in einem historischen Dorf an der Nordseeküste Frieslands. Regine Kölpin ist Mitglied in der Europäischen Autorenvereinigung *Die Kogge*, im *Verband Deutscher Schriftsteller*, bei *DeLiA*, den *Mörderischen Schwestern* und im *Syndikat*. www.regine-koelpin.de

Ralf Kramp, geb. 1963 in Euskirchen, lebt in einem alten Bauernhaus in der Eifel. Für sein Debüt *Tief unterm Laub* erhielt er 1996 den *Förderpreis des Eifel-Literaturfestivals*. Seither erschienen mehrere Kriminalromane und zahlreiche Kurzgeschichten. In Hillesheim in der Eifel unterhält er zusammen mit seiner Frau Monika das »Kriminalhaus« mit dem »Deutschen Krimi-Archiv« (30.000 Bände), dem »Café Sherlock«, einem Krimi-Antiquariat und der »Buchhandlung Lesezeichen«. Mit seinen schwarzhumorigen Kurzkrimis hat er sich nicht nur ein treues Lesepublikum erobert, sondern er tourt auch mit unterhaltsamen Leseabenden durch den deutschsprachigen Raum.
www.ralfkramp.de, www.kriminalhaus.de

Tatjana Kruse, Jahrgangsgewächs aus süddeutscher Hanglage, lebt und arbeitet in Schwäbisch Hall, einer süddeutschen Provinzmetropole. Sie liebt Flohmärkte und sammelt afrikanische Holzmasken beziehungsweise Kriminalromane. Letztere schreibt sie auch selbst, zum Beispiel die Serie um den stickenden Ex-Kommissar Siggi Seifferheld (Knaur) oder die schnüffelnde Opernsängerin Pauline Miller (Haymon). www.tatjanakruse.de

Susanne Mischke ist in Kempten/Allgäu geboren. Sie hat an die zwei Dutzend Kriminalromane veröffentlicht, außerdem Jugendkrimis, All-Age-Thriller und zahlreiche Kurzgeschichten. Mit dem Roman *Der Tote vom Maschsee* begann ihre erfolgreiche Hannover-Krimiserie um Kommissar Völxen, sein Team und seine Schafe. Die Autorin lebt in der Nähe von Hannover. www.susannemischke.de

Heidi Moor-Blank, schreibt seit 2000 kriminelle Kurzgeschichten für Erwachsene und Detektivgeschichten für Kinder. Sie lebt in der Südpfalz, arbeitet dort bei einem Softwarehaus und spielt Theater bei der Kleinen Bühne Landau. Mitglied bei den *Mörderischen Schwestern*, Preisträgerin des *Mannheimer Literaturpreises* 2010 und der Kreisvolkshochschule Südwestpfalz 2014. www.heidi-moor-blank.de

Renate Müller-Piper, Exlehrerin aus Hannover, mit den Schwerpunkten Deutsch und Kunsterziehung, hat sich der ›Kurzen Literarischen Form‹ verschrieben: Kriminalgeschichten, Erzählungen, Satiren, Feuilletons. In ihren Krimis richtet sie den Scheinwerfer auf das aus dem ›Alltäglichen‹ erwachsende Verbrechen, auf die alten Themen: Liebe, Eifersucht, Hass, Habgier, Missgunst, Mobbing … 1987 Kurzkrimi-Preisträgerin beim Kulturrat Göttingen. 1994 Fernstudium ›Literarische Moderne‹, Uni Tübingen. 14 Jahre Literaturfachbeirätin der GEDOK Hannover (bis 2006). Lesungen vielerorts. Zahlreiche Publikationen. Schreibatelier-Leitung. Seit 1994 Mitglied im *Syndikat* und seit 1997 bei *Mörderische Schwestern*.

Regina Schleheck hat sich in der Kriminalliteratur wie in der Phantastik einen Namen gemacht. Unter anderem wurden ihr mit dem *Friedrich-Glauser-Preis* für einen Kurzkrimi und dem *Deutschen Phantastikpreis* für ein SciFi-Hörspiel die begehrtesten Auszeichnungen beider Genres zugesprochen – neben vielen anderen Preisen. www.regina-schleheck.de

Niklaus Schmid, 1942 geboren, lebt seit 1978 als freier Schriftsteller in Duisburg und auf Formentera. Er schreibt Reisebücher, Hörspiele und Krimis. Seine Romane mit dem Privatdetektiv Elmar Mogge – *Der Hundeknochen* und *Bienenfresser* (Grafit Verlag) – spielen auf Ibiza und Formentera. Für seine Kurzgeschichte *Müntefering singt* wurde er mit dem Kulturpreis Hochsauerlandkreis ausgezeichnet. www.niklaus-schmid.de

Ingrid Schmitz, geboren 1955 in Düsseldorf. Sie arbeitete als Speditionskauffrau bei einer kanadischen Reederei und später im sowjetischen Außenhandel. Seit

2000 ist sie hauptberufliche Autorin. Im Mai 2016 erscheint ihr fünfter Kriminalroman *Spiekerooger Utkieker* im Leda Verlag. Da ihre Leidenschaft zum Schreiben mit Kurzgeschichten begonnen hat, beteiligt sie sich regelmäßig an Kriminalanthologien und gibt auch selbst welche heraus. *Suche Trödel, finde Leiche* ist ihre 16. Herausgabe. Sie gibt regelmäßig Lesungen an fast allen Orten. Ingrid Schmitz ist Mitglied bei *Mörderische Schwestern, Syndikat* und *International Association of Crime Writers.* www.krimischmitz.de

Bärbel Schoening, Jahrgang 1951, wohnt seit 1980 im Rheinland. Das Kreative Schreiben erlernte sie in einer Schreibwerkstatt. Im Oktober 2010 veröffentlichte der Conte Verlag Saarbrücken ihren ersten Kurzkrimi *Sei vorsichtig* in der Anthologie *Muscheln, Mousse und Messer.* Einige ihrer Geschichten erschienen in diversen Zeitschriften und Magazinen. Als Selfpublisher verschiedener Genres gibt sie regelmäßig Kurzgeschichten heraus, die auch auf ihrer Homepage mit Leseprobe zum Download angeboten werden. Seit drei Jahren genießt sie den wohlverdienten Ruhestand und beschäftigt sich seitdem intensiv mit dem Schreiben. Am liebsten schreibt sie Geschichten über das alltägliche Leben. Sie hat zwei erwachsene Söhne. www.baerbel-schoening.com

Fabian Skibbe, Jahrgang 1980, lebt seit seiner Geburt in Oldenburg. Er spielte in diversen Kurzfilmen, bevor er sich dem Kreativen Schreiben widmete. Mit der Kurzgeschichte *Kein Entkommen* gewann er einen Weihnachtsregionalkrimi-Wettbewerb. Letztes Jahr erschien die Story *Campingidyll* in Regine Kölpins Anthologie *Chillen, killen, campen,* ebenfalls im KBV-Verlag. Zurzeit arbeitet er an weiteren Kurzkrimis und der Plot- und Charakterentwicklung seines ersten Thrillers. www.facebook.com/fabian.skibbe

Klaus Stickelbroeck, geboren 1963, Sternzeichen Krebs, erste Dekade, aufgewachsen und wohnhaft in Kerken am Niederrhein. Verheiratet, drei Kinder, arbeitet als Polizeibeamter in Düsseldorf. Sein erster Kurzkrimi erschien im Jahr 2000, sein erster Kriminalroman mit Privatdetektiv Hartmann *Fieses Foul* erschien 2007. Der dritte Hartmann-Krimi *Fischfutter* wurde 2011 für den *Friedrich-Glauser-Preis* als bester Kriminalroman des vergangenen Jahres nominiert. Im September 2014 ging Privatdetektiv Hartmann ein fünftes Mal in Düsseldorf auf die turbulente Mördersuche. Diesmal verbeult, verrostet, abgewrackt in *Schrott*. Er ist einer der fünf Krimi-Cops, fünf Polizeibeamte, die zusammen Kriminalromane schreiben. Neben seinen Romanen schreibt er witzig-spannende Kurzkrimis, die in verschiedenen Anthologien erschienen sind. www.klausstickelbroeck.de

Kai Magnus Sting, geboren 1978, schreibt Kabarettprogramme, Hörspiele, Kriminalromane, Kurzgeschichten und Kolumnen für Radio und Zeitung. Seit über 20 Jahren ist er mit seinen Bühnenprogrammen auf Tournee, produziert Live-CDs und Hörspiele, ist häufig im Fernsehen zu bestaunen und im Radio zu hören und hat für seine kabarettistischen Arbeiten bereits zahlreiche Preise gewonnen. Im KBV Verlag sind bisher seine beiden

Krimis *Leichenpuzzle* und *Die Ausrottung der Nachbarschaft* erschienen. www.kaimagnussting.de

Ella Theiss, lebt in der Nähe von Darmstadt. Sie hat Germanistik und Sozialwissenschaften studiert und etwa zwanzig Jahre lang als Redakteurin und PR-Texterin im Themenbereich Ernährung, Gesundheit und Soziales gearbeitet. Seit 2006 schreibt sie auch Romane und Erzählungen. Mit ihrem historischen Krimi *Die Spucke des Teufels* belegte sie Platz 2 zum *Gerhard-Beier-Preis* 2010. Für ihre Erzählungen erhielt sie den *2. Freiburger Krimipreis* 2013 und den *QuoVadis-Kurzgeschichtenpreis* 2013. www.ellatheiss.de

Elke Pistor (Hg.)
TOD & TOFU

Taschenbuch, 312 Seiten
ISBN 978-3-95441-184-9
9,90 EURO

Elke Pistor empfiehlt: Immer schön trennen!
Asche zu Asche, Kompost zu Kompost!

26 mörderische Geschichten über blutrünstige Veganer, radikale Reformhäusler und freilaufende Bäuerinnen. Lesen Sie Wissenswertes über extrem organischen Dünger, fiese Allergien und tödliche Methoden zum Erhalt der Artenvielfalt! Erlernen Sie die korrekte Mülltrennung und erfahren Sie die unumstößliche Wahrheit über die Biolüge!

Unter der sachkundigen Anleitung von Herausgeberin Elke Pistor haben Petra Busch, Karr&Wehner, Regina Schleheck, Sunil Mann, Tatjana Kruse, Nadine Buranaseda, Klaus Stickelbroeck, Almuth Heuner, Oliver Buslau und viele andere zahlreiche Leichen nach allen Regeln des biologisch-dynamischen Landbaus unter die Erde gebracht.

Naturtrüb, ökologisch, mörderisch!

KBV KRIMINALROMAN

Thomas Kastura (Hg.)
COCKTAIL-LEICHEN

Taschenbuch, 384 Seiten
ISBN 978-3-95441-292-1
10,95 EURO

Hochprozentig und höchstgefährlich!

Cocktails wirken inspirierend: Philip Marlowe trank Gimlet,
James Bond am liebsten Wodka Martini, und viele Leser und
Schriftsteller tun es ihnen nach. Ob Gin Tonic oder Daiquiri –
27 Krimiautoren haben den Shaker kräftig geschüttelt und
spannende Geschichten gemixt. Immer steht ein bestimmter
Drink im Mittelpunkt, und meist wird er mit einem tödlichen
Schirmchen serviert ...

Lassen Sie sich zu einer Margarita mit einem weichen, elegan-
ten Tequila verführen. Probieren Sie einen Witwenkuss, den
French 76 und den berüchtigten Ladykiller. Oder darf's ein
Long Island Iced Tea sein? Vorsicht, der kann es in sich haben!
Denn auf die richtige Mischung kommt es an. Zu jeder Story
gibt es ein Cocktailrezept zum Nachmixen.

Die Autoren: Jean Bagnol, Christiane Franke, Peter Godazgar,
Brigitte Glaser, Karr & Wehner, Christian Klier, Tessa Korber,
Ralf Kramp, Tatjana Kruse, Cornelia Kuhnert, Petra Nacke,
Elmar Tannert und viele andere mehr.

*»Was ich habe, ist Charakter in meinem Gesicht. Es hat mich eine
Masse langer Nächte und Drinks gekostet, das hinzukriegen.«*
(Humphrey Bogart)

KRIMINALROMAN

KBV

Halleluja! Der Engelmann ist da!

Kognak am Knorpel, die qualmende Overstolz im Anschlag, den rosaroten Dienst-Panda vollgetankt, so geht Kommissar Heinz Engelmann auf Verbrecherjagd. Dem nimmermüden, immerdurstigen, zimmertemperierten Ermittler und seiner schnittigen Assistentin Liesel Weppen geht kein Ganove durch die Lappen! Das bewies Autor Sascha Gutzeit bereits in zwei brandheißen Büchern …

… und in seinen zahllosen Lesungen, Bühnenshows und Engelmann-Musicals. Jetzt kommt der Kult-Kommissar endlich auf CD, und seine Fans jubeln.

Gelesen vom Autor persönlich, »dem Mann mit den tausend Stimmen«, akustisch untermalt von wie echt klingenden Geräuschen in Schwarzweiß, in edler Vinyl-Optik, gibt's Engelmanns spannendste und noch spannendstere Fälle nun auch für die Ohren. Jeder für sich eine prall gefüllte Polizeiakte, voll mit den absurdesten Morden, den schrägsten Ermittlern und den verstaubtesten Fahndungsmethoden.

Stilecht in Vinyl-Optik!

Sascha Gutzeit
DIE LEICHE, DIE SICH AUS
DEM ANZUG HAUTE
1 Audio-CD
978-3-95441-229-7
9,50 €

Sascha Gutzeit
DIE FRAU, DIE
ZU WENIG WUSSTE
1 Audio-CD
978-3-95441-230-3
9,50 €

Sascha Gutzeit
ABGRUNDTIEF TOT
1 Audio-CD
978-3-95441-231-0
9,50 €

Almuth Heuner (Hg.)
KÜCHE, DIELE, MORD

Broschur, 392 Seiten
Großformat: 13,5 x 21,5 cm
ISBN 978-3-942446-93-8
14,90 EURO

Egal, ob im Reihenhäuschen oder in der Villa, im Hochhaus oder in der Baracke – überall, wo gewohnt wird, wird auch gemordet!
Küche und Schlafzimmer, Bad und Heizungskeller, Garage und Rumpelkammer sind die Schauplätze von Verbrechen aller Art. In jedem Raum lauert irgendein tödliches Möbelstück, und beim Aufräumen oder Renovieren - nicht nur im Keller - findet sich so manche Leiche, die für immer hätte verschwinden sollen.

Erleben Sie, wie tödlich Lesen sein kann, welche Rolle der Architekt, die Putzfrau oder der Schornsteinfeger im kriminellen Stelldichein spielen, wo die winzigen Beweisstücke auf einem vollgerümpelten Dachboden gefunden werden oder wie die furiose Schlacht in der heimischen Kellerbar ausgeht.

Handverlesene Mitbewohner dieser außergewöhnlichen Mords-WG, die von Deutschlands Krimi-Fachfrau Almuth Heuner in der Rolle der Hausmeisterin betreut wird, sind deutschsprachige Krimiautoren wie Tatjana Kruse, Guido Breuer, Barbara Saladin, Thomas Kastura, Monique Feltgen, Henner Kotte und viele, viele andere.

KRIMINALROMAN

KBV